De gedroomde man

Abonneer u nu op de Karakter Nieuwsbrief.
Ga naar www.karakteruitgevers.nl en:
* ontvang maandelijks informatie over de nieuwste titels;
* blijf op de hoogte van speciale aanbiedingen en kortingsacties;
* én maak kans op fantastische prijzen!
www.karakteruitgevers.nl biedt informatie over al onze boeken,
Nova Zembla-luisterboeken en softwareproducten.

Elle Eggels

De gedroomde man

Karakter Uitgevers B.V.

© Elle Eggels
© 2008 Karakter Uitgevers B.V., Uithoorn
Omslag: Studio Marlies Visser
Omslagbeeld: © Alinari
Foto auteur: © Roy W. Lohr
Opmaak binnenwerk: ZetSpiegel, Best

ISBN 978 90 6112 247 0
NUR 301

Verantwoording

Deze roman is gebaseerd op een kortstondige verhouding die ik had met een Nederlandse acteur wiens naam ik geheim wil houden. Hij is vaak in mijn dromen verschenen, wat mijn verliefdheid lang in stand heeft gehouden en me op het idee voor dit boek heeft gebracht. Alle andere karakters zijn verzonnen, en mochten er overeenkomsten zijn met bestaande personen dan is dat puur toeval en geen opzet. Het begrip *walk-in* is niet zomaar uit de lucht gegrepen. Ik ben verschillende personen tegengekomen die beweerden een *walk-in* te zijn. Op het internet zijn vele websites te vinden die gaan over dit fenomeen.

Elle Eggels

Het spel van de onvoorwaardelijke liefde

Het geschiedde op een dag in een tijd dat tijd zoals die op aarde gekend is nog niet bestond. We kwamen met een groep bij elkaar op een hemelse locatie in het onmetelijke universum. Er heerste al zo lang vredigheid en harmonie dat het vervelend werd, er was behoefte aan spanning en uitdaging en we bedachten het spel van de onvoorwaardelijke liefde. Daartoe splitsten we alle zielen in tweeën en we gaven hun de planeet aarde als speelveld – waar ze hun andere helft moesten zien terug te vinden. Dit klinkt simpel maar elk spel kent obstakels, dus moesten we ook een aantal moeilijkheden bedenken.

Allereerst voerden we de lineaire tijd in zodat de deelnemers van dag naar dag en van jaar naar jaar of zelfs van eeuw naar eeuw moesten reizen. Zodoende kon het gebeuren dat ze elkaar misliepen, soms op honderden jaren, soms op een haar na. Dan moesten ze de reis opnieuw beginnen zoals een verloren spel steeds van voren af aan gespeeld moet worden. De ervaringen van een vorig spel waren nimmer een voordeel voor het volgende.

Om het de spelers extra moeilijk te maken gaven we ze een masker. De ene keer kregen ze een witte huid en blauwe ogen, de andere keer een zwarte huid en bruine ogen. Soms droegen ze lange blonde lokken, een andere keer kort zwart kroeshaar. De ene keer hadden ze rijke kleding en andere keren moesten ze het met vodden doen. Wreder was de vermomming als man of vrouw omdat een mannelijk omhulsel andere eigenschappen had dan een vrouwenlijf. Er waren zelfs verschillen in gevoeligheid en emoties. Alles om elkaar te verwarren.

In dit spel, waarin iedereen zijn zielsgenoot moest zien te vinden, werden veel vergissingen gemaakt. Vaak werd een totaal verkeerde ziel voor de partner aangezien. Dat maakte de spelers boos, ze kre-

gen ruzie en werden haatdragend en intussen zochten ze wanhopig verder. Duizenden jaren lang. Een enkel zielenpaar herkende na verloop van tijd de verbondenheid en mocht dan terug naar huis – waar de liefde een vanzelfsprekendheid is. De meeste echter raakten verstrikt in de spelregels die de deelnemers zonder onze toestemming telkens veranderden.

In de loop der eeuwen is het spel uit de hand gelopen. De deelnemers hadden geen idee meer waarmee ze bezig waren. Ze zagen de verkeerde dingen aan voor liefde. Ze dachten dat seks, schoonheid en rijkdom hen met elkaar kon verbinden en ze gingen verzinsels als cultuurverschil en religie als obstakels gebruiken. Steeds minder zielen haalden het einde en zagen hun zielenhelft niet terug. Het spel werd een drama en op een goed moment hebben we besloten om in te grijpen. Het werd tijd dat we die zwalkende zielen een helpende hand gingen toesteken.

Een van die hulpverleners was ik, Sophomore. Ik nodigde die hulpeloze zielen soms bij me uit om hun te vertellen waar ze op dienden te letten. Ik nam ze mee naar een tussengebied waar de tijd minder taai is en het masker van het lichamelijke doorzichtiger werd. Ik dacht dat ze daar hun oorspronkelijke doel zouden herkennen, maar het was teleurstellend om te zien hoe hardleers die zielen waren als ze eenmaal terug op het speelveld rondliepen. De meeste gedragen zich nog altijd als dolende spoken en hebben geen idee wat onvoorwaardelijk liefhebben betekent. Ik zou ze zo graag de weg willen wijzen, het is mijn taak en ik zal het tot het einde der tijd blijven proberen.

DEEL 1

Somewhere there is someone for everyone
Somewhere there is a somebody for me
And I searched my whole life through to find someone like you

(UIT 'SOMEWHERE THERE'S A SOMEONE' VAN DEAN MARTIN)

In de droomtijd komen we terecht in een wereld die niet bestaat, we worden bedrogen door illusies en wanen, onze gedachten krijgen een gedaante en onze angsten veranderen in monsters die ons belagen alsof ze echt zijn. De paniek kan zo realistisch zijn dat ze in onze huid gaat zitten en gaat kloppen in de borst. De verschrikkingen van de nacht kunnen aan ons blijven kleven, ze kunnen ervoor zorgen dat we ons miserabel voelen net zolang tot het daglicht ze uitveegt. Hetzelfde geldt ook voor fijne dromen, die zingen en dansen door je bloed, en als je wakker wordt ben je een ander mens. Dat is wat mij is overkomen. Ik kreeg een mooie droom die mijn leven lichter maakte.

Het wordt gezegd – wie verantwoordelijk is voor deze theorie weet ik niet meer – maar ik herinner me ergens gelezen te hebben dat de ziel zich tijdens de slaap zou losmaken van het lichaam om in een tussenzone dingen te beleven die bij gewoon daglicht absoluut niet mogelijk zijn. In de nacht gaan de zielen op reis naar de wereld van de onmogelijkheden. Zo moet mijn ziel die nacht op zoek zijn gegaan naar de liefde van mijn jongere jaren, naar wie ik sinds die tijd ben blijven hunkeren. Hij was voor mij de ideale man, de ultieme liefde. Bij elk nieuw lief heb ik gezocht naar de kenmerken die ik in hem bewonderde en dat was oneerlijk want ik heb alleen het goede in hem onthouden, ik heb hem verheerlijkt, ik heb voor mezelf een god van hem gemaakt, een ridder op een wit paard met pluimen aan de voeten.

Bij mijn volle bewustzijn heb ik deze man uit mijn gedachten moeten bannen, ik heb het verlangen moeten laten varen dat ik ooit met hem zou mogen leven. Hij had al een vrouw – die vastberaden met hem getrouwd wilde blijven en hem heeft afgeschermd voor iedere dweepster en verleidster. Ik ben zo'n dweepster geweest, maar dat verhaal vertel ik u later. Ik wil het nu eerst hebben over de droom waarin ik hem tegenkwam. Dit was ongeveer een jaar nadat ik in de krant had gelezen dat hij de planeet had verlaten.

Het gebeurde op een dag dat de maan vol was, dat het heldere licht mijn kamer binnenviel. Ik had de gordijnen opzettelijk opengelaten omdat een vol gloeiende maan bijzondere krachten zou uitstralen. Deze nacht bezorgde ze me een gekmakende rusteloosheid. De slaap drentelde om me heen maar nam me niet mee naar de genadige krochten van de onderwereld waar je je mag verschuilen voor de onordelijkheid van de dag. Ik gleed in en uit halfdromen die verwarrend waren, ik kwam van de ene in de andere situatie terecht waarin ik mensen van vroeger zag, vrienden en familieleden die allang naar de volgende wereld waren vertrokken, en ineens stond ik op hun feest. Ze vierden de aankomst van een jonge actrice die net aan de tragische ziekte was gestorven. In het aardse rouwde de film- en theaterwereld om haar, hier was iedereen in een jubelstemming om haar komst. En hier zag ik hem, hij kwam naar me toe.
'We kennen mekaar toch?'
'Dat is lang geleden,' mompelde ik.
'Je bent mooier geworden.'
Ik begreep absoluut niet wat ik met die zin aan moest. Betekende het dat hij zich mij herinnerde en dat hij nog wist wat er tussen ons was geweest? Was ik sindsdien mooier geworden? Ik zie mezelf nooit als een mooie vrouw, ik verbaas me er soms over dat ik in de spiegel al de trekken van mijn bejaarde moeder herken terwijl ik er de leeftijd nog niet voor heb.

Toen ik hem leerde kennen zat er een generatieleeftijd tussen ons, ik begon toen pas vrouw te worden, mijn lichaam begon net uit te dijen op de plekken waar vrouwen rondingen horen te hebben. Ik kon eindelijk luxelingerie in mijn maat kopen. Hij was op dat moment aan zijn tweede jeugd begonnen en die tekende hem, zijn rimpels en vouwen maakten hem onweerstaanbaar aantrekkelijk. Je kon hem niet knap noemen volgens de geldende schoonheidsnormen; zijn postuur was onevenwichtig, hij had de benen van een steltloper en de heupen van een adolescent, zijn torso was vierkantig met te schonkige schouders, zijn handen en vingers waren plomp en bestemd voor aardse arbeid, ze leken totaal niet op de sprieterige handen van de echte artiest. Zijn verwassen blauwe ogen lagen zo diep in hun kassen dat je ze nauwelijks meer zag wanneer hij lachte, en dat deed hij veel. Hij was een gangmaker, populair doen was zijn beste eigenschap. Aan een kort jaar op de wilde vaart had hij een vulgair zeemansidioom overgehouden dat hij graag gebruikte om indruk te maken op zijn makkers maar wanneer er vrouwen in het gezelschap waren liet hij alle platte taal achterwege. Hij was evenveel branieschopper als charmeur. Wat hem aantrekkelijk maakte was het charisma van een levenskunstenaar. Hij omarmde het leven zoals een verwonderd kind dat kan doen.

Maar die man, die in gezelschap iedereen overschreeuwde, was wars van gewichtigdoenerij als hij geen publiek had. Pas toen ik steeds vaker met hem alleen mocht zijn, leerde ik de andere persoon kennen, dan liet hij me een zachtaardig mens zien die je tot in het diepst van de ziel kon raken. Met die man ging ik een affaire aan, met die man wilde ik mijn leven delen.

Het hielp mijn huwelijk niet om zeep, het hielp me het te verdragen.

Vanaf het begin was het onvermijdelijk dat we met elkaar naar bed zouden gaan, hij had het zich voorgenomen en ik kon er niet aan ontkomen. Mijn overspel stond vast terwijl ik nog naar mijn bruidsnacht rook. Ik zag in die verwassen blauwe ogen een verbondenheid die ik miste bij de man die ik voor de rest van mijn leven trouw diende te zijn. Toch bleef er niets over van deze zielsverwantschap toen de bladeren aan de bomen verkleurden en de herfstwinden ermee begonnen te spelen en ze bruut in alle richtingen bliezen.

Ik bleef bij mijn man omdat ik dat beloofd had maar tegelijk begon ik te dagdromen over een leven met die ander.

In die vollemaansnacht waarin ik hem zo onverwachts tegenkwam in de wereld die wetenschappers als louter hallucinair beschouwen, was ik me ervan bewust dat ik droomde en toch leek het levensecht, of zou ik nu moeten zeggen: lichamelijk echt? In deze schijnwereld waar niets is wat het lijkt, waar de wetten van de derde dimensie niet gelden, waar tijd niet de traagheid heeft die we kennen, waar whisky niet naar whisky smaakt en chocola alleen maar herinnert aan zoet, voelde ik me zo jong als ik toen was. Mijn werkelijke leeftijd noch mijn belabberde uiterlijk van het moment was relevant. Hij zag het niet en ik had geen last van schaamte en verlegenheid, ik zei ook iets wat ik nooit had durven zeggen als ik hem op een feest of festival was tegengekomen.

Ik zei plompverloren: 'Ik was verliefd op je.' Ik zei het net zo ongedwongen als ik gezegd zou hebben: 'Ik heb vandaag mijn teennagels blauw gelakt.'

'Wanneer was dat?' vroeg hij.

Ik zei: 'Toen! Toen we elkaar voor de eerste keer hebben ontmoet. Toen ik mijn eerste baan als regieassistente had.'

Ik noemde de titel van de film, ik noemde de regisseur, ik noemde de scenarioschrijver en de producent. Die namen moesten iets bij hem oproepen, ik was ze nooit vergeten omdat ze onverbrekelijk bij de zondigheid van die lange warme zomer hoorden. Het was toen dagen achter elkaar broeiend heet, de hitte was al vroeg in mei begonnen, de zon klom elke dag vlerkerig omhoog en straalde zo heftig dat de mensen zich anders gingen gedragen en opgehitst werden om dingen te doen die het wettelijk en kerkelijk gezag verbood. Dat moet de reden geweest zijn dat ik in mijn bruidsweken al ontrouw ben geworden.

Ik zei: 'We zijn met elkaar naar bed geweest, weet je het nog? Ik was net getrouwd en ik ging al vreemd.'

'Ja, dat herinner ik me. Ik had me voorgenomen je in bed te krijgen. We hadden er een weddenschap op gezet, de regisseur en ik. We wilden weten hoe zwak je was. Het was een sport om vrouwen in bed te krijgen die niet te krijgen waren.'

'Dat lijkt op *Dangerous Liaisons*.'

'Ik was net zo'n schurk als Valmont,' zei hij theatraal en hij probeerde een Malkovich-mondje te trekken.

Ik schoot in de lach. 'Je was een dubbel mens. Als je mensen om je heen had deed je een rol. Als we alleen waren was je iemand anders. Toen ben ik verliefd geworden.'

'Krijg ik nu een psychoanalyse?'

'Nee, ik zeg wat ik zag.'

Hij keek me aan met een gloed die me beloofde waar ik al die jaren naar verlangd heb. Ten langen leste werden mijn hunkeringen beantwoord, onze leeftijden telden niet; niet het leeftijdsverschil uit de tijd dat we elkaar kenden en al evenmin het feit dat ik nu mijn aantrekkelijkste jaren achter me had en hij er nog uitzag als de jonge god die ik in mijn gedroom had gekoesterd. Ik schoot de hemel in en ik voelde me zo verliefd als een veertienjarige scholiere die door de branieschopper van de klas wordt aangesproken en denkt dat ze nu een uitverkorene is.

Op dat buitenaards mooie moment werd ik weer teruggetrokken naar de helder verlichte kamer waar alle meubels tegen elkaar scholden omdat ze waren gemaakt door te veel verschillende handwerkers.

De verliefdheid bonsde in mijn bloed, ik durfde er geen waarde aan te hechten, ik durfde niet toe te geven aan de maanziekte, het was een toestand van gelukzaligheid die niet paste bij de zwaarmoedigheid waar ik in die dagen aan leed. Ik vroeg me af wat de reden kon zijn dat ik van hem droomde, juist nu hij al zo'n tijd niet meer door mijn hoofd spookte, het moest toeval zijn. U moet weten dat ik op dit moment een teleurgestelde en verbitterde vrouw was, ik had me gehecht aan neerslachtigheid, het somberen was mijn genot, ik verhing me aan het lijden en ik kon niet meer omgaan met geluk. Ik draaide me om tussen de lakens met het dessin van Engelse theerozen en de lucht van ouderwetse talkpoeder die ik er altijd in strooide als ik het beddengoed verschoonde en probeerde weer in slaap te komen. Even

15

later stond ik weer op het feest waar ik hem had aangetroffen. Een vrouw die me vaag bekend voorkwam stond naast me.

'Ben je van hier?' vroeg ze. 'Of ben je een vliegeraar?'

'Een vliegeraar?'

'Mensen die nog in het stoffelijke zitten en af en toe hierheen komen.'

'Waar is hier?' vroeg ik. 'Hoe ver is het van mijn wereld?'

'Hoelang heb je erover gedaan om hier te komen?' vroeg ze.

'Een paar minuten, denk ik.'

'Dan moet het heel dichtbij zijn.'

Ik voelde dat iemand achter me kwam staan, ik voelde de lijfwarmte, ik rook een adem van mediterrane kruiden, ik hoorde een stem met de ritseling van goudpapier, de woorden knisperden langs mijn huid en ik voelde vingers die me betastten. 'Is het niet duidelijk dat er iets is wat we niet meer kunnen tegenhouden?'

Hij liet me wakker worden met een kloppende vagina ook al hadden we geen seks, toch was ons samenzijn zo echt dat ik het voelde in mijn kruis. Mijn huid gloeide en mijn hart vertelde me dat ik net bij mijn minnaar vandaan kwam. Bang dat de mismoed me weer bij de kladden zou grijpen, bleef ik opgekruld onder het dekbed liggen en durfde mijn bed niet uit te komen.

Die droom waarin ik mijn oude liefde ontmoette, zo lijfelijk dat het was alsof we echt samen geslapen hadden, transformeerde me in een nieuw mens. Ik had geen verbinding meer met de persoon die ik gisteren nog was. In een heet bad met reinigende lavendelolie probeerde ik me te ontdoen van mijn neerslachtigheid. Het was dagen geleden dat ik me had gewassen, het was een week geleden dat ik voor het laatst schone kleren had aangetrokken, het was twee dagen geleden dat ik had ontbeten. Ik trok een blik fruit open, deed de vruchtjes in een kristallen kom en lepelde die leeg met een zilveren lepel terwijl ik in het warme water lag en met gesloten ogen de nacht nog een keer herhaalde.

Mijn zoete droom vervloog niet zoals de meeste dromen doen gedurende de dag. Ik heb rondgelopen in een euforie, ik hoorde steeds weer de woorden van mijn lief, in mijn huis hing zijn geur. Het was vanzelfsprekend dat ik hem opnieuw zou tegenkomen wanneer mijn ziel zich in de droomtijd van me los ging maken.

De eerste nacht heb ik tevergeefs naar hem lopen zoeken, mogelijk wist ik de weg nog niet maar twee nachten later kwam hij me ophalen. In de tussenzone van halfslaap en half bewustzijn voelde ik hem naast me. Ik bespeurde zijn stugge lijf dat soms naar gelooid leer rook en vandaag de geur van vers gezaagd hout bij zich had. De eerste minuten zei ik niets, toen vroeg ik: 'Hoelang kun je blijven?'

Het was een onzinnige vraag die je niet kunt stellen in een tijdloze tijd waar – naar men zegt – een leven zich kan afspelen in niet meer dan een paar luttele minuten.

Een moment later liepen we langs een rivier en wilden gaan zwemmen. We gingen met onze kleren aan te water, dreven met de stroom mee tot aan een strand waar we in de zon bleven liggen en bedachten dat we ooit in de eeuwigheid een afspraak gemaakt moesten hebben dat we elkaar terug zouden zien. Alsof we afzonderlijk een verre reis gingen maken met de belofte elkaar op een bepaalde bestemming te ontmoeten.

Het morgenlicht vond me in opperste gelukzaligheid. De verliefdheid kroelde in al mijn cellen, ik dacht de hele dag aan hem, ik voelde wat ik al die jaren heb gemist, ik was een beminde vrouw, niet een begeerde vrouw, dat is iets anders. Ik heb veel periodes van begeerte gekend, ik had altijd minnaars nodig als ik onzeker was en ik zal schuldbewust blijven toegeven dat het valse verliefdheden waren; ik gebruikte ze om me een schijnzekerheid te geven. In de dagen dat ik aan een film bezig was had ik vrijwel altijd een lief, heel bewust, om de kracht die ik eraan ontleende. Het maakte niet uit dat het liefdes waren die soms niet langer duurden dan een lauwe zomernacht, ik nam ze zoals je drugs neemt. Een paar keer heb ik ook voor een vrouw gekozen maar, man of vrouw, ik ben blijven zoeken naar eigenschappen die van hem waren en niemand kon me hetzelfde geven.

De laatste keer dat ik een relatie ben begonnen is alweer drie jaar geleden. Het was een verhouding met een bankier die we vroegen om onze film mee te financieren. Ik ging op zijn avances in vanwege het geld dat hij ons beloofde. Ik wilde aan de film beginnen, hij zegde ons het bedrag toe dat we tekort kwamen. Uit dankbaarheid liet ik me op zijn kantoor uitkleden. Mettertijd sloop er toch een opgewonden verliefdheid in, zowel bij mij als bij hem, maar onze gevoelens waren niet heftig genoeg om tot aan de hemel op te stijgen. Op de première kwam hij met zijn schrijnend jonge vrouw aan de arm en hij haalde zijn schouders op toen hij me zag. Een armzalig gebaar waarmee hij me wilde vertellen dat ik niet meer van hem mocht verwachten dan af en toe een wild uur en onzinnig dure cadeaus. Met die schouderschok brak het broze dat we hadden. Het gebeurde op het verkeerde moment. Ik was zwak, ik zat met een lege buik, ik ging mijn kind aan de wereld geven en nu zou ook de rechterhelft van mijn bed leeg blijven terwijl ik zijn genegenheid nog even nodig had. Juist nu snakte ik naar complimenten, pluimen en loftuitingen. Elke kunstenaar kent deze zwarte gaten, toneelacteurs lopen de dag na de première rond als zombies, schilders weten zich geen raad zodra hun expositie is geopend. Na maandenlang geploeter, onzekerheid en angst is er dat diepe gat en een grenzeloze verlatenheid. Het enige medicijn haal je uit schoudergeklop, vleierei en bewondering – wat je eindeloos herhaald wilt hebben.

In zo'n moment van opperste kwetsbaarheid kunnen de persgieren je vernietigen, het is gieren eigen om je te belagen op de zwakste momenten.

Alsof ze mijn kwetsbaarheid roken, doken ze op me af, rukten ze aan me. Ze lieten niets van me over, hun commentaren waren onterecht venijnig, de film werd binnen een week uit de roulatie gehaald dankzij hen. De producent had hem willen inzenden voor een Oscarnominatie; vanwege de gieren bedacht hij zich.

Er bleef niet veel meer van me over dan zwart woestijnstof, ik waaide naar de bergen op Ibiza en veroorzaakte zware regenbuien en modderstromen, ik trok me terug in een klooster in de Franse Pyreneeën, waar door mijn toedoen de monniken het met hun homoseksualiteit te kwaad kregen en de vader abt me wegstuurde. Ik vloog weer naar Ibiza-stad en ten slotte ook weer naar Amsterdam. Ik werd achternagezeten door mijn donkerste zelf, ik moest mezelf bevechten maar ik had niets meer om te bevechten. Geen producent gaf me een nieuw script om aan te gaan werken. In de tenniscompetitie werd ik in de allereerste voorrondes al uitgeschakeld zodat ik binnen mijn sociale cirkel geen functie meer had. Ik sopte in zuigende bagger en kwam niet meer vooruit. Het jaar gleed aan me voorbij zonder dat ik het zag gaan.

Op een avond dat ik rammelend van de honger, gedachteloos gekleed en zonder make-up naar het Mexicaanse restaurant op de hoek van mijn straatje ging, schoof een man van midden dertig ongevraagd bij me aan en vroeg of ik een film wilde maken van zijn boek en of ik het scenario zou kunnen schrijven.

Ik schreef al jaren mijn scenario's niet meer zelf, hoewel ik daar vroeger heel goed in was. Volkomen onzeker geworden door de kritiek op mijn werk wimpelde ik de jongeman wekenlang af maar hij achtervolgde me tot bij de kruidenier waar ik mijn boodschappen doe. Hij had de vasthoudendheid van een mier zodat ik uiteindelijk beloofde het boek te lezen en ik een scenario ging schrijven. Na een jaar had ik een waardig script waar Marcel M, een van de meest succesvolle producenten van het moment, een bescheiden budget voor bij elkaar had gekregen zodat we konden gaan draaien en ik het ongeluk van de laatste drie jaar had kunnen wegwassen als de negatieve energie niet om me heen was blijven wervelen. De hoofdrolspeler kreeg de kwalijke ziekte en moest behandeld worden, hij was zo ziek dat we de opnames moesten uitstellen en gedwongen waren te wachten tot na zijn kuur. De financiers geloofden niet in zijn genezing en drongen erop aan dat we een andere hoofdrolspeler zouden nemen.

Dit was op het moment dat we al eenderde van de film hadden gedraaid en het leek me beter om te wachten tot de haren van mijn acteur weer waren aangegroeid. De financiers hadden dat geduld niet, ze trokken hun steun in en ik bleef gedwongen thuis zitten wachten. Mijn eigen financiële zekerheid kromp tot een beschamend niveau, mijn levenspeil van jaren was niet meer vol te houden. Ik kon me geen restaurantdiners meer veroorloven, ik moest wijn gaan drinken die beneden mijn stand was en die me hoofdpijnen bezorgde, ik verlaagde me door het aannemen van kleding die mijn vriendinnen afdankten. Het was een gelukkige bijkomstigheid dat mijn Golf werd gestolen en ik geld van de verzekering kreeg om daarmee de dwingende rekeningen te betalen. Het betekende ook dat ik voortaan te voet moest of met openbaar vervoer. Ik dacht erover mijn huis te verkopen en me terug te trekken in een dorp in een uithoek van het land waar niemand me kende. Het was een duisternis waar het bestaansgevoel ophoudt. Ik was niets meer, ik kon op sommige dagen niet eens de verbittering voelen waaraan ik leed.

En in deze tijd verscheen die man in mijn dromen. Hij liet me elke morgen verliefd wakker worden. In de goudgerande badkamerspiegel zag ik mezelf weer als een vrouw met actieve eierstokken. Met de schouders naar achter, de benen iets uit elkaar, keek ik naar een kort maar slank lichaam dat verwaarloosd was zodat de tijd binnen een paar jaar erger tekeer had kunnen gaan dan nodig was geweest. Ik nam me voor naar de kapper te gaan om mijn haar de kleur te geven van het vuur in mijn onderlijf, ik maakte een afspraak met een schoonheidsinstituut om mijn huid te ontdoen van gerstekorrels en ik overwoog om ook mijn treurogen te laten opereren.

Elke avond bereidde ik me voor om mijn minnaar te ontvangen. Ik droeg karmijnrode lippenstift en kanten nachtgoed. We waren als kinderen die nog denken dat er maar één liefde per leven is. We negeerden het feit dat we allebei al duizend liefdes hadden beleefd en in alle valkuilen waren getrapt. We wisten dat we de verkeerde voor de ware konden aanzien en de ware voorbij konden laten lopen zonder acht op hem of haar te slaan. Desondanks bleven we ons gedragen met de naïviteit van schoolkinderen die hun eerste verliefdheid

als de ultieme liefde zien zonder zich ervan bewust te zijn hoe gemakkelijk die kan verongelukken.

We kwamen elkaar tegen in de droomtijd alsof het de gewoonste
zaak van de wereld was. We liepen door het Gooische Bos, dat in de
droom toch ook weer anders was dan het werkelijke bos tussen Hilversum en Bussum, en daarna waren we in Amsterdam, dat ook niet
het Amsterdam was zoals we het kenden. In het droom-Amsterdam
zag de Overtoom er anders uit en stapte ik op de verkeerde trams om
mijn afspraken met hem na te komen. Dan werd ik in totale verwarring wakker.

In de dagen dat we nog samen in het lichamelijke zaten, stelde ik
nooit vragen; nu wilde ik weten hoe hij toen over me dacht. Hij
moest me vertellen dat hij dezelfde verwantschap had gevoeld die ik
voelde. Ik wilde hem horen zeggen dat hij me nooit vergeten was.
Dat het de omstandigheden waren geweest die ons gescheiden hebben gehouden. Ik wilde de verloren jaren bespreken, de jaren dat ik
naar hem heb gesmacht, ik wilde weten waarom hij zo weinig pogingen had gedaan om met me in contact te blijven, maar hij had geen
zin om erover te praten. Met het geluk van heden was het verleden
alle betekenis kwijt, zei hij, maar ik had aan die uitleg niet genoeg,
ik was vasthoudend, wilde dat hij me bevestigde dat hij toen ook al
wist dat we voor elkaar bestemd waren, dat hij zich door zijn Kootje
in het huwelijk liet vasthouden. Ik wilde hem uitleggen dat ik hem in
honderd andere minnaars had proberen te vergeten en terug te vinden.
Hij ging dit soort gesprekken uit de weg en liet me alleen.
    Hij zei: 'Het is zo gegaan als het is gegaan, dat draaien we niet
meer terug. Ik ben stapel op je, wat wil je nog meer?'

Ik kreeg weer een van mijn steeds terugkerende nachtmerries. Het is
de droom waarin ik op school zit. In deze droom moet ik me voorbereiden op mijn examens, waarvoor ik nooit genoeg gestudeerd heb,
er is altijd een aantal vakken waarvoor ik niets heb ingeleverd zodat
ik nooit mijn diploma's krijg. Vandaag zat hij ook in de klas, hij zat

vooraan en ik zat helemaal aan de andere kant van het lokaal, ik had me al die tijd als een luis weggedrukt gehouden in de uiterste hoek. Ik werkte aan een collage, ik plakte foto's en afbeeldingen aan elkaar die ik uit kranten en tijdschriften had gescheurd, ik had een map vol met knipsels. De onderwijzeres kwam naar me toe en smeet de map op de grond, ze begon me uit te schelden, schreeuwde dat ik me niets moest verbeelden. Ik zei dat collages maken een kunst op zich is, dat je er een origineel brein voor moet hebben. De onderwijzeres hoonde dat dit soort werk bestond uit snippers van getalenteerde mensen, ze schreeuwde dat ik van andermans hoogstandjes gebruikmaakte, dat ik eigenlijk een dief was. Ze joeg me de klas uit, en op dat moment kwam hij naar voren.

Hij zei: 'Morgen heb ik een generale repetitie, kom je kijken?'

Hij vroeg het alleen aan mij, hij nodigde niemand anders uit.

De onderwijzeres kwam tussen ons in staan en schreeuwde dat ik niet moest proberen om indruk op hem te maken, dat hij een gewaardeerd filmacteur was, dat ik te simpel was om zelfs met hem te mogen praten. Ze ratelde maar door, ik verstond haar niet, het was wartaal, ik voelde dat ze me stond te vernederen voor de hele klas en vooral voor hem, het was een valse uitval, een tirade die ik niet verstond en niet begreep, en toen werd ik wakker. Mijn ogen waren zo gezwollen dat ik ze niet kon openen en met mijn gezicht in de kussens gedrukt viel ik opnieuw in slaap.

Daarna liep ik door het huis dat van mijn ouders was, ik had er een kamer die vol stond met spullen van andere mensen. In deze droom herinnerde ik me de vorige droom van de school en de schreeuwende docente en ik probeerde hem op te schrijven om hem te kunnen gebruiken in een volgend scenario of in het draaiboek waarmee ik bezig was maar er was geen lege bladzijde meer in mijn notitieblok. Nergens was er ook maar een stukje papier om mijn ideeën op te schrijven. Ik schreeuwde dat ik een nieuw blok wilde, ik graaide in de kasten waarin mijn moeder dit soort zaken opborg. Ze klapte de deuren op mijn handen en zei dat ik van haar spullen moest afblijven. Ik kon mijn verhaal nergens vastleggen en ik rende huilend naar buiten.

Hij stond op de stoep te wachten.

'Waar was je? Je zou naar me komen kijken.'

Ik huilde, ik bleef huilen en als in een druilerige roman likte hij de tranen op en zei dat ze naar amandelen smaakten. Ik begon te lachen en midden op straat deed hij zijn rol, en midden op straat maakte hij me met theatrale armgebaren duidelijk dat hij na al die jaren inzag dat we bij elkaar hoorden, en als in een Shakespeare-drama zonk hij wenend op de knieën en verklaarde me zijn liefde en barstte in lachen uit toen hij weer opstond.

'We zijn gek,' zei hij.

Er waren zo veel van deze nachten, hij was elke keer wel ergens in mijn dromen en we gedroegen ons soms als idioten, ik werd steeds weer vrolijk wakker alhoewel ik me 's ochtends niet altijd herinnerde wat we hadden gedaan. Ik werd met de dag verliefder, de droomliefde veranderde me in een vrouw die ik nog niet was geweest. Door deze dromen, die zo reëel waren dat ik werkelijk het gevoel had dat ik een man had op wie ik kon rekenen, ging ik me anders gedragen. Ik kreeg meer zelfvertrouwen dan ik ooit heb gehad, ik ging vastberaden met nieuwe financiers praten om weer aan de film te kunnen beginnen. Mijn hoofdrolspeler zou ook na zijn behandeling nooit meer het uiterlijk hebben van de man met wie we waren begonnen. Ik had solidair willen zijn en willen wachten totdat zijn haren weer waren aangegroeid maar hij zag er niet meer uit als een held. Je kunt het verhaal van een motorrijdende rauwdouwer niet filmen met een man die aan het sterven is – hoewel ik achteraf gezien misschien een nog sterker verhaal had kunnen maken als ik opnieuw was begonnen met de bestaande opnames en hem terugblikkend had laten vertellen wat er met hem gebeurd was.

Ik herlas het boek om het script aan te passen en ontdekte een gelaagdheid die ik in eerste instantie over het hoofd had gezien. Aanvankelijk was ik gefascineerd door de seksuele geladenheid van het verhaal, er kwam een lucht van geil en lust uit, maar de bedcapriolen waren de rimpels op de vijver, onder het oppervlak gebeurde meer, en terwijl ik daar in dook, begon ik de onzuiverheid te doorzien waarin elk koppel terecht kan komen. Ik besprak het met de schrijver, die zich erover verbaasde hoeveel ik zag in het verhaal dat hij in een maand tijd op papier had gezet om zijn korte affaire met een onbereikbare vrouw te beschrijven. Het manuscript was door toeval bij een uitgever terechtgekomen en zonder extra promotie zomaar in de boekentoptien beland.

Ik werkte het scenario bij en ging naar bed om er met mijn minnaar over te praten. Hij gaf me tips en bekritiseerde mijn dialogen, soms herschreef hij ze voor me en meestal herinnerde ik me ze 's ochtends nog bijna woordelijk en kon ik ze in het manuscript verwerken – zonder te zien dat hij ons verhaal aan het herschrijven was.

De schrijver van het boek gaf me een cd van Dean Martin cadeau, het kan zijn dat ik tijdens onze gesprekken eens heb laten vallen dat ik vind dat Dino de meest sensuele stem aller tijden heeft.

Ik zong mee en snipperde rode bieten omdat ze helpen tegen borstkanker en ik bakte aardappels die eigenlijk niemand mag eten omdat ze voor vetophoping zorgen, maar ik veroorloofde me de zonde en terwijl ik ze omschepte zong ik:

I write myself a letter and make believe it came from you.

'Ik schrijf mezelf een brief en laat me geloven dat hij van jou komt.'

Ik vergat de rode bieten en de aardappelschijfjes. Ik pakte in een impuls een doos met geschept briefpapier, een onzinnig nostalgisch cadeau, nutteloos in tijden van tekstverwerkers, printers en scanners. Ik aaide het rauwe vel en bedacht dat dit papier alleen met echte inkt beschreven kon worden, daarom ging ik meteen naar de winkelierster van kantoorartikelen en schrijfwaren en zocht in haar assortiment van vier vulpennen een mannelijk model van grijs gemarmerd bakeliet uit. Met de pen die ik hem cadeau gaf liet ik Ru nog diezelfde avond een lange brief schrijven om me de antwoorden te geven die op mijn hart brandden. Ik liet hem opschrijven wat ik wilde horen en ik liet hem zaken betwijfelen die ik voor zeker had aangenomen. Hij vertelde me over zijn reizen naar Italië en liet me beloven dat we er gauw ook eens samen naartoe zouden gaan. De brief werd zeven kantjes lang, ik deed hem in de zachtgrijze enveloppe uit de langwerpige donkergrijze doos van hetzelfde antieke papier. Ik adresseerde het omslag aan mezelf en liep midden in de nacht naar de rode brievenbus die het postbedrijf bij de winkelierster van kantoorartikelen aan de muur heeft bevestigd.

Pas na drie dagen werd hij bij me thuis bezorgd, een beetje smoezelig, met doorlopen inkt vanwege de regen.

Luisterend naar de zwoele stem van Dino en met een beker dampende thee in mijn handen geklemd keek ik naar de dikke brief op de tafel voor me, ongeduldig om hem te open, maar ook bang dat er dingen in zouden staan die ik niet wilde weten. Pas na geweifel dat wel een uur duurde, sneed ik langzaam het couvert van handgemaakt papier open, las en begon te grienen van geluk omdat alles wat hij schreef mijn hart raakte.

Ik ontving om de andere dag een nieuwe brief. De correspondentie met mijn lief maakte het draaglijk dat hij ver weg was en fysiek onbereikbaar, maar ik had de zekerheid dat hij me beminde en naar me verlangde zoals ik naar hem.

------·◆·◆·------

Het is moeilijk om in geluk te geloven, dat is een mankement waaraan de mensheid lijdt. Om bewijs te krijgen dat het er is onderwerpen we het onophoudelijk aan tests, we schoppen het onderuit om te zien of het ertegen kan. Elke relatie wordt bedreigd door twijfels, deze relatie was in haar totaliteit al twijfelachtig. Ik verhing me aan een illusie, er was geen bestaande man, ik droomde van de ultieme liefde en hield mezelf voor de gek met brieven die een ander voor hem schreef. Het was mijn waarheid en ik wist dat die door elke andere waarheid onderuitgehaald kon worden. Geluk is in mijn leven altijd eindig geweest, ik heb geen lief langer gehad dan een paar maanden, bij uitzondering eens een keer voor een paar jaar.

In deze dagen, alweer beginnend ten tijde van een volronde witte maan, kwamen de wedstrijddromen die ik sinds lang niet had gehad. Dit keer deed ik mee aan een hardloopwedstrijd waaraan maar vier lopers meededen. Twee van hen namen meteen een voorsprong, de derde persoon en ik volgden zonder hoop totdat ik ineens op de gedachte kwam dat ik ook kon winnen. Ik nam grotere passen, ik nam zweefpassen zoals in een vertraagde film, ik ging veel sneller en haalde de kopgroep bijna in totdat ze een verkeerde afslag namen. Ik rende verder, ik liep nu aan kop en had als eerste aan kunnen komen als ik niet zou hebben getreuzeld om de partner, die aan het begin gelijk met mij opging, dichterbij te laten komen. Vlak voor de finish rende hij me voorbij en werd winnaar.

Na deze nacht droomde ik niet meer van Ru. Ik had meestal weer druilerige nachtmerries, absoluut niet vergelijkbaar met de dromen waaruit ik tot over mijn oren verliefd ontwaakte. En nergens in al deze fantoomnachten was hij te vinden, ik liep rond om hem te zoeken maar ik kwam hem niet meer tegen. Ik stelde me voor dat hij alweer een nieuw lief had gevonden. De veel te vroeg overleden soapster misschien. Ik zag het voor mijn ogen gebeuren, hij was me ontrouw, het was zijn aard. Er kwamen ook geen brieven meer.

Een vriendin, de enige die ik had durven vertellen over mijn merkwaardige affaire, zei dat ik misschien naar een medium moest, iemand die met de mensen aan gene zijde de zaken kan bespreken die aan deze zijde nimmer zijn afgemaakt.

Personen die met geesten onderhandelen en boodschappen aannemen vanuit de andere wereld vind ik alleen geloofwaardig als ze in boeken of films verschijnen, dan kan ik hen zien als door de schrijver bedachte gidsen en raadgevers voor op drift geraakte hoofdpersonen. Dan zijn het een soort alter ego's die de waarheid of juist de onwaarheid moeten vertellen. In de verbeelde werkelijkheid mag dat, in de realiteit van de dag zijn dit soort mensen vrijwel altijd charlatans. Ze hebben zichzelf bedacht om goedgelovigen te bedriegen.

Vriendin nam me onder dwang mee naar een zigeunerin van middelbare leeftijd, nog prachtig in haar vel, de handen beschilderd met exotische tatoeages, de lange grijze haren gevlochten met kleurige linten erin, gekleed in extravagante kleren die nooit in de mode zijn geweest. Ze had zo veel rokken aan dat ze er de vloer mee kon vegen. Ze vroeg niets over vroeger, ook niet over de oude verliefdheid – daar wilde ze niets over weten. Dat hij plotseling in mijn dromen was opgedoken was zijn keuze, beweerde ze. Ik was het niet met haar eens, het moest uit mijn eigen onderbewuste zijn gekomen, het waren mijn ontkende en onderdrukte verlangens die zich naar boven hadden gewerkt.

Dat zei ik tegen het medium. Ze knikte en liet haar lange oorbellen tinkelen. Ze vroeg zich af of het mogelijk was dat er nog een deel van zijn ziel op aarde was blijven hangen. Niet alle zielen gaan compleet naar de andere kant wanneer de levensdraad geknapt is, zei ze. Ze blijven hangen in de omgeving waar ze geleefd hebben, dit gebeurt als er zaken niet afgehandeld zijn. Het was mogelijk dat ik hem met dit leven verbonden hield. Daarna wilde ze toch alles weten over onze verhouding toen we nog lichamelijk waren.

Like a true nature's child
We were born, born to be wild
We can climb so high I never wanna die
Born to be wild

(UIT 'BORN TO BE WILD' VAN STEPPENWOLF)

Het is begonnen toen ik nog maar net twintig was. Ik was een onervaren regieassistente die in een broeinest van gekonkel terecht was gekomen en door hem in bescherming werd genomen omdat hij zag dat
ik niet zag wat er allemaal aan de hand was. Ik weet niet of de film
mijn onvermijdelijke bestemming was of dat ik de fascinatie voor film
heb opgelopen vanwege mijn vader. Papa ging op zondagmiddag niet
naar het voetbalveld zoals zijn vrienden en tijdgenoten, hij kleedde
zich na het middageten op zijn zondags – in een donkerblauw kostuum als het winter was, in een beige combinatie tijdens de maanden
van Pasen tot aan Allerheiligen – en ging dan naar de bioscoop.

Ik was zeven toen hij me voor de eerste keer meenam. Eerst zat ik
naast hem, maar gaandeweg werden de beelden te heftig en moest hij
me op schoot nemen. Zo reisden we samen naar leegstaande landen
met bergen en mannen die elkaar op paarden achterna jaagden. Toen
we terug naar huis liepen was mijn vader anders, hij had een andere
stem, hij had een ongewoon slome tred, bewoog op een vreemde manier met zijn heupen en sloeg merkwaardig met zijn hoofd. Tijdens
het avondeten moesten we ons eerst ontdoen van onze belevenissen.
We vertelden mijn moeder tot in detail waar we waren geweest, we
wisten heel goed dat zij er zich geen beeld van kon vormen, we sloten haar bewust buiten met onze verhalen, het was gemeen maar het
gaf me even het idee dat ik mijn vader niet hoefde te delen met de
moeder die zo veel van hem nam dat er voor mij haast niets over-
bleef. Vanaf die zondag na mijn zevende verjaardag mocht ik regel-

28

matig mee en nam ik net als mijn vader de maniertjes van de acteurs mee naar huis. Mijn eerste liefdes waren filmsterren, ze wisselden steeds zodat ik de naam van de eerste niet meer kan noemen. Met Anthony Perkins had ik mijn langste verloving. Toen ik hoorde dat hij homofiel was, was mijn verliefdheid gelukkig al voorbij en was ik al met mijn zoveelste dweperij bezig.

Moeder ging nooit mee naar de bioscoop. Ze zei dat het verspilde tijd was om naar een verzonnen wereld te gaan zitten kijken. Ze vond dat mijn vader die tijd beter met haar kon doorbrengen, ze zei eigenlijk dat hij haar bestal van de aandacht waarop ze recht had door naar andere mooie vrouwen te gaan kijken maar ik geloof niet dat Papa naar de film ging omdat hij onder de indruk was van de onechte schoonheid van de diva's uit die dagen. Hij was meer gefascineerd door de mannelijke spelers. Hij adoreerde John Wayne. Dankzij Papa moet ik haast alle Wayne-films gezien hebben, behalve zijn oorlogsfilms, die sloeg hij categorisch over.

Ik ben zonder mijn moeders toestemming naar de filmacademie gegaan. Misschien heb ik het gedaan om mijn vader een plezier te doen, het kan ook heel goed zijn dat ik daarmee bevestigde dat we samen iets hadden waar Moeder niet bij kon komen. Hij heeft niet lang genoeg geleefd om een keer met me naar de set te gaan zodat ik hem kon laten zien hoe je een fantasie in levende beelden omzet. Mijn opleiding heb ik niet afgemaakt want de drang om officiële papieren te bemachtigen was er niet in die dagen. Filmmaken was geen professie, het was eerder een manier van leven. *Easy Rider* was het grote voorbeeld, het was de nieuwe filmmethode, je begon gewoon, je liet de camera draaien als er wat gebeurde en ook als er ogenschijnlijk niets gebeurde. Alles had met het verhaal te maken, het kwam uit het leven zelf, draaiboeken waren overbodig, opnameschema's onzinnig. Iedereen dacht een nieuwe Dennis Hopper te kunnen zijn. Het was de roes van een doelloze generatie. Er was een weg, maar geen bestemming, je kon doorrazen, meegaan met de ongecoördineerde stroom, er bestond geen toekomst, het waren de jaren van het nu en nou.

Ik ben opgegroeid in een Hilversumse laan met hoge bomen die in de lente bloesems droegen, in de zomer schaduw gaven, in de herfst luidruchtige krijgsliederen zongen en in de winter met feeërieke rijp bekleed waren. Ik heb op school gezeten met meisjes die zich nooit verzetten tegen de onvermijdelijkheid van het lot. Ze verloofden zich met achttien, sommigen al met zestien, en ze trouwden, na een onwaarschijnlijk lange verlovingstijd, in witte japonnen met tule rokken, die verderop in de wereld al ouderwets waren geworden. Heel vaak waren ze als bruid nog maagd. Ze kregen kinderen die gedoopt werden in richelieujurkjes die al generaties lang in de familie circuleerden.

Ik wilde me niet met hen vergelijken want ik had voor mezelf vastgesteld dat ik een kind van de nieuwe vrijheid was over wie God en de Kerk geen gezag meer hadden. Ik droeg bloesjes die mijn buik bloot lieten en mijn tepels lieten zien omdat ik geen beha droeg. Mijn rokken waren wijd en waaiden en ik liep op schoenen met zolen van touw. Ik veroordeelde de nestdrang van mijn vriendinnen en nichten, het krijgen van kinderen was een zonde, de planeet was al overbevolkt, we dienden Moeder Aarde te redden.

Ik wilde niet meedoen met de vanzelfsprekendheid die mijn voormoeders zonder protest hebben geaccepteerd, maar, wanneer ik een baby op schoot kreeg gedrukt en eraan mocht snuffelen, kreeg ik te maken met een lucht van gemis.

Het was een schizofrene tijd, ik was weifelachtig en na een nutteloze verliefdheid voor een docent bedacht ik op een dag dat ik beter af was als ik niet meer tegen de wensen van mijn moeder zou ingaan. Toen ze me met duidelijke opzet voorstelde aan de zoon van de nieuwe huisarts dacht ik dat te zien als mijn bestemming en vergat heel even alles wat ik me had voorgenomen.

De dokterszoon was twee jaar jonger dan ik, hij zag er goed uit, hij kleedde zich klassiek, hij had een hbs-diploma met een extra onderscheiding voor zijn vlekkeloze Engels – dat hij te danken had aan zijn Brits-Indische moeder. Hij was in zijn kleuterjaren alleen in het Engels aangesproken. Via vrijmetselaarvrienden van zijn vader had hij een baan gekregen bij een importeur van Japanse horloges. Zijn naam was Lance, van Lancelot uit de Arthursage. Bij de eerste ontmoeting begon hij al over trouwen, daarmee overrompelde hij me, het was zo direct dat ik eerst weer twee weken terugvluchtte in de promiscuïteit van mijn Amsterdamse vriendenkring, en toen ik daardoor een aandoening opliep wist ik dat dit een teken was van hogerhand. Ik ging terug naar het huis aan de Bussumergrintweg en liet me uitnodigen voor theevisites met petitfourtjes. De theetantes van Lance drongen erop aan dat we snel zouden trouwen voordat ik mijn onschuld zou verliezen, mijn moeder was het ermee eens. Ik moest naar een priester-oom aan wie ik alle zonden kon opbiechten zodat ik rein en onbevlekt het heilige huwelijk kon aangaan. De priesteroom stelde valse vragen, hij vroeg me waarmee ik mijn jeugd bezoedeld had, hij bedoelde hoe vaak ik al met een man had geslapen maar zo benoemde hij het niet. Toen ik zei dat ik niet begreep wat hij bedoelde stelde hij helder en duidelijk de vraag of ik mijn maagdelijkheid bewaard had. Ik bleef volhouden dat ik niet wist waarover hij het had en hij gaf me uiteindelijk de absolutie en een penitentie van zeven onzevaders en weesgegroeten omdat ik tegen hem loog.

'Ik kan ruiken als een bruid onbevlekt het huwelijk in gaat,' zei hij. 'Jij ruikt anders.'

Lance en ik trouwden precies drieëntachtig dagen nadat we elkaar voor het eerst een hand hadden gegeven, drieënvijftig dagen nadat we voor het eerst met elkaar naar bed waren geweest, drieënveertig dagen nadat ik had toegestemd om met hem te trouwen en drieëndertig dagen nadat ik beslist had in welke jurk ik wilde trouwen. Mijn vader vroeg waarom ik zo'n haast had. Hij vroeg zich af of er al iets op komst was. De waarheid was dat ik bang was voor mijn beslissing en zo snel mogelijk naar het point of no return wilde.

Ik wilde een witte winterse cape met pluis aan de capuchon. Een costumière die ik kende zou hem voor me maken maar kon het materiaal niet op tijd krijgen en zodoende ben ik getrouwd in een tweedehands, strapless avondjurk van zwarte taft, in een katholieke kapel in een buitenwijk van Hilversum, waar de vrouwelijke acoliet steeds misprijzend naar mijn profane bruidsjurk keek op de eerste lentedag waarop het pijpenstelen regende.

Ik danste op een bruiloft met alleen oude mensen die de dansen die ik in Amsterdam geleerd had niet kenden en die ik ook niet had kunnen dansen in een jurk die steeds dreigde af te zakken omdat mijn borsten nog niet volgroeid waren. We gingen nog dezelfde avond op huwelijksreis naar de Belgische Ardennen in een blauwe Ford Mustang met linnen dak, die Lance geleend had van een excentrieke oom die naar alle waarschijnlijkheid homo was. De wegen waren bedolven onder een halve meter sneeuw van een late winterstorm, waardoor we vast kwamen te zitten. We moesten de hulpdienst oproepen om ons los te trekken. Het hotel dat ik had geboekt had kamers met piepschuim wanden die waren behangen met fluwelen papier in een droevig Frans dessin en van alle kanten konden we het gehijg en gejuich van andere koppels horen alsof er een epidemie van wellust was uitgebroken. Lance was heet en hongerig, we hadden vlammende seks in stuitende houdingen en maakten evenveel lawaai als al die liefhebbers in de andere kamers. Vanwege het weer konden we nergens heen, we hebben de huwelijksreis doorgebracht als in een onfatsoenlijke roman, gillend, hijgend en soms slapend in elkaars armen.

Daarna wist ik alles van seks, er was niets meer om nieuwsgierig naar te zijn.

We gingen op een zolderetage wonen. Alles wat een echtpaar nodig heeft was aanwezig. Er was een goede keuken, een badkamer met bad, ruimte om te eten, ruimte om te slapen en om aan de vermenigvuldiging van de mensheid te beginnen, maar ik ervaarde het als een grafkelder. Ik miste het daglicht en ik had niets te doen. Ik ging elke dag de stad in, winkelen was mijn enige tijdverdrijf en 's middags ging ik naar de matinee in het Luxor-theater totdat het huishoudgeld op was. Ik had gedacht meteen zwanger te kunnen worden nadat ik met de pil was gestopt maar mijn menstruatie kwam sindsdien zo onregelmatig dat ik waarschijnlijk geen vruchtbare periode meer had. Ik had geen doel, er lag geen weg meer voor me en ik was nog verschrikkelijk jong. Dertien weken na ons trouwen liep ik gedachteloos langs het station en als een slaapwandelaar ben ik zonder kaartje met de trein naar Amsterdam gegaan en rechtstreeks naar het favoriete café uit mijn academietijd gelopen. Ik werd geknuffeld en nat gezoend als een verloren dochter en ik ontvouwde me als een verstijfde bloemknop. Ze lieten me met mijn rokken zwaaien, ze lieten me weer op de tafel dansen, en ik zong huilend het laatste couplet van *The Rose*.

Als de nacht te eenzaam was en de weg te lang, bedenk dan dat de liefde niet het voorrecht is van winnaars en vechters, onthoud dat in de winter, onder dikke lagen sneeuw, heel diep in de aarde, het zaad ligt dat met de warmte van de lentezon opbloeit als een roos.

Een producente zei dat ze een regieassistente zocht met ingang van de volgende dag. Het honorarium was beschamend maar ik hoorde een woord dat klonk als 'ademhalen!'
'Ik ben er,' jubelde ik.

Die avond heb ik voor het eerst naar de man gekeken met wie ik getrouwd was. Tot dat moment had ik hem nog niet tegengesproken, ik had een braafheid getoond die niet van mezelf was, ik had erop gehoopt dat hij me rust zou geven, ik had gedacht dat ik nu eindelijk de goedkeuring van mijn moeder zou krijgen. In plaats daarvan vertelde ze me dat het me nooit zou lukken om een man te plezieren. 'Geen enkele vrouw kan dat,' zei ze, 'mannen willen altijd meer dan een vrouw kan geven. Daarom gaat je vader naar de film. Kijk eens bij je man onder de matras. Ik zweer je dat je daar pornoblaadjes vindt.'
'Heeft Papa die ook?'
'Je vader is een sul.'
Toen ik Lance vertelde dat ik werk had als regieassistente, begon hij te hijgen als een kind dat zijn zin niet krijgt. Hij gaf me een pak

slaag zoals ik sinds mijn kleutertijd niet meer had gekregen, hij rammelde met vuisten op mijn rug en begon hartstochtelijk te huilen.

'Je mag me niet zo beledigen,' jankte hij. 'Ik heb heeroom beloofd voor je te zorgen. Ik heb het voor God gezworen. Ik ben je man, ik ben van nu af aan verantwoordelijk voor je, je mag niets doen zonder het mij te vragen.'

Hij snikte en haalde hortend adem, hij smeekte me me als een getrouwde vrouw te gedragen, hij liet me beloven dat ik nooit meer zonder zijn toestemming naar de stad zou gaan waar van alles kon gebeuren, waar hij niet eens naartoe zou durven omdat je er op elke straathoek beroofd kon worden.

Het werd niet het einde van ons huwelijk, alleen het begin ervan. Lance had me niet moeten slaan. Met dat pak slaag haalde hij mijn passie uit de tombe waarin ik haar had neergelegd. Ik had gedacht dat ik door mijn trouwen de zombie had kunnen worden die mijn moeder me wilde laten zijn maar Lance trok met zijn aframmeling de lijkwade weg en gillend en schreeuwend van de rugpijn kwam mijn hartstocht tevoorschijn. Ik schreeuwde dat ik de hele dag van verveling zou moeten masturberen als hij me niet zou laten werken.

Lance stond voor me met de tong in en uit de mond als een aanvallende cobra en zei dat ik als caissière bij Albert Heijn kon gaan werken. Daarin had hij gelijk want bij een supermarkt zou ik zeker fatsoenlijker betaald worden.

Na een slapeloze nacht vol twijfels ben ik naar Amsterdam gegaan, met de wetenschap dat heeroom me zou excommuniceren, dat de poorten van de hel al voor me open waren gezet. De lucht zag eruit als een gedoofd haardvuur, de as verspreidde zich van horizon tot horizon. Het bleef zo alle komende dagen tot het volgende weekend waarin ik niet mee kon naar de theetantes omdat we opnames hadden en Lance zijn familie moest confronteren met mijn opstandigheid. Ik overleefde de veroordeling met een glansrode glimlach.

De eerste bijeenkomst van de filmploeg was in de catacomben van het Olympisch Stadion, waar de droge repetities werden gehouden. De ploeg die aan deze film ging werken was bij elkaar gekomen onder een ongunstige sterrenstand, elke astroloog had de rampen kunnen voorspellen, de sterren stonden in een ongelukkige conjunctie. Zelfs zonder astrologische kennis was de invloed van de buitenaardse krachten waarneembaar.

Iedereen die meewerkte aan de film had met zijn eigen verwachtingen het contract getekend. De regisseur, een knappe man met het charisma van een kosmopolitisch orkestleider, had nog nooit een speelfilm gemaakt, hij deed tot dan voornamelijk televisieregistraties van operettes en klassieke concerten, hij had geen weet van de ingewikkelde techniek van film en geluidsbanden. Hij had nog minder weet van de chemie en de wispelturigheid van toneelspelers die de discipline niet kennen van een beroepsmusicus. Zonder vooraankondiging bracht hij zijn nieuwe lief mee, een jongensachtig fotomodel dat hij net een week daarvoor had aangetroffen op de stranden van Torremolinos, hij wilde haar de hoofdrol laten spelen. De hoofdrolspeelster die voor de rol gecast was, liep verongelijkt weg en ging buiten zitten kettingroken. De mannelijke acteur weigerde te repeteren met het schriele fotomodel dat de haren kortgeschoren had alsof ze zich van hardnekkig ongedierte had moeten bevrijden. Ze had geen billen of buste en had een stem als een kinderxylofoon – haar woorden waren van goedkoop metaal.

De scenarioschrijver, met het uiterlijk van een hangbuikzwijn, was betoverd geraakt door de hoofdrolspeelster, die een impulsieve vriendelijkheid had waarvan alle mannen trillende knieën kregen. In zijn zwakte had hij het script herzien zodat zij de film kon dragen in plaats van de mannelijke hoofdrolspeler om wie het oorspronkelijke verhaal draaide en in alle dialogen was hoorbaar hoe verliefd hij was. Hij belde – eerst tierend, toen schreiend – met de producent dat hij hem een proces zou aandoen als zijn script verminkt zou worden door een hippiekind met de tepels van een jongen die net aan zijn stembreuk toe was.

Een dag later werd er opnieuw geruzied over de vrouwenrol totdat het tijd was om te lunchen en van mij verwacht werd dat ik broodjes serveerde, die ik had moeten bestellen. Maar niemand had me op deze taak gewezen en dus ging iedereen verongelijkt naar de snackbar op de hoek van het Stadionplein.

In de namiddag begon de regisseur de repetities, zonder overleg, met zijn lief als hoofdrolspeelster. De mannelijke hoofdrolspeler weigerde te repeteren met de gladgeschoren tiener, hij was beledigd omdat hij een onervaren jongensachtig wicht als tegenspeelster kreeg en reed weg met krijsende banden.

Op dat moment leerde ik Ru kennen, hij had in deze film een bijrol, die hij speelde als een ster. Hij zei bedaard dat hij de hoofdrol wilde lezen – bij afwezigheid van de gekrenkte acteur – zodat het kortgeschoren meisje kon laten horen hoeveel talent ze had, of ze een rol van betekenis aankon, of ze ongezien terecht werd veroordeeld.

De producent kwam aan het eind van de middag in zijn Luciferzwarte Mercedes aanstuiven, verbeten kauwend op een bezeverde sigaar van Caribische herkomst. Hij nam de scenarist mee naar buiten waar hij hem vroeg een paar broeiende seksscènes te schrijven voor het regisseurssletje. Het was in de dagen dat films seks nodig hadden om bezoekers te trekken. De scenarist schreef mokkend een aantal gore scènes die willekeurig waar dan ook in de film geplakt konden worden zonder enig verband te hebben met het verhaal. Hij kreeg er zijn hoofdrolspeelster voor terug met wie hij trachtte een affaire te beginnen.

Het is niet gebruikelijk dat een film in chronologische volgorde van het script wordt opgenomen, maar dit keer was er een chaos die ik zelfs in de wanorde van mijn opleiding niet heb meegemaakt. Het was nooit duidelijk welke scènes gedraaid gingen worden, er waren onophoudelijke misverstanden over de kleding en over de locaties.

Er ontstonden verschillende kampen op de set, er werd vals gesproken over elkaar, er werd samengespannen, er werden scènes gesaboteerd. Ik kreeg zaken te verwerken die niets te maken hadden met filmen, die ik met mijn leeftijd ook niet kon doorzien. Ik was een totale analfabeet in het middelpunt van deze taferelen. Ik maakte ongehoorde fouten die niet hadden gehoeven. Met de regisseur had ik nauwelijks contact. Hij tortelde als we niet draaiden en trok zich de onrust niet aan. Schreiende actrices maakten mijn schouders nat, verontwaardigde cameramensen gooiden hun gram over me uit. Ru zag dat ik een pop aan touwtjes was en dat mijn touwtjes telkens weer in de war raakten. Hij kwam elke dag naar de opnames kijken ook al had hij geen scènes, hij suste de ruzies bij de mannen, hij haalde vechtende cameramensen uit elkaar, hij kalmeerde de huilende meisjes, hij was de clown van de crew en hij was mijn beschermengel en uiteindelijk nam hij me mee naar bed.

Mijn inwijding als overspelige vond plaats op een dinsdag vroeg in juli toen iedereen snakte naar regen. De onweerswolken dreven beloftevol langs de hemel maar ze losten zich treiterig weer op om onverwachts opnieuw aan de horizon tevoorschijn te komen en schaduwen te geven waar de belichters gek van werden. De regisseur – die geen ervaring had met buitenopnames – schold hen uit voor amateurs en vertrok om met het meisje met de onvolgroeide borsten te gaan lunchen in een nieuw Italiaans restaurant in een dorp, veertig kilometer ten noorden van de hoofdstad. De technische ploeg ging naar de kroeg. Ru nam me mee naar een woonboot van een vriend die ergens in een ver land vakantie hield en voor vrienden de sleutel van de voordeur tussen de oleanders had verstopt op voorwaarde dat ze zijn bloemen zouden besproeien om ze in leven te houden.

Ik was geen maagd meer maar voor de liefde was ik een onbespeeld instrument. Hij kleedde me niet uit, hij liet het me zelf doen en keek toe. En toen ik bloot voor hem stond in de bleekheid van een roodharige met sproeten begon hij te lachen.

'Deze weddenschap heb ik verloren,' zei hij.

Hij legde me op de divan en bedekte me met zijn lichaam dat de huid had van een mediterrane visser, gebruind tot het laatste stukje. Hij zei: 'Ik heb met Joes gewed dat je tepels bruin zouden zijn, Joes zegt dat vrouwen met een huid zoals de jouwe alleen maar roze tepels hebben en ik heb erop gewed dat iemand met zo veel vuur in de ogen donkere tepels moet hebben.'

Hij kuste ze en ze kwamen fier overeind maar ze bleven bleek van kleur.

Tegen de tijd dat we aan de zomerpauze toe waren had onze relatie een vanzelfsprekendheid gekregen. We vreeën in kleedkamers, soms moesten we de toiletruimtes afsluiten en alle andere keren deden we het op de achterbank van zijn tien jaar oude Renault, die hij vaak parkeerde tussen de dennenbomen van de Gooise bossen. We hadden meestal niet veel tijd nodig.

In de spaarzame minuten dat ik alleen met hem mocht zijn, dat niemand op hem lette en hij geen rol hoefde te spelen, zag ik de man bij wie ik de rest van mijn leven had willen blijven, ongeacht waar hij me mee naartoe zou willen nemen. Ik was bereid zwijgend naast hem te blijven zitten als hij in het kanaal zat te vissen en ik zou ook met hem naar Machu Picchu zijn geklommen.

Ru gaf me wat ik in een vader heb gezocht, hij gaf me wat een broer me had kunnen geven als mijn moeder gezonde eierstokken had gehad. Ru werd mijn ideale vader en mijn lievelingsbroer en het was dus incest toen we met elkaar naar bed gingen. Na de eerste keer ging ik gesluierd in echtbreuk naar huis, ik vreesde dat mijn zonde niet te verbergen was maar die angst was overbodig. Mijn man had geen aandacht voor de glans in mijn ogen en de geur in mijn huid die ik nog altijd bij me had na een lange douche waarbij ik me inzeepte met zijn badschuim van Daniel Hechter. Om de zondigheid te verdoezelen deed ik extra moeite voor zijn gedachteloze slaapdrug. Na de wilde bruidsnachten had ik nooit meer enige passie bij hem kunnen bespeuren. De daad was een gewoonte die volgde op het uitzetten van de televisie. Deze avond kwam hij sneller klaar dan gewoonlijk, waarna hij zich op een zij draaide en in slaap viel. Ik bleef achter in een trein van gedachten. Elke nieuwe gedachte vervormde de vorige zodat een chaos van gedrochten ontstond en ik niet meer wist wie ik was en wie ik wilde zijn en vooral niet met wie ik wilde leven. Ik was de belofte van mijn leven tegengekomen en ik had me om mijn gemoedsrust te vroeg verbonden met de verwachtingen van mijn moeder. Ik besefte de zwaarte die een enig kind te dragen heeft. In een gezin met meer kinderen zijn er altijd een paar die mogen mislukken. Er blijven er altijd genoeg over die de verwachtingen van hun ouders kunnen waarmaken. Ik moest de rouw dragen van de kinderen die mijn moeder niet heeft kunnen krijgen, ik moest al mijn broers en zusters goedmaken, maar ik was met te weinig, ik kon geen vijf kinderen tegelijk zijn, ik had te weinig levens om haar te geven waar ze op gerekend had toen ze trouwde en ik accepteerde die schuld als een vanzelfsprekendheid. Het was de schuld van de erfzonde. Ik greep de zonde met Ru aan om me nog schuldiger te voelen. Als ze op me schold, zelfs zonder te weten hoe schandalig ik me gedroeg, wist ik dat ze gelijk had.

Het was een zomer dat de zonnebloemen zo hoog kwamen dat ze knakten onder hun zware kronen. Het was een zomer dat er scheuren in de velden verschenen, dat er voor het eerst werd gesproken over graancirkels in de tarwevelden in het zuiden van het land. Op onze zolderetage was het niet uit te houden, de kaarsen bij de beeltenis van Onze Lieve Vrouw van het Heilige Hart bogen zich om.

In augustus werd er niet gedraaid, ik wilde op vakantie naar Toscane omdat Ru daar was. Het was onzinnig om erop te hopen dat ik hem daar kon zien, maar de wetenschap dat ik in hetzelfde land was, in dezelfde streek, in dezelfde vallei misschien en dat we elkaar mogelijk op een markt tegen het lijf zouden kunnen lopen, wond me op. Lance kon niet meer op vakantie, hij had zijn vakantiedagen gebruikt voor de bruidsreis, hij stelde voor om in de weekenden zijn familie in de Duitse Eifel te bezoeken – waar ik niet naartoe wilde.

Mijn lieve tante Toek, die met drieëntwintig al weduwe en rijk is geworden en geen eigen kinderen heeft gekregen, nam me mee naar

Ibiza en gaf me het zakgeld dat ik van Lance niet kreeg. Tante Toek had een affaire met een restauranthouder, ik met het eiland. We kwamen zo bruin als mulatten terug, zelfs mijn sproetige huid was verkleurd en we hadden een koffer met kleren bij ons die tante Toek wel maar ik niet durfde te dragen tijdens de zondagse theevisites.

———•—•——

De laatste filmopnames moesten in het Nabije Oosten worden gedraaid. Lance weigerde me mee te laten gaan. Het oordeel van zijn familie was zijn grootste zorg, hij betrok mijn moeder in ons geschil, die heftig geschrokken over mijn plannen verschrikkelijke verhalen begon te verzinnen over de Arabische wereld en me voorspelde dat ik gekidnapt kon worden door een Touareg die me mee zou nemen naar zijn harem diep verborgen in de Sahara.

Het hielp niet dat ik zei dat we niet verder zouden gaan dan Istanboel.

Ik had niet genoeg *Easy Rider*-mentaliteit, ik was misschien niet geboren *to be wild*. Ik had onvoldoende weerwoord tegen de preken van mijn echtgenoot en mijn familie en ik heb de filmmaatschappij verteld dat ik niet mee kon omdat ik een fatale allergie had voor woestijnzand – ik wist niet dat Istanboel aan zee lag en dat de Sahara mijlen zuidelijker in een ander continent lag. Ik heb altijd slecht opgelet op school.

Ik deed wat me werd opgedrongen en daarna solliciteerde ik op een baan als receptioniste bij de KRO. Ze namen me aan omdat ik kennis had van de filmwereld. Het enige wat ik mocht doen was binnenkomende gasten de weg wijzen en niemand van hen had enige notie van film – alleen van domme radiospelletjes die door een dikke man met een kaal hoofd en een grootvaderlijke lach werden gedaan.

In de wereld van de film heeft men alleen een kortetermijngeheugen. Ze waren me al vergeten voordat de film waarin Ru een glansvolle bijrol speelde in première ging. Ik kreeg geen uitnodiging voor de openingsvoorstelling. Het gebleekte fotomodel was ook al weggehoond, haar druipende scènes zijn niet in de film opgenomen. Niemand heeft ooit meer van haar gehoord. Tegen de tijd dat de film klaar was had de regisseur een verhouding met de impulsieve actrice.

Het lot van de verliefde scenarioschrijver is me niet bekend, het kan zijn dat hij van verdriet een einde aan zijn leven heeft gemaakt op een eiland in een vergeten zee. Het was een bekommerde man die makkelijk tot dramatische daden in staat was. De kranten hebben er nooit iets over geschreven.

Dan kan ik u nu vertellen dat het huwelijk met de man die een naam had uit een heldensage, door hemzelf bij het vuilnis is gezet. Dat gebeurde anderhalf jaar nadat ik in de profane jurk van zwarte taft beloofd had dat ik hem voor eens en altijd trouw zou zijn. Ik zou Lance zeker nog langer getolereerd hebben om mijn moeder te plezieren want ze werd in die dagen een ontroostbare weduwe – een rol die ze voortreffelijk speelde. Ik had nog meer dan voorheen de taak om al haar kinderen te zijn. Maar de man met wie ik tevreden oud had moeten worden en het vaandel van 'tot de dood u zal scheiden' hoog had moeten houden, negeerde mijn levensdoel en daarmee in principe wie ik was. In een weekend dat ik moest werken had hij mijn dozen met oude films en vergeelde en kromgetrokken scripts aan de straat gezet; nog erger was dat ook het nieuwste script waaraan ik bezig was, ploeterend uitgetikt in tweevoud op een twintig jaar oude typemachine van het merk Olivetti, al door de drekkige tanden van de vuilniswagens was fijngemalen toen ik erachter kwam. Ik was een hele dag sprakeloos, de woorden plakten aan mijn gehemelte, ze waren zonder echo en mijn tong was doof. Ik begon Lance te slaan en te schoppen en ten slotte barstte ik in huilen uit, en op het moment dat de tranen loskwamen wist ik dat ik me bijna had neergelegd bij normen die niet van mezelf waren. Ik mocht mijn hartstocht voor film niet laten vermoorden door mijn immer klagende moeder, noch door mijn altijd verongelijkte echtgenoot. Ik wilde niet als schim verder drijven. Te veel mensen doen dat. Ik wilde vlees en bloed – en vuur.

Lance eiste de voogdij op over mijn meer dan honderd engelen-beeldjes, louter op basis van het feit dat hij voor drie zilveren cheru-bijntjes betaald had om onze eerste trouwdag te vieren. Zijn advo-caat heeft me daarna nog drie jaar achtervolgd met dreigbrieven om zaken uit zijn vaders erfenis terug te bezorgen – die we in gezamen-lijk overleg aan tantes van mijn kant cadeau hadden gedaan omdat ze niet in ons interieur pasten.

Hij bleef op de zolderetage wonen en meende daarom ook recht te hebben op alle meubels en dingen die mij dierbaar waren. Ik heb het gevecht om mijn spullen niet uitgespeeld. Ik vocht alleen om de zeg-genschap over mijn gedachtegoed.

De baan bij de Katholieke Radio Omroep heb ik nog vijf jaar aan moeten houden terwijl ik intussen het ene na het andere filmscenario schreef en er producenten mee lastigviel totdat ik de kans kreeg om een van mijn scripts te realiseren. Ik wil u niet vervelen met het ver-haal over die moeizame weg, ik was hem ook algauw weer vergeten bij het eerste succes. Mijn debuutfilm werd meteen gelauwerd en van toen af aan kon ik mijn leven uitzoeken.

In al die jaren ben ik Ru maar sporadisch tegengekomen, alleen bij premières of tijdens festivals en dan was hij altijd met Kootje. Een keer kwam ik hem toevallig alleen tegen in een café in de Jordaan. Hij keek me aan met de blik van een verregende straathond. Dat is waarschijnlijk de enige keer geweest dat Kootje hem de deur heeft uitgeschopt. Het was de enige zwakke plek in een relatie die van ijzer was. Kootje gaf hem precies genoeg vrijheid om met hem ge-trouwd te kunnen blijven. Ze liet de lijn vieren als hij vreemd wilde gaan met vrouwen die niets te betekenen hadden maar ze gaf hem geen enkele kans om serieus iets te beginnen. Mijn pogingen om door haar hekken heen te breken mislukten. Ik heb niet geweten dat ik op dat ene moment in het Jordanese café mijn kans had moeten grijpen. De bareigenaar liet hem met een taxi thuisbrengen. Het is de vraag wat er gebeurd zou zijn als ik de taxichauffeur was geweest, als ik hem mee naar mijn huis had genomen.

Ik heb hem daarna nooit meer te spreken gekregen. Tweemaal heb ik gevraagd of hij in een film van me wilde spelen. Eenmaal was het een buitenlandse productie, daarmee had hij buiten Nederland kunnen doorbreken. Kootje gaf me het antwoord. Ze zei dat hij niet uit Nederland weg kon gaan, ze kapte het gesprek bot af. Vermoedelijk heeft ze de hunkering in mijn stem gehoord, als minnaar had ze hem misschien nog uitgeleend maar als man wilde ze hem houden. Ze moet hetzelfde in hem hebben gezien wat ik zag. Een maat voor het leven. In de daad presteerde hij te weinig om naar te verlangen, zijn postuur beloofde een potige jongeheer maar hij had niet meer dan een ontluikende madelief. Ik hechtte geen waarde aan zijn capriolen, ik was getrouwd geweest met een man die het attribuut had van een Argonaut maar zonder hart in zijn borst. Ru had meer in zijn plompe torso dan ik als vrouw aankon. Ik kwam al klaar als hij me tegen zich aan drukte.

There's a crack in everything
That's how the light gets in

(UIT 'ANTHEM' VAN LEONARD COHEN)

Het medium liet me alles vertellen en daarna vroeg ze plompverloren of ik in mijn dromen ook seks met Ru had. Ik gaf het toe maar benadrukte dat deze verhouding op een ander niveau lag, dat ik het als een ziele-relatie zag.

Ze begon schaterend te lachen, ik voelde me betrapt, het was absurd om te bedenken dat je een verhouding kunt hebben met een gedroomde man, nog erger dat je met een nat kruis wakker wordt. Het was belachelijk, ik moest het toegeven, ik voelde me voor schut staan en wilde weglopen. Ik zei dat het me speet dat ik haar had lastiggevallen. Ik vroeg haar hoeveel ik voor het consult moest betalen en stond op om weg te gaan. Ze duwde me tamelijk hardhandig en zeer vastberaden terug op de bank en zei dat we nog lang niet klaar waren. Het was een interessant geval dat ze nog niet eerder was tegengekomen. Ze wilde er meer over weten en verzekerde me dat ik niets hoefde te betalen.

'Ik wil dat je gaat slapen zodat ik contact met hem kan maken.'

'Madame, het is midden op de dag, ik ben te jong voor middagdutjes. Heeft u geen andere manier om contact met hem te maken?'

'Nee, ik moet dit anders benaderen dan ik gewend ben. Dit is nieuw voor me. Ik geef je iets te drinken.'

De vrouw, die zich gekleed had in rokken met het volume van een carrousel, maakte een theebrouwsel voor me waarin ze een poeder strooide en een vloeistof druppelde uit een flesje zonder etiket. De drank smaakte niet eens onaangenaam. Daarna moest ik op een sofa gaan liggen waar ik werd toegedekt met een zachte fleecedeken en zoete muziek. Vriendin keek met belangstelling toe zonder zich een moment met de riten te bemoeien. Hoelang het duurde voordat ik in slaap ben gevallen herinner ik me niet maar eenmaal in de tijdzone van de illusies hoefde ik niet lang te wachten.

Hij had het uiterlijk van zijn beste jaren, toen zijn lijf nog in top-vorm was, zijn rimpels en grijzende slapen hem alleen maar onweer-staanbaar maakten en in zijn ogen de ondeugd glinsterde. Dit keer realiseerde ik me dat ik nu ouder was dan hij, dat mijn lichaam aan het verflensen was, dat mannen van zijn leeftijd me als een bejaarde bekeken, zelfs die van mijn eigen leeftijd. Het maakte me onzeker en alle ongedwongenheid die in de vorige dromen overheerste, was ver-dwenen.

Hij vroeg: 'Waar was je?'

'Je wou me niet zien,' mokte ik. 'Heb je alweer een ander?'

Ik werd een jaloerse vrouw, ik verdacht hem van overspel omdat ik bang was dat hij me te oud zou vinden. Hoewel ik maanden ge-lukkig met hem was geweest en het verschil in leeftijd al die tijd niet had meegeteld, evenmin als het feit dat ons samenzijn niet meer was dan een droom, kon ik niet meer accepteren dat ik hem alleen in een niet-bestaande tijd zag, ik hunkerde ineens naar een liefde met een dag en een nacht, een aardse liefde, een puur lichamelijke relatie. Ik begon ruzie te maken, ik werd ongewoon gemeen. We hadden een krankzinnige discussie, ik ging tekeer als een feeks. Ik was scherp en verschrikkelijk aards, ik maakte hem kleinzielige verwijten, het was afschuwelijk wat er gebeurde en toen ik weer wakker werd wist ik zeker dat het uit was, vooral dat het mijn schuld was. Met het geduld van een engel had hij me laten razen en schelden terwijl ik hem bleef beschuldigen van overspel en bedrog. Rustig bleef hij zeggen dat echte liefde zonder jaloezie is, dat het een allesomvattend gevoel is, een staat van zijn waar geen verwijten bij horen, geen kwaadheid. Het gaat om de extase van het moment, het is pure liefde, onvoor-waardelijke liefde, liefde zonder verwachtingen, liefde zonder meer.

Ik zag geen rede in wat hij zei, ik bleef kwaad, ik bleef hem ver-denken van ontrouw.

Mijn agressiviteit moest aan het brouwsel van de toverkol liggen.

'Je wordt bedankt met je drankjes,' schreeuwde ik toen ik wakker werd. 'Wat heb je erin gedaan dat ik me als een jaloerse teef ben gaan gedragen?'

'Melatonine, citroengras en een extract van datura's, meer niet,' zei ze. 'Wat gebeurde er? Je werd zo opstandig.'

'Ja. Ik werd een onmens. En nu is het uit. Fijne hulp ben jij.'

De zigeunerin met goudomrande voortanden en duizend onderrokken zei dat ik moest kalmeren. Met de stem van een tovenares fluisterde ze me toe dat ik magie zou kunnen gebruiken om hem weer mijn dromen binnen te lokken, en ze gaf me voorbeelden van rituelen die ik kon toepassen. Ik zou me kunnen parfumeren met de geur die ik in die dagen gebruikte – het enige wat ik me kon herinneren was dat het goedkope luchtjes waren want voor Chanel en dergelijke dure odeurs had ik toen geen geld.

Muziek kan wonderen doen, zei ze. Ik zou de platen kunnen opzetten waar we beiden naar geluisterd hadden, en ook dat was een belachelijke suggestie want we hebben nooit samen naar muziek geluisterd, er zijn geen favoriete songs die ons verbinden, niet zoals dat soms in romantische films als een bindmiddel wordt toegepast. Ik had helemaal niets wat ons met elkaar verbond, alleen de belachelijke gedachte dat we bij elkaar hoorden en die was het sterkst van mijn kant.

De heks maakte me eerder wanhopig dan dat ze een hulp was, ik wilde graag geloven dat er magische middelen waren om hem naar me toe te halen, om de ruzie bij te leggen, om de droomliefde voort te zetten maar ze had alleen belachelijke voorstellen. Ik kreeg een stuk zeep in een netje waarmee ik me elke avond van top tot teen moest wassen. Het was bedrog en toch hoopte ik dat het me kon helpen.

———◦•◦———

Vriendin heeft me thuisgebracht, ze heeft begripvol een fles wijn opengemaakt en een onfatsoenlijk groot glas ingeschonken. Ze zei dat dit misschien de oplossing was die ik nodig had. Dat het over moest zijn, dat er een eind moest komen aan de gekte van een relatie met iemand van wie de ziel al in een andere dimensie rondzweeft en wiens lichaam verast in een urn ligt. Ze stelde voor dat ik via het internet naar een nieuwe man zou gaan zoeken – met een lijf dat onderhevig is aan de wetten van de tijd en veroudert op gelijke wijze.

Alsof ik uit was op zomaar een man! Na al die jaren van zoeken wilde ik nog alleen die ene, hij was mijn levensvlam.

Het was niet te voorkomen dat ik te veel alcohol nam zodat ik totaal beneveld in bed ben gevallen en wegzakte in de zompigheid van een dronkemansslaap waarin niets gebeurt dat beklijft. Ik werd niet eens wakker toen mijn blaas geleegd moest worden. Ik plaste in mijn bed als een nog niet zindelijke kleuter. Daarmee vervloog de slaap en beschaamd verschoonde ik het beddengoed om me toch maar weer over te geven aan de genadigheid van de nacht. Het morgenlicht kwam twijfelend door de gordijnen naar binnen alsof het niet zeker wist of het me aan de onverbiddelijkheid van weer een nieuwe dag mocht herinneren, aan de plichten die bij dit leven horen.

Ik overdacht mijn agenda. Een nieuwe afspraak met een potentiële sponsor voor de film, een bankier die verliefd op me was, alweer!

Het stond me tegen om steeds weer hitsige mannen te ontmoeten die mijn films willen financieren om mij dan als hun winst te zien, want economisch gezien is film nog altijd geen profijtelijke business in dit land. Het is een uitbarsting van creativiteit die elke keer bedreigd en vaak ook geblust wordt door het economisch belang. Aan film verdien je geen geld, filmmakers moeten passioneel zijn, een bezetenheid hebben die zich niet voedt met geld.

Mij ontbrak de passie voor de bankier, ik zei de afspraak af, waste me met de zigeunerinnenzeep, slikte twee slaappillen en ging terug naar bed.

De pillen gaven me de roes waarop ik wachtte en in de trance die volgde voelde ik hem naast me liggen, zijn warmte hing over me heen, hij was er weer zo lijfelijk als ik hem al die tijd heb ervaren.

'Je bent geïrriteerd,' zei hij.

'Gefrustreerd,' zei ik. 'Jij zit in een wereld waar liefde iets anders is dan hier en ik kan het niet aan. Bij ons hoort liefde bij bezit. Hier is het: ik hou van mijn man, dus ik bezit mijn man en ik laat hem door niemand afpakken. Ik doe alles zodat hij van me blijft houden. Ik houd van mijn kind, dus zal ik er alles aan doen om dit kind gelukkig te maken. Dat is mijn plicht, dat is de plicht van de aardse liefde.'

'Wat lul je nou? Je hebt geen kerel en geen kind. Je hoeft voor niemand te zorgen, je enige verplichting is lief te zijn voor jezelf.'

'Je hoort in eerste instantie liefde te geven, anders kun je niets terugverwachten. Als ik straks aan jullie kant kom gaan ze me veroordelen omdat ik mijn man ongelukkig heb achtergelaten op een zolderetage waar hij nooit meer van af heeft durven komen, dat ik geen kinderen heb grootgebracht, dat ik mijn moeder niet tot grootmoeder heb gemaakt. Ik heb de wereld te weinig van mezelf gegeven en als ik straks bij de hemelpoort aankom gaan ze me daarop afrekenen.'

Hij schaterde, een wonderlijke donderlach die het geluid had van een hagelbui in de lente.

'We moeten iets doen,' zei hij.

'Wat kunnen we doen?'

'We moeten permanent bij elkaar kunnen zijn. Jij hebt hier last van.'

'Ik zou zelfmoord kunnen plegen,' zei ik cynisch.

'Ik kan terugkomen.'

'O ja? De wonderbaarlijke opstanding van Lazerus? Ze hebben je lijf al verast.'

'Ik ken iemand die ons kan helpen.'

Het is opmerkelijk hoe willekeurig de wetten van plaats en tijd zich gedragen in de volgende dimensie. Van het ene moment op het andere liepen we over een kale vlakte tot aan een grote boom met de omvang van een eeuw. Onder een indrukwekkende kroon van donkergroen loof zat een man met een kaal hoofd en een lange baard, helemaal in het wit gekleed. Hij gedroeg zich alsof we een afspraak met hem hadden gemaakt en hij wilde dat we hem Sophomore noem-

48

den. We kregen te drinken uit het kristalheldere beekje dat langs-
stroomde en daarna vroeg hij wat we van hem verlangden.

Ru legde hem uit dat we onze verhouding wilden voortzetten, de
oude man wilde weten waarom we dat niet hadden gedaan toen we
beiden nog lichamelijk waren.

'Ik was al met een fantastisch wijf getrouwd, ik had andere vrouwen nodig om mee te spelen. Ze was een prooi, ik een jager, het
hoorde bij mijn image.'

Hij begon te lachen alsof hij zich iets herinnerde. 'Het was zoals
je gaat vissen. Je hengelt, je haalt een vis op en je gooit hem weer
terug.'

'Je wilde haar dus niet houden? Je hebt haar in het water terugge-
smeten. Hield je zo veel van de vrouw met wie je getrouwd geweest
bent?'

'Zoals een hond van zijn baas houdt. Kootje was mijn houvast.'

'Dus als je het over zou doen zou je weer met haar trouwen?' vroeg
Sophomore.

Ru aarzelde niet, hij keek niet eens naar me, hij zei: 'Als ik alles
moest overdoen? Van begin af aan? Beslist! Zonder Kootje was ik in
de drek terechtgekomen.'

'Had je een verbondenheid met haar?'

'Natuurlijk man, we hebben samen op school gezeten. Ze woonde
naast ons, ze heeft me ontmaagd, ze had al kinderen van me voordat
we getrouwd waren, we hoorden bij elkaar, we hebben trouw gezworen tot de dood. En we zijn tot mijn dood bij elkaar gebleven. Als ik
haar niet had gehad, had ik niet kunnen bereiken wat ik heb bereikt.
Ik had iemand als zij nodig.'

Ik keek hem verbijsterd aan. Hij had me al die afgelopen weken ver-
zekerd dat ik zijn grote liefde was, zijn zielenmaat, we hoorden bij
elkaar over alle grenzen heen, had ik hem horen zeggen en nu beweerde hij dat hij weer met Kootje zou trouwen. Ik kreeg een niet te
stelpen huilbui en werd wakker in tranen maar de slaapverwekkende
stoffen in de pillen trokken me weer terug in de diepte en meteen
daarop was ik terug bij de boom.

Sophomore ondervroeg ons op het scherp van de snede. Hij stelde onze liefde ter discussie, hij wilde elke bewering van mij bevestigd horen door Ru.

'Hoe komt het?' vroeg hij, 'dat zij vanaf dag één wist dat jij de enige man was met wie ze gelukkig kon worden en waarom zag je dat niet? Wanneer ben jij erachter gekomen?'

'Hier! Ik zie nu alles veel helderder. Toen was het een ongelukkig meiske, we werkten met een ploeg die krankjorum was. Ze wist van niets, ze was zo groen, ze had mij nodig en van het een kwam het ander. Ik probeerde haar in bed te krijgen en dat is gelukt.'

'En nu wil je terug naar de aarde om verder te gaan met het een en ander. Wat wil je met deze vrouw?'

'Ik wil terug, dit meiske heeft mij weer nodig.'

'En is er dit keer geen Kootje? Je moet me eerst eens vertellen waarom je denkt dat je dit keer deze vrouw de liefde kunt geven die ze van je te goed denkt te hebben.'

Dit was een vraag waar het antwoord nog op gegeven moest worden. Het is het dilemma van de reïncarnatie. Elke ziel komt naar de planeet met een missie, met voornemens en verlangens, en eenmaal in een lichaam vervaagt het plan, komen er zaken overheen te liggen en ten slotte moet alles herzien worden. Het eigenlijke doel gaat sluimeren. Er doen zich af en toe magische momenten voor waarop de bestemming heel even zichtbaar wordt. Zo zag ik het op het moment dat ik de eerste keer in zijn ogen keek en kon ik het niet meer vergeten.

Sophomore zei dat ik misschien toch een illusie voor ogen had gekregen, dat ik daarna naar een ideaalbeeld was gaan zoeken dat niet bestond en dat ik misschien in een nieuwe ontmoeting met Ru kon onderzoeken wat het verschil was tussen de verbeelding en de werkelijkheid zodat ik zou kunnen ondervinden wat liefde te betekenen heeft.

'Relaties,' zei de wijze man, 'zijn vaak alleen bedoeld om je tekorten te leren kennen. Elke relatie bestaat uit hoogte- en dieptepunten, dat is de wet van de polariteit, de mensen houden van dat drama. Ze kiezen ervoor om van geluk naar ongeluk te zwalken. Als ze gelukkig zijn snakken ze naar het ongeluk zodat ze weer naar geluk kunnen verlangen. Continu geluk verveelt. Ik snap het niet, maar ze zien geluk als een drug en je hebt steeds meer nodig om dezelfde extase te bereiken. Niet één relatie houdt je in de hemel, hooguit tijdelijk. Denk je dat je dat wilt? Denk je dat je kunt leven met plukjes geluk?'

Ik antwoordde: 'Ik heb deze man gemist, hij maakt een complete vrouw van me, zo wil ik mijn hele leven verder.'

'Vergis je niet,' zei hij met een buiging.

Daarna onderwierp hij Ru weer aan een kruisverhoor.

'Heb je in je lichamelijke tijd genoeg seks gehad? Als je zo'n goede vrouw had, waarom moest je dan nog anderen hebben? Zat je met verlangens waar je niet aan toe bent gekomen?'

'Man, je hebt niet naar me geluisterd. Ik ben niets tekortgekomen. Ik heb mijn sperma als vuurwerk naar de hemel gespoten.'

Ik schoot in de lach, denkend aan zijn dwergachtig alter ego dat zo weinig presteerde. Hij dacht dat ik moest lachen om zijn idioom en ging verder.

'Ik heb elke vrouw platgelegd totdat ik met een meisje in bed lag op de dag dat ik zestig werd en zij haar havodiploma had gekregen. Toen wist ik wat ik waard was en dat ik me niet meer hoefde te bewijzen.'

'Dat lijkt op incest,' zei Sophomore.

'Ze was geen familie van me!' zei Ru verontwaardigd.

'Ze was jonger dan je eigen dochter. Het was bavianengedrag, machtsvertoon, het had niet met seksualiteit te maken. Seks is een heilig ritueel, het is een verbinding die je moet herinneren aan het moment dat man en vrouw nog één waren en daarna in tweeën zijn gesplitst, van elkaar gescheiden zijn. Alleen in de daad kunnen ze die verbondenheid weer voelen, dat is de waarheid, weinig mensen zijn zich daarvan bewust, ze blijven verlangen naar die oerverbinding en zoeken onophoudelijk, maar bijna nooit vinden ze die ene met wie ze oorspronkelijk verbonden waren. Heb jij het gevoel dat deze vrouw jouw andere helft is, je tweelingziel?'

Ru keek bedenkelijk naar mij. 'Ja, ik geloof dat er zo'n soort verbinding is.'

'En je wilt haar in het lichamelijke weer ontmoeten?'

Toen legde Sophomore ons uit dat een reïncarnerende ziel niet altijd in de babyfase hoeft te beginnen. Ze kan het lichaam gebruiken van iemand die door ziekte of een ongeluk in een coma is geraakt of iemand die een hartinfarct heeft, verdrinkt of door de bliksem wordt getroffen en voor een moment uit zijn lichaam wordt getrokken. De zielen die willen terugkeren naar de aarde kunnen deze lege maar nog intacte lichamen overnemen.

Ru zei: 'Ik kraak iemand zijn lijf en doe alsof het van mij is. Dan ben ik toch een insluiper?'

'We noemen ze *walk-in*. Ja, je mag dat lichaam hebben, maar de moeilijkheid is dat je ook het verleden van de *walk-out* erbij krijgt. Je moet goed weten waar je aan begint, want degene die vertrokken is kan moeilijkheden achterlaten die jij krijgt op te lossen. Je kunt geconfronteerd worden met zijn of haar karma dat nog niet is afgewerkt.'

Sophomore waarschuwde ons voor de problemen die de insluiper kan tegenkomen wanneer hij eenmaal in het nieuwe lichaam zit. Hij was bezorgd dat we de zorgen en zaligheden van de oorspronkelijke bewoner van het lichaam te licht zouden opnemen.

Sophomore zei dat het zeker nuttig zou zijn om te ruilen met een man die uit een gelijksoortige omgeving kwam. Ru zou onmogelijk in het lichaam van een chirurg op aarde kunnen terugkeren want hij had de opleiding niet om mensen te opereren en ik zou met mijn beroep niet zo makkelijk passen in een dergelijke sociale omgeving. Net zomin kon hij terugkeren als plavuizenlegger want hij wist niets over het egaliseren van terrassen, pleinen of straten, en al evenmin kon hij het lichaam innemen van een bankier omdat hij geen bewustzijn had van geld. Hij inde het nooit, hij gaf het alleen uit. Zijn geldzaken waren altijd door Kootje geregeld en alleen om die reden was hij altijd in goeden doen geweest en gebleven.

Nog heel even overwoog ik of een lesbische verhouding hetzelfde zou kunnen zijn. Liefde is liefde, per slot van rekening, en ik had al eens eerder een verhouding met een vrouw gehad. Maar misschien was dat toch eerder de vervormde hunkering naar een zuster die ik vanwege mijn moeders onvruchtbare schoot nooit heb gekregen. Ru schrok ervan toen ik het voorstelde. Hij was een man, het was zijn aard.

Ru zei: 'Ik wil niemand anders worden, ik ben tamelijk content met wie ik ben.'

Sophomore knikte. 'Je blijft wie je bent maar je ziet er fysiek anders uit en innerlijk kan er wat tegenstrijdigheid ontstaan omdat er altijd wat flarden van het karakter van je voorganger achterblijven. De emoties van een mens zetten zich vast in zijn organen, je zult ermee te maken krijgen, het zal je af en toe vreemd voorkomen dat je je anders gedraagt.'

Hij gaf ons ook de waarschuwing mee dat hij zich misschien niet alles zou herinneren van onze verwantschap en onze afspraak.

'Dus, als ik hem tegenkom zie ik een andere man?' zei ik. 'Hij gedraagt zich misschien ook anders maar in werkelijkheid is het Ru? Hoe moet ik hem herkennen? Hoe weet ik dat hij het is? Krijg ik een teken?'

'O, jullie aardlingen,' mopperde Sophomore. 'Jullie begrijpen er nog altijd niets van. Dat zijn de lessen die een ziel moet leren, je moet de innerlijke mens leren zien, je moet niet kijken naar de man of vrouw met rood haar of een gekleurde huid of een bochel. Dat is de uitdaging: de waarheid zien te onderscheiden, door de illusie heen kijken. Je moet leren dat de buitenkant geen betekenis heeft maar je eerder misleidt, het uiterlijk is tijdelijk, onderhevig aan de wetten van verandering, het vervalt en vergaat, de ziel let daar niet op. Het is de mens die daardoor oordeelt en veroordeelt. Dat is de les van de onvoorwaardelijke liefde. Ik wens jullie heel veel succes.'

Baby I've been waiting
I've been waiting night and day
Waiting for the miracle to come

(UIT 'WAITING FOR THE MIRACLE' VAN LEONARD COHEN)

Het is bewezen dat grote liefdes cultuur-, godsdienst-, kleur- en klassenverschillen en zelfs onneembare afstanden kunnen overleven. Met de kracht van de ware liefde moest er dus ook een overbrugging zijn tussen de dimensies, daar wilde ik in mijn delirium in blijven geloven, daar wilde ik van uitgaan en toch kreeg ik uiteindelijk bedenkingen. Ru zou een ander lichaam krijgen waar ik misschien niet van kon houden omdat ik hem identificeerde met stug krullend haar, vaalblauwe ogen, een vierkante torso en ongewoon hoge benen; het was een groot risico dat ik hem niet aantrekkelijk zou vinden in een ander lichaam. Groter nog was de angst dat hij míj niet aantrekkelijk zou vinden, ik had mijn lijf verbruikt in de beste jaren en verwaarloosd, er hadden zich vouwen gevormd.

Ru wist dat het uiterlijk in mijn wereld van belang was. Hij herinnerde zich het veld van egotisme en jaloezie. Het was moedig dat hij het leven nog eens durfde over te doen, beginnend bij het moment waar het vuur bij mij was opgevlamd en hij de vonken niet had gezien. We waren ons er geen van beiden van bewust dat dit niet mogelijk was omdat ik op de aardse tijdsberekening zo veel verder was en we alleen op dat punt konden beginnen. Ik sleepte een verleden mee van onbevredigde affaires, van ontrouw, achterdocht en teleurstellingen. Er was bij mij een patroon ingeslepen van me hooghartig terugtrekken als ik wist dat ik bedrogen ging worden of mezelf had bedrogen met valse verwachtingen.

Ru kon Kootje opnieuw tegenkomen, in zijn verwarring zou hij opnieuw met haar kunnen trouwen en haar voor mij houden, maar erg waarschijnlijk was dat niet omdat zij inmiddels bejaard was. Veel reëler was mijn vrees dat hij weer de bekende charmeur zou worden, dat hij weer zijn vertrouwde avonturen wilde met vrouwen die jonger waren dan zijn dochters.

De wet van de incarnatie zegt dat een ziel wanneer hij eenmaal in een lichaam zit onophoudelijk dezelfde fouten maakt, leven na leven, totdat het patroon wordt doorbroken. Wie garandeerde me dat hij ditmaal anders zou zijn?

De terugkeer naar een aards leven vroeg om een gedegen voorbereiding. Ru moest een retraîte doen in een omgeving waar ik niet werd toegelaten. Hij moest een lichaam uitzoeken dat bij hem paste, hij moest een omgeving kiezen waarin hij wilde terugkeren, hij moest ook een beslissing nemen over de dingen die hij uit vorige levens wilde afwerken, en bovenal moest hij bij mij in de buurt komen wonen en niet in de Kalahariwoestijn of Patagonië.

Al die tijd dat we op de terugkeer moesten wachten kreeg ik Ru niet te zien of te bespeuren. Het wachten maakte me onrustig maar ik bleef hoopvol als een verloofde die weet dat haar aanstaande in den vreemde spoedig naar huis komt voor de bruiloft. Ik haalde mijn mappen met tijdschriften tevoorschijn waarin over hem was geschreven, soms lovend, soms smalend als hij dronken was geworden op een publiek feest. Ik knipte de meest flatteuze foto's van hem uit en maakte er een collage van, die ik in een pompeuze zilverkleurige lijst van Xenos deed en recht tegenover mijn bed aan de muur hing, zodat ik 's ochtends bij het openen van de ogen zijn veroveraarslach meteen kon zien. Ik begon iedere dag met de zekerheid dat we spoedig samen en zonder voorbehoud in dezelfde warmte wakker zouden worden.

Het was een onvoorspelbare julidag waarop de zon rood en goud gekleurd naar de hemelboog steeg en vervolgens niet kon beslissen of ze er een juichende of een druilerige dag van zou maken. Tot het middaguur bleef ze weifelen, toen gaf ze zonder voorafgaande waarschuwing het regime over aan de heren van de regen.

Ik zat aan de keukentafel in de serre voor een laat ontbijt met twee gebakken eieren die ik op de Noordermarkt had gekocht van een vrouwtje dat op de Veluwe woonde met veertien rondscharrelende kippen en drie langoorkonijnen die Nijntje, Noentje en Naartje heetten – zoals ze me elke zaterdag opnieuw vertelde. Op het moment dat ik met een sliert geroosterd brood de okergele eidooier openscheurde zag ik een lichtflits, meteen gevolgd door een geselend geklater. Daarna werd het ijselijk stil, ik zat vastgevroren als in een stilstaand filmfragment, de lucht had de kleur van de hel gekregen, de elektriciteit was uitgevallen. Er volgde een tweede flits en gelijk met de volgende donderslag begon het te regenen op orkaansterkte, het water ratelde op het glazen dak van de serre met het geluid van een goederentrein. Het kabaal duurde misschien maar vijf minuten. Toen hield het op en trok ook de hemel weer open. Een uur later begon het opnieuw te regenen.

Op die ongedurige dag, nadat ik Ru al zeventien dagen niet meer had gezien, kreeg een man van net in de veertig een hartstilstand op de trappen van het Academisch Ziekenhuis toen hij op weg was naar zijn zuster, die op de kraamafdeling lag en dankzij IVF net een drieling had gekregen. Deze man kwam regelmatig in het nieuws, vaak vanwege zijn markante uitspraken. Hij was uitgever van een geruchtmakend mannentijdschrift, hij zat vaak in discussieprogramma's op televisie en had korte tijd zelf een programma gepresenteerd waarin de zakenman van het jaar werd gekozen. Hij was een man die hield van het openbare leven, van party's waarop de jetset zich graag vertoonde. Hij had een roerige relatie met een jeugdige seksbom, hij deed alleen aan *killing* sporten, hij trainde om op de motor aan de monsterrace Parijs-Dakar mee te kunnen doen. Hij droeg herenkleding waarin geen enkele grijze heer zich zou durven vertonen. Hij was een persoon vol tegenstrijdigheid.

Deze man met een niet te evenaren levensdwang had een plek uitgezocht voor zijn hartfalen waar de doktoren hem meteen konden reanimeren maar zijn levensdraad was gebroken en zijn ziel was al op weg naar de sterren toen de verpleegkundigen met hun apparatuur bij hem aankwamen. Zijn lichaam bleef achter voor Ru.

In het lijf dat nog warm was, dat loeide van de adrenaline en omringd werd met meer toewijding dan de gemiddelde patiënt, liet Ru zich al die aandacht en verzorging welgevallen. De doktoren verbaasden zich erover dat hij een dergelijk heftige hartaanval had overleefd. Ze hielden hem een week lang in het ziekenhuis ter observatie.

Was de man die hij was vóór de hartstilstand weer tot leven gewekt dan zou hij ieder advies en iedere zorgzaamheid genegeerd hebben. Degene die het lichaam verlaten had was een doordouwer, een drammer, iemand die de wereld wilde laten zien dat je alles kunt afdwingen, zelfs gezondheid. Ru had deze eigenschappen niet, hij liet zich verzorgen ook al omdat hij moest bijkomen van de overgang naar een stoffelijk lichaam. Daardoor liet hij te veel gebeuren wat niet had hoeven gebeuren.

———•—•———

De regen hield dagen aan zodat de straten in laagstaande rivieren veranderden en de kinderen in opblaasbootjes naar school roeiden. De velden en weiden werden modderpoelen waarin de koeien tot de knieen stonden te soppen. Ten slotte moesten ze weer op stal gezet worden omdat ze niet meer bij het gras konden komen en dreigden te verhongeren. Voor de mensen met lekkende daken werd het een hel, om nog maar te zwijgen van degenen die in de laag gelegen rivierkwelders woonden, veel van hen moesten hun ondergelopen huizen verlaten.

De kranten schreven er dagelijks over en publiceerden spraakmakende foto's van de ellende die het wassende water veroorzaakte. Het is om die reden dat het bericht over de hartaanval van Kurt Zolder me aanvankelijk is ontgaan, maar zou ik het toen hebben gelezen, dan zou ik nog niet direct begrepen hebben dat de zielswisseling had plaatsgevonden.

De berichten over de kritieke situatie van Kurt Zolder werden shownieuws toen zijn vriendin zich met hem verzoende – na een breuk van enkele maanden. Ze bazuinde rond dat Kurt iemand anders was geworden, zijn hartstilstand had hun relatie veranderd, ze was weer verliefd en ze wilde opnieuw met hem verder, ze noemde hem de liefde van haar leven.

Seksbom verscheen in een discussieprogramma waarin bijna-doodervaringen werden besproken. Kurt was in een andere dimensie geweest, zei ze, hij sprak over dingen waarom hij normaal lachte of die hij bespottelijk maakte. Hij had geen geloof, en na deze heftige aanval op zijn gezondheid kwam hij met de merkwaardige stelling dat de liefde het enige is waarnaar een mens moet streven.

Toen ze hem begon te beschrijven ging ik overeind zitten, in de woorden die ze gebruikte hoorde ik haar zeggen dat ze aan het bed van Ru zat. Het klopte. Kurt was een publiek figuur die hield van aandacht, ik kende Ru niet anders. Kurt stond op de lijst van meest aantrekkelijke vrijgezellen, hij had het lichaam van een Gallische legercommandant, hij was maar net tweeënveertig geworden, het was Ru's leeftijd toen ik door hem werd verleid. Van postuur was hij anders, in zijn manier van kleden ook, maar dat waren onbetekenende details. Ru had een nieuw lijf gevonden, hij was teruggekomen in een sociale omgeving waartoe ik toegang had. Ik zou niet eens veel moeite hoeven te doen om hem tegen te komen. Ik kende Kurt, hij had me een paar keer geïnterviewd voor zijn blad, we zeiden elkaar altijd gedag wanneer we elkaar tegenkwamen op persconferenties en premières.

Minder had ik verwacht dat er obstakels konden zijn zoals een seksbom die mijn man wilde hebben en de hele wereld vertelde dat ze met hem ging trouwen. Ik dacht dat ik Kurt/Ru kon opzoeken in het ziekenhuis om hem te herinneren aan onze afspraak maar zijn ziekenhuiskamer was vergrendeld door de seksbom. Ze had twee bodyguards ingehuurd om de deur te bewaken, geen persluis, geen vroegere en tussentijdse vriendin mocht naar binnen, alleen zijn zuster – inmiddels bekomen van de zware bevalling – en enkele intieme vrienden werden toegelaten, en zelf was zij de hele dag bij hem.

Het allerergste was dat Seksbom mijn lief meenam op vakantie naar Ibiza. Ik vond het onbegrijpelijk dat hij haar niet meteen had gezegd dat hij voor mij kwam, dat hij niet meer was dan een insluiper, dat Kurt ten hemel was gevaren, dat hij iemand anders was, dat er geen sprake kon zijn van een verzoening met Daniela de Prada – een naam die ze niet had verzonnen maar legitiem gekregen van een Spaanse voorvader die met de legioenen van Alva tijdens de Tachtigjarige Oorlog in Zuid-Nederland een aantal nazaten met donkerbruine ogen had achtergelaten.

Ru liet het gebeuren. In plaats van een hereniging raakten we verder van elkaar verwijderd. Radeloos reisde ik naar Ibiza om de zaken recht te kunnen zetten. Via vrienden kwam ik te weten dat ze op een jacht zaten dat toebehoorde aan een graaf uit Valencia, de ligplaats ervan was geheim en veranderde steeds. Als een paparazzo struinde ik elke baai af en bespiedde met een verrekijker iedere boot die voor anker lag. Ik moest walgelijke taferelen aanzien van wellustige Duitsers die elkaar aan boord van hun protserige boten lagen te belikken maar ik kreeg geen glimp te zien van mijn lief en zijn seksbom. Ik ging alle populaire discotheken binnen om te zien of ze zich daar liepen te amuseren, maar het enige wat ik ermee bereikte was dat ik een minderwaardigheidscomplex opliep over mijn manier van kleden, de meisjes droegen hemdjes en broekjes die ik als ondergoed beschouwde. Ik heb het een en ander van hetzelfde gekocht omdat ik meende me aan te moeten passen om mijn lief te plezieren, om de competitie met Seksbom aan te kunnen als ik hem eindelijk zou ontmoeten. Ik heb ermee in de badkamer rondgedraaid en gezien dat ik me daarmee beter niet ver van bad of bed kon verwijderen.

Uiteindelijk ging ik verslagen weer terug naar huis.

Na de regens die bleven klateren en die mensen met slechte daken tot waanzin dreven en de eigenaren van de huizen in de lage rivierkwelders wanhopig maakten, werd het in het hele westelijke deel van het Europese continent ongekend warm. De zon stond elke dag fier aan de hemel, ze stond geen wolkje schapenwit in het heldere blauw toe. Wat ze weken achter elkaar volhield zodat de mensen zich begonnen af te vragen of er een definitieve verandering van het klimaat had plaatsgevonden.

Vanwege het extreme weer bleef de man die ik wilde zien meer dan een maand rondhangen bij het Spaanse eiland, waar de mediterrane zeebries hem koel hield. Alle roddelbladen kregen amateurfoto's van de opgebloeide liefde. Bij mij braken de vliezen, ik had huilbuien waarmee ik het Aralmeer weer had kunnen vullen tot aan de oorspronkelijke oevers. Ik kreeg hoofdpijnen die zo teisterend werden dat mijn dokter een hersenscan wilde laten maken toen ik hem om steeds zwaardere pijnstillers vroeg. Hij maakte meteen een afspraak met het ziekenhuis. Zijn zorgzaamheid was zo verontrustend dat ik, toen ik weer thuis was en luisterde naar mijn favoriete muziek, onwillekeurig dacht dat ik moest noteren dat ik deze plaat op mijn crematie gedraaid wilde hebben.

Die fatale gedachte heb ik me maar heel even toegestaan maar de blikken van de verpleegkundige in het ziekenhuis, enkele dagen later, gaven me geen hoop op een futiliteit. Het in het wit geklede meisje maakte een paar opmerkingen die me zo'n akelig voorgevoel gaven dat ik tien minuten lang op de bank in de hal ineengedoken moest blijven zitten om weer op adem te komen.

Kon het zijn dat we een fout hadden gemaakt in onze verlangens om bij elkaar te zijn? De zielenruil was misschien niet nodig geweest. Het kwam me voor dat we de kosmische wetten verkeerd hadden gelezen. Misschien was mijn lichaam zich aan het voorbereiden om het leven te verlaten en was mijn ziel zich al aan het losmaken om zich bij de andere zielenhelft te kunnen voegen. Ru had niet terug hoeven komen, we hadden meer geduld moeten hebben. Onze dromen waren niet meer dan een voorbode dat de tijd was gekomen om herenigd te worden, ik was al onderweg naar het hiernamaals, het was de bedoeling dat we elkaar zouden weerzien, niet op aarde maar daar waar de liefde zonder voorwaarden en onaantastbaar is. En ik had er met mijn aardse jaloersheid en ongeduld zelf voor gezorgd dat alles fout ging.

Tot dan had ik het bizarre geheim voor mezelf gehouden, zelfs Vriendin had ik er niet over durven te vertellen. Wanneer ze vroeg hoe het met mijn gedroomde liefde was, haalde ik de schouders op alsof het een zwakte was geweest die ik had overwonnen. Pas toen ze dwingend begon te vragen waarom ik er ineens zo luchthartig over deed, legde ik haar schoorvoetend uit dat Ru naar de aarde was teruggekeerd in het lichaam van een bekende Nederlander. Ik legde haar het principe uit van de *walk-in*. Ze reageerde verbijsterd, rende naar de ijskast, vergreep zich aan mijn ijstaart, waar ze tonnen slagroom overheen spoot die ze er daarna gulzig aflikte, en keek me toen aan met een blik van ongeloof en medelijden. Vriendin, die zo veel weet heeft van zweefzaken, had nog nimmer gehoord dat zielen die wensen te incarneren een volwassen lichaam kunnen innemen. Ik gaf haar alle artikelen die ik van het internet had gehaald.

Het principe van de insluipende zielen had ik onder de vervreemdende omstandigheden tijdens de droomtijd heel aannemelijk gevonden maar eenmaal terug in de nuchterheid van de dag was het me ook te ongeloofwaardig voorgekomen. Voor de zekerheid ben ik er op gaan googelen. De vondsten op het internet waren geruststellend, er kwam zo veel informatie op me af, uit zo veel verschillende bronnen, met zo veel verklaringen van *walk-ins*, dat het op zijn minst aannemelijk is dat die dingen gebeuren, dat het een meer en meer gebruikte manier is om te incarneren want er zijn genoeg zielen die de eindeloze terugkeer naar de hel, waar wij het aards paradijs denken te vinden, niet meer vanaf het begin willen aanvangen.

Uit de verhalen en bekentenissen van *walk-ins* kwamen ook de gevaren naar voren waar een binnengeslopen ziel aan bloot komt te staan, want uit evenzovele verhalen blijkt het een even zo logische als riskante manier om opnieuw aan het leven te beginnen. Eenmaal terug op aarde is de agenda als een verpulverd boek, een onleesbaar scenario, de bestemming raakt uit zicht. De zielen herinneren zich niet meer wat ze van plan waren en worden nog eens extra belemmerd met de erfenis van het gastlichaam. Ze worden door de omgeving teruggedrongen in het oude patroon. Veel van hen krijgen te maken met de karaktertrekken en gewoonten die in de genen zijn gaan zitten. Ze zitten met het aangewende gedrag van de vorige bewoner. Veel insluiperzielen kiezen de makkelijke weg en vergeten hun missie, ze passen zich aan en proberen het geëffende pad te volgen, maar dat tolereert hun eigenheid niet, in het onderbewuste wordt er gemokt en tegengesparteld totdat er psychische symptomen gaan ontstaan. Soms moeten ze hulp inroepen van een paranormaal begaafd persoon, iemand die doorziet wat er aan de hand is.

Vriendin at het restant van de ijstaart op. Terwijl ze naar me wees met de zwaar zilveren lepel die uit de erfenis van mijn hopeloze huwelijk is overgebleven sprak ze de woorden van een wijze vrouw: 'De kosmische wetten zijn raadselachtig, ons brein is te klein om ze te kunnen begrijpen. Maar dit voorspel ik je: het gaat een belangrijke les voor je worden. Bereid je erop voor, dit is een liefde die niet zomaar voorbij komt wandelen. Je moet hem verwerven, misschien moet je nog eens bij het begin beginnen, om oude rommel op te ruimen. De kosmos heeft geen bezems, we moeten zelf de wegen schoonvegen.'
Ik schoot onbedaarlijk in de lach.
'De slagroom is op,' zei ze teleurgesteld.

———•·•———

Voor stervelingen heeft het kosmische plan een ondoorgrondelijke plattegrond. Als het de bedoeling was dat ik spoedig zou moeten afreizen naar de andere wereld was het van het allergrootste belang dat ik Ru voor die tijd zou zien zodat we nieuwe afspraken konden maken. Hij moest me herkennen, hij moest zich ónze missie herinneren en ik wist dat dat onherroepelijk ging gebeuren zodra ik in zijn ogen mocht kijken. Er waren echter geen omstandigheden die me die kans gaven. Seksbom vertelde dat Kurt en zij zich wilden terugtrekken uit het leven van feesten en beesten, ze voerde de roddelaars met allerlei verhalen, ze vertelde dat háár Kurt aan een sabbatical year toe was, ze waren van plan om een lange reis te maken. Ze bazuinde rond dat het tijd was om kinderen te krijgen. In geen enkel interview kwam hij zelf aan het woord.

In mijn hoofd ontstonden afgrijselijke beelden die ik niet aankon. Ik maakte mezelf de meeste verwijten. De droomrelatie had genoeg moeten zijn, die liefde had een zinnelijke vrouw in me opgeroepen. Dat ik met loensende blikken werd nagekeken kwam niet door het feit dat ik weer in flatterende kleren rondliep en hooggehakte schoenen droeg die me een fiere houding gaven. Het kwam door het vuur in mijn huid en haren dat de kerels zich naar me omdraaiden en me met gulzige blikken achtervolgden. Tot hier had ik content moeten zijn, waarom was ik zo hebberig geworden?

De situatie leek uitzichtloos, om alles te vergeten zette ik mezelf aan het werk, legde ik me een discipline op die geen ruimte gaf aan dagdromerij. Om de nacht door te komen nam ik zware slaappillen die me zo ver naar de onderwereld trokken dat ik zonder herinneringen wakker werd. Ik had een hoofdrolspeler voor mijn film, het geld lag klaar, we konden gaan draaien. Ik ging weer mijn pad op, de weg naar de magische woorden: '*and the winner is...*'
Het geloof dat ooit mijn film en mijn naam genoemd gingen worden was mijn klaarkomen. De nieuwe film werd mijn minnaar, misschien zat er een heetbloedige cameraman in mijn ploeg.

Toen kwam de uitnodiging voor de première van een film waarin Seksbom een rol speelde. Ze zou er dus ook zijn. Om ieder misverstand te voorkomen bij een ontmoeting met Ru, nam ik het homozoontje van mijn bovenbuurvrouw mee. Het fatje vloog naar de hemel met deze uitnodiging, hij was nog nimmer op een filmpremière geweest, maar bekende in de taxi dat hij vaak vlak bij de deur had gestaan om naar de sterren te gluren. Hij kon er niet over uit dat hij nu een van de mensen op de loper zou zijn en hij had zich gekleed als een negentiende-eeuwse nicht met een pantalon van stretchstof die strak om zijn weke babybillen zat, een lange getailleerde jas die net over zijn kuiten viel en een violet hemd dat hem te strak zat maar dit had hij verdoezeld met een zachtroze jabot. Hij viel zo op dat de fotografen hem onophoudelijk fotografeerden – mij zag niemand, sterker nog, ze zetten hem naast allerlei sterren en sterretjes op de foto. Het liet me onverschillig, ik keek alleen uit naar die ene man.

Seksbom kwam in oorlogsuitrusting, ze had zich gekleed in een japon die van zo weinig stof was gemaakt dat hij haar wulpsheid niet in toom kon houden. Mijn glinsterend gevechtstenue werd erdoor gedoofd. Ze hing als een kerkklok aan de arm van mijn man. Ik zag hen binnenkomen maar wachtte tot de receptie na afloop van de voorstelling om hem aan te spreken. Ik zag helemaal niets van de film omdat ik onophoudelijk mijn zinnen repeteerde. Zou iemand me achteraf gevraagd hebben wat ik van de film vond, dan had ik me ervan af moeten maken met nietszeggende zinnen.

Niemand vroeg mij om commentaar. Misschien omdat ik geen decolleté had waar iets uitpuilde, misschien omdat ik vergeten was mijn lippen opnieuw rood te maken. Misschien omdat ik een nieuwe kapper had moeten nemen.

'Hai Ru, blij dat ik je eindelijk zie,' zei ik en ik gaf hem een hand. Ik priemde diep in zijn ogen met de boodschap in de mijne te kijken en me te herkennen. De ogen waarin ik keek hadden een andere kleur, ze waren niet valig blauw, zoals ik ze kende, ze waren bruingroen, fluwelig en geil. Het haar van deze man was sluik, beweeglijk en te lang, het viel voortdurend voor zijn ogen. Hij droeg een donkergrijze smoking van een ongewone snit die afweek van alle andere smokings die gedragen werden, daarbij had hij een hagelwit overhemd, hij droeg geen vlinder maar wel een pimpelpaarse cummerband van zijde om zijn middel. Ik stond oog in oog met een gevaarlijke man, ik zag een halfgod met de belofte van uitzonderlijk zondige nachten. Hij was niet de man die ik een paar maal eerder had ontmoet om me te interviewen, dat kwam misschien doordat ik hem voor het eerst als een hongerend dier bekeek.

Hij zei: 'Sorry, ik heet Kurt, we kennen elkaar toch?' Hij las niet wat mijn ogen wilden uitlokken, hij liep me met een sluipende gang voorbij om met Seksbom te poseren voor de camera's van de persfotografen – die vooral hun lenzen op haar boezem richtten.

Dit keer hield ik mijn tranen in bedwang, ik liet ijsbloemen op mijn graf groeien.

Vriendin gaf me de sublieme oplossing.

'Vraag hem auditie te doen voor je film,' zei ze. 'Prikkel zijn liefde voor theater. Dan herinnert hij zich dat hij acteur is geweest.'

Kurt Zolder was een man die elke uitdaging aanging. Hij was een artiest in het zakenleven, hij ging rechtszaken aan voor de kick, hij nam financiële risico's als een bungeejumper. Hij was uitgever en daarin succesvol, hij was televisiepresentator en daarin hoog gewaardeerd, hij reed in obsceen dure auto's om op te vallen en hij deed mee aan motorraces om te laten zien dat alles kan. Hij was de meest gewilde vrijgezel, hij had de Marilyn Monroe van de Lage Landen als liefje. Hij was wat iedere man wilde zijn, hij had alles waar mannen naar verlangen, hij ging elke jongensdroom aan, niemand zou het vreemd vinden als hij de hoofdrol in een film zou spelen.

Ik was zo onthutst over de logica dat ik Vriendin uit dankbaarheid meenam voor een Japanse lunch in het Okura. Ze debatteerde met mijn aarzelingen en spiegelde me de kansen op herkenning voor. Wanneer Kurt/Ru en ik aan dezelfde film gingen werken zou er een band kunnen ontstaan – die gebruikelijk en nodig is tussen een regisseur en zijn acteurs. Hij zou zich onze zielsverwantschap kunnen herinneren. Er konden kleine obstakels blijven die nog overwonnen moesten worden, maar de ware liefde heeft het in zich om over futiliteiten te zegevieren. Dat hield Vriendin me voor, Kurt of Ru moest zich ook het draaiboek herinneren dat we in de droomtijd zo vaak hadden besproken.

Op het moment dat ik mijn toekomst kon herzien en weer helemaal in een jubelstemming kwam – met een zachte dwang die uit de warme sake kwam – belde mijn dokter of ik met spoed naar hem toe wilde komen. Hij had de uitslag van de hersenscan gekregen en moest onverbiddelijk en snel de foto's met me bespreken. Mijn gemoed zakte door de wereld heen. Vriendin schrok evenzeer en bestelde een taxi.

'Ga zitten,' zei de medicus die me al behandelt vanaf de eerste kwaaltjes waar ik in mijn Amsterdamse leven aan geleden heb en dus bekend is met al mijn allergieën en stemmingen.

'Goed dat je iemand hebt meegebracht.

Mijn collega's en ik hebben de foto's bekeken. Je hoofdpijnen waren niet zomaar hoofdpijntjes.' Hij wachtte.

'Zeg het maar,' zei ik mat. 'Is er nog iets aan te doen? Chemo?'

'Is het operabel?' vroeg Vriendin.

Hij schudde het hoofd. 'We hoeven niet aan operaties te denken.' zei hij, nog steeds met een grafgraversblik en keek ons beurtelings aan. Toen kwam er een brede lach op zijn gezicht.

'Er is niets te zien. Het moet door de stress komen, hebben zich dingen voorgedaan die je niet aankon de laatste tijd? Wil je in behandeling? Ik weet een heel capabele psycholoog. Of zal ik je antidepressiva geven, ik heb iets nieuws uit Amerika.'

In eerste instantie had ik niet eens meer woorden om hem uit te schelden, het scenario van mijn leven veranderde te abrupt, elke nieuwe dag had onverwachte wendingen, ik had me al gewend aan de gedachte dat de dood me bij de kladden ging grijpen en nu gaf mijn dokter me weer te veel leven terug.

'Verdomme, Karel, je had acteur moeten worden, weet je wel hoe geschrokken ik ben?' zei ik kwaad.

'Is het gelukt? Kwam ik goed over? De volgende keer dat je in je film een dokter nodig hebt bel je maar.'

Ik nam me voor om een andere huisarts te nemen. Het dagelijks leven moet geen theater worden, dat maakt het te onoverzichtelijk, het is allemaal al zo onduidelijk. Desondanks was de opluchting groot en gingen Vriendin en ik verder met vieren en werden we ongezond dronken en ontwaakten we de volgende ochtend in hetzelfde bed, in elkaar gedraaid alsof we geliefden waren. Het zou me niet verbazen als we ook aan elkaars delicate lichaamsdelen hebben gefriemeld, maar daarvan is bij ons beiden geen herinnering achtergebleven.

De moed ontbrak me om Kurt/Ru zelf te bellen. Ik besprak het met mijn producent, ik zei dat ik aarzelingen had over de hoofdrolspeler die we hadden gecast en vroeg of Kurt niet zou kunnen auditeren.

'Na zijn ziekte staat hij misschien wel open voor iets nieuws.'

Marcel M keek me heel lang en heel bedenkelijk aan.

'Dit is een maf voorstel. Kurt Zolder is tot alles in staat, maar hij is geen acteur.'

Ik zei: 'Hij is ook geen amateur, als hij iets doet, doet hij het voor meer dan honderd procent. En je weet dat ik heel goed kan omgaan met onervaren acteurs.'

'Neem dan de jongen die we gecast hebben.'

'Ik vind hem te jong.'

'Dat kan de visagiste voor je oplossen.'

'Mijn hoofdrolspeler moet een doorleefde uitstraling hebben.'

'Hij moet midden dertig zijn. Kurt is veel ouder.'

'De visagiste kan dat oplossen.'

Ik pleitte en pleitte, ik had argumenten waar Marcel M niet gevoelig voor was. Pas toen ik hem erop wees hoeveel publiciteit het zou oproepen als we iemand als Kurt Zolder een hoofdrol zouden laten spelen gaf hij toe aan die absurde wens van me.

Ik zei: 'Stuur hem het draaiboek.'

Enkele dagen later was mijn lief aan de telefoon. Het was niet zijn stem, maar hij gebruikte wel woorden die ik herkende, hij maakte korte Ru-zinnen.

'Denk je dat ik kan acteren?' was zijn eerste vraag.

'Volgens mij acteer je je hele leven. Ik heb een interessante man nodig. Niemand kan beweren dat jij niet boeiend bent.'

'Daarom meteen de hoofdrol?'

'Zou je voor minder gaan?'

'Je hebt me.'

Hij hing op zonder gedag te zeggen.

Met de pillen van de dokter die ik niet meer wenste te zien kon ik mijn opwinding onder controle houden. Ik werd er loom en duizelig van maar ik slikte ze om me voor te bereiden op het antwoord van Kurt. Hij belde een dag later met een mededeling die me ondanks de pillen helemaal onderuithaalde.

'Daan wil de vrouwenrol.'

'Is dat een voorwaarde?'

'Ze wil me niet met een ander in bed zien.'

'En?'

In de zompigheid van mijn gedrogeerde brein kwam nog maar één gedachte naar boven, ik moest Seksbom van de set vandaan houden anders zou het hele plan mislukken. Ru zou zich nimmer zijn vorige leven herinneren als hij haar om zich heen had. Ze zou het met haar pruillippen, haar ferme boezem en haar hindenheupen van me winnen.

Kurt/Ru zei: 'Met Daan als tegenspeelster is er meer chemie. We hebben het al geoefend.' Hij lachte en ik hoorde een lenteachtige hagelbui.

'Sorry, het gaat niet door,' zei ik. 'Ik heb een goede actrice voor die rol.'

'Vind ik niet zo'n lekker wijf.'

'Dat is nou juist de clou, dit is een rol voor een vrouw die er niet uitziet als een seksbom, het is een vrouw die hunkert en verlangt maar er niet voor uit durft te komen, die het niet tentoonstelt, zou je daar begrip voor kunnen hebben?'

Het werd even stil aan de andere kant.

'Gaan we vals doen?'

Ik slikte, ik ging nu alles verpesten. Toch zei ik wat mijn woede me ingaf: 'Ik wil geen troela met opgespoten borsten en een mokmondje, deze film heeft een serieuze vrouw nodig met het uiterlijk van een non, naast een wildeman die weet wat er in het leven te koop is en het haar laat zien. Daarin zit de chemie.'

'Ik ken het boek, dat gaat over mensen die helemaal mesjokke van elkaar zijn en voortdurend liggen te neuken.'

'De film gaat over de reden waarom ze zo aan elkaar hangen. Dat staat ook in het boek. Ik film drama, geen porno. Ik wil jouw kop en niet haar kont.'

Ik verbrak de verbinding en betreurde het dat telefoons met hoorn en haak uit de mode zijn geraakt.

Had ik hier rekening mee moeten houden? Het was onvermijdelijk dat zij geregeld op de set zou verschijnen, ze zou gaan bedelen om een rol. Ze zou zich overal mee bemoeien, het was haar aard om te doen alsof ze overal verstand van had. Ze ging onze missie verpesten, daar was ze al die tijd al mee bezig.

Vanaf het begin zaten er valkuilen in het plan voor de zielswisseling. Ru herinnerde zich te weinig wie hij was of was geweest en waarom hij was teruggekomen.

De telefoon rinkelde. Het was Marcel.

'Wat betalen we die jongen?'

'Wat bedoel je? Het gebruikelijke honorarium.'

'Hij doet alsof je hem een fortuin hebt geboden.'

'We hebben het niet over geld gehad.'

'Waarover dan wel?'

'Hoezo? Je gaat me iets heel anders vertellen dan ik verwacht.'

'Hij wil het liefst morgen beginnen met draaien.'

Mijn Duitse grootmoeder zei vaak: '*Mir bleibt der Spucke weg*,' wanneer iemand haar zo had overdonderd dat ze er geen woorden voor had.

Ik wist niet wat ik moest zeggen.

'Ben je daar nog?'

'Laten we eerst even de auditie afwachten,' zei ik eindelijk. 'Maak jij een afspraak met hem? Ik wil drie scènes van hem zien.' Ik noemde de nummers van de scènes. In een impuls voegde ik eraan toe: 'Ik doe zelf de rol van Melly.'

69

I wanna love you and treat you right
I wanna love you every day and every night

(UIT 'IS THIS LOVE' VAN BOB MARLEY)

De dag van de proefopname werd de onzekerste van mijn leven. De opnames stonden gepland om drie uur in de middag. Ik werd om drie uur in de morgen het bed uit gedreven door gefluister tussen de lakens waarin ik hoorde dat ik de kans liep om de verkeerde richting te nemen, dat ik de juiste afslag kon missen. Deze dag was van betekenis en ik zag er niet optimaal uit. Onder mijn rechteroog zat het vuurrode stigma dat een dorstige mug had achtergelaten. Ik wilde de bult met een camouflagestick verdoezelen maar de make-up was verdroogd. Ik trok de jurk aan die ik de avond tevoren na eindeloos getwijfel had klaar gehangen en vond dat ik er ouwelijk in uitzag. Ik nam met twee glazen water een dubbele dosis van de kalmeringspillen in. Vlak voor ik de deur uit moest veranderde ik van gedachten over mijn jurk en trok een simpele broek en een lange zomertrui aan. Ik verwisselde de hoge hakken voor platte instapschoenen die totaal onbetekenend waren. Buitengekomen ging ik opnieuw naar binnen om toch weer de hoge hakken aan te trekken.

Hij kwam zonder Seksbom naar de studio in een iriserend blauwe Lamborghini. Het was onmogelijk om mijn lief te herkennen, deze man had een atletische loop, haast als een danser. Hij droeg de kleding van een bohemien, een jarendertigpantalon met bandplooien en in gobelinsteek geborduurde bretels, gecombineerd met een roomwit overhemd met boordkraag en daaroverheen een jas van Italiaans couturierlinnen waarvan de zoom tot op zijn kuiten kwam. De meeste moeite had ik met zijn lange sluike haar, dat telkens voor zijn ogen viel waarna hij het iedere keer weer wegveegde met het gebaar van een verwijfde operazanger. Dit was niet de acteur die ik voor mijn film kon gebruiken. Ik maakte een fout. We spraken de scènes eerst nog eens door, ik wilde hem uitleggen wat de onderliggende emoties waren, wat de drijfveren van de personages waren. Hij zei het me voor, hij had het draaiboek helemaal gelezen en ook nog een keer het boek waar de film op gebaseerd was. Hij kende de teksten van zijn scènes van buiten en popelde om voor de camera te gaan staan.

We draaiden met één camera en zonder decor.

Bij de eerste scène ging het meteen mis. Ik deed vijf takes. Iedere keer probeerden we het op een andere manier. Marcel M keek me veelbetekenend aan, schudde het hoofd en liep weg.

Kurt Zolder had zich ook vergist. Hij was te veel zichzelf, hij kende de *struggles* van mijn hoofdpersoon niet. Kurt was iemand die het lot onophoudelijk in het gezicht blies, hij accepteerde de beten en builen als hij ze opliep, maar koesterde ze nimmer zoals mijn hoofdpersoon, hij kon zich niet identificeren met iemand die zich door het leven onderuit laat halen.

Bij normale audities laten we een acteur meteen weer gaan wanneer het na een paar takes niet lukt. Ik kon Kurt niet laten vertrekken, ik wilde de bezieling zien van de acteur die in hem huisde.

De scène die ik zelf met hem wilde spelen bewaarde ik tot het laatst. Mijn hart liet zich niet meer in bedwang houden, ik besefte dat het onverstandig was om me nog een keer te laten kalmeren door een witte pil, dus liet ik eerst een fles wijn opentrekken. Een beproefde methode waar ik vaker op vertrouwde als het te rumoerig werd in mijn borst. Kurt weigerde om mee te doen, hij wilde eerst de opnames afronden. Ik had bewust een scène uitgezocht zonder lichamelijk contact, een dialoog waarin beide spelers zich afvroegen waarom ze eigenlijk met elkaar verder wilden, waar hun aanhankelijkheid vandaan kwam.

De opname met Kurt en mij stagneerde al na twee zinnen omdat ik de tekst kwijtraakte die ik zelf had geschreven. Ik wilde stoppen, hij ging verder, hij improviseerde en speelde met zo veel overtuiging dat het niet meer was alsof we toneelspeelden maar ons werkelijk afvroegen wat ons bij elkaar had gebracht. Hij pakte de tekst van het script weer op, hij werd Ru Valkenaar, ik huiverde bij de herkenning, hij speelde zo geloofwaardig dat aan het eind iedereen begon te klappen. Hij omarmde me en kuste me op de mond.

'Je moet die rol zelf doen,' zei hij.

Het maakte me verlegen. Ik trok me los uit de omarming en stapte abrupt achteruit zonder dat ik zag dat daar de camera stond. Ik zou het statief omver hebben gelopen als de cameraman niet vooruit was geschoten om zijn apparatuur te redden, maar hij kon niet voorkomen dat ik in de kabels bleef hangen en viel. Ik probeerde mijn val te breken met mijn rechterhand, ik schreeuwde van pijn. Kurt was als eerste bij me. Hij tilde me op en voelde aan mijn pols en elleboog.

'Ik geloof niet dat er iets is gebroken. Laten we toch even naar het ziekenhuis gaan.'

'Bel een ambulance,' riep Marcel M – die aan het eind van de middag alweer was teruggekomen.

'Nergens voor nodig. Ik breng haar,' zei Kurt.

Er werden röntgenfoto's gemaakt, we moesten wachten tot ze waren bekeken door de artsen van de poli. Voor de zekerheid was mijn arm in een mitella gehangen.

'Ik wist niet dat acteren zo moeilijk was,' zei Kurt. 'Knap dat je zo veel geduld had.'

'Je spel doet me denken aan Ru Valkenaar,' zei ik. Daarbij keek ik hem aan, ik hoopte dat die naam de klok zou laten luiden.

'Haal het niet in je kop om me met iemand te vergelijken,' zei hij.

'Ze zeggen dat je veranderd bent na je hartinfarct.'

'Dat klopt,' antwoordde hij. 'Ik maak me minder druk dan ze van me gewend zijn.'

'Nu ga je tijd nemen voor een gezin?' Ik kon het niet laten om de uitlatingen van Seksbom aan te halen.

Hij begon zo bulderend te lachen dat iedereen onze richting uit keek.

'Daan kan van die impulsieve dingen zeggen.'

'Ik heb begrepen dat jullie gaan trouwen.'

'Dat is de conclusie van de pers.'

'Is ze de liefde van je leven?' vroeg ik en mijn huid werd rood van de slapen tot tussen mijn borsten. Om te verdoezelen dat ik hem antwoorden wilde ontfutselen die me gerust konden stellen, ratelde ik verder: 'Ik bedoel, je hebt van die stellen die niet met en ook niet zonder elkaar kunnen en van de ene verzoening naar de andere gaan, soms opnieuw trouwen en toch steeds ontdekken dat ze niet bij elkaar horen, of juist weer wel. Net zoals in de film die we gaan draaien. Herken je daar iets van wat met jullie situatie overeenkomt? Probeer je door de film je eigen situatie te doorgronden? Vroeg je daarom of zij de vrouwelijke rol mocht spelen?'

Hij keek me verbijsterd aan.

'Wat bazel je nou? Die film heeft niets met mij en Daan te maken. Daan wilde me helpen, ze wil dat het gaat lukken. Ik wou het altijd al eens proberen. Af en toe moet je je doelen verzetten.'

'Om van film te kunnen leven moet je van heel goeden huize komen.'

Hij keek me aan en wachtte heel even.

'Als je de *guts* hebt om te doen wat je wilt, vang je genoeg om van te leven.'

'Maar dan zul je je Lamborghini weg moeten doen.'

'Ik heb genoeg achter de hand. Jij leeft een beetje simpel, geloof ik. Hoe komt dat? Je hebt een geweldige naam als filmmaakster, waarom werk je niet vaker in het buitenland? Dit land is te klein voor je.'

Ik haalde mijn schouders op en dacht aan mijn moeder. Om haar had ik buitenlandse aanbiedingen altijd afgewimpeld. Omwille van Papa was ik haar meer verplicht dan af en toe een bos rozen.

Mijn blessure bleek mee te vallen, mijn pols was ernstig verstuikt en werd strak ingetapet, mijn elleboog was onbeschadigd.

Om alle commotie te verwerken nam Kurt me mee naar een restaurant dat ergens aan een smalle rivier lag in een omgeving waar ik niets herkende, al moet het in de omgeving van Amsterdam geweest zijn. We dronken zo veel champagne en hadden zo veel te bepraten dat we er niet aan toekwamen om de menukaart in te kijken.

We vergeleken onze lievelingsacteurs, ik noemde John Heard als mijn favoriet, meer omdat ik hem ooit had ontmoet en te diep in zijn ogen was weggezonken dan om zijn prestaties. *Coming Home I, II en III* waren geen hoogstandjes.

'Wie is John Heard? *Never heard of.* Zijn we van een verschillende generatie?'

Ik moest zijn betere producties opnoemen: *Cutter's Way, The Milagro Beanfield War* en *Out on a Limb* met Shirley MacLaine.

Kurt koos voor Johnny Depp. Ik snierde dat Depp een ouderwetse *swash buckler* was met zijn piratenserie. 'Hij doet Errol Flynn na, je bent te jong om te weten wie dat was. Errol Flynn was een man die ook een kohlpotlood gebruikte en met een zwaard zwaaide en te strakke broeken droeg waarin hij zijn pik tussen de benen moest verstoppen omdat ze toen nog ontkenden dat mensen seks hadden.'

We ruzieden over de beste films aller tijden. *Scent of a Woman* kreeg van ons beiden een hoge waardering om de absurde situaties die een denkend mens voor onmogelijk houdt maar die de film waar kan maken.

Kan een blinde dansen? Mag hij als een dwaas in een Ferrari rondscheuren? In de verbeelding is alles mogelijk, ook als de noodzakelijke zintuigen gebrekkig zijn. De filmregisseur bepaalt wanneer het fout gaat, een regisseur kan voor God en wonderdoener spelen, je krijgt macht over het leven.

Hij vroeg: 'Waar wil jij in je verbeelding naartoe?'

'Ik wil horen: *and the winner is...* Daar leef ik voor. Wat is jouw ultieme droom?'

'Die vertel ik je niet.'

Toen we uiteindelijk besloten om hetzelfde gerecht te nemen – waarvan ik me alleen herinner dat het vegetarisch was – had de kok zijn schort al afgedaan, de gasvlammen gedoofd en was naar huis gegaan. Alles wat men ons nog wilde serveren was een kaasplateau.

De dag die voorafgaat aan de eerste opnamedag breng ik altijd alleen door, het is een ritueel dat ik me heb aangewend. Met de houding van een autist loop ik op zo'n dag langs de locaties waar we de openingsscènes gaan opnemen. Het is een manier om de spanning in mijn lijf te laten komen, de stress die nodig is om mijn werk goed te kunnen doen. Door de druk druppelsgewijs in te ademen leer ik hem beheersen. Wie me dit geleerd heeft weet ik niet meer, maar ik pas het toe sedert mijn eerste misser, een Duitse film die ik niet begreep maar had aangenomen vanwege het royale honorarium. De eerste beelden klopten niet, de film kreeg zijn ritme niet. Sindsdien zijn de beginbeelden me heilig. Ik heb een rotsvast geloof in de betovering van de eerste scènes. De eerste beelden zijn de voortrein, de locomotief; als die een goede cadans heeft, ratelt de rest vanzelf mee. Daarom film ik altijd de openingsscènes als eerste, het heeft steeds gewerkt, alleen die ene keer niet.

Ik was vol vertrouwen, de eerste opnames waren adembenemend mooi, de hoofdrolspelers waren verliefd op elkaar vanaf het moment dat ze elkaar voor de eerste keer zagen en dat is goed voor een film. Verliefdheid hoort gespeeld te worden, maar het is boeiender als het vonkt en dat gebeurde, de chemie tussen mijn hoofdrolspelers fascineerde me, was zo meeslepend dat ik vergat te letten op de chemie in de crew. Ik had niet in de gaten dat er een giftige slang over de set kronkelde. We hadden een Engelse cameravrouw die was aangenomen om haar specialiteit dat ze vrouwen zo prachtig in beeld kon brengen. Ik wist dat ze lesbisch was, ik zag dat ze vree met de meisjes en ook met de jongens die nog geen baardgroei hadden maar ik had geen erg in haar duivelse tong. Toen ik erachter kwam dat ze vergif rond spoot heb ik haar meteen ontslagen maar het was al te laat, haar heksenfluim had mijn film al bezoedeld. Het zat niet in het spel, mijn acteurs waren subliem, het zat ook niet in de techniek en evenmin in de montage. Het was een vloek. De heks had een verdoemenis over mijn product afgeroepen en de persgieren roken het. Zo is het toen gegaan.

Uit bijgelovigheid hield ik alle rituelen aan, mijn nieuwe film moest een topfilm worden. Tegen de avond zat ik in het Jordanese café waar de opnames gingen beginnen. Ik observeerde de bareigenaar die als zichzelf mocht meespelen. Ik keek en luisterde naar de vaste klanten die morgen mijn figuranten zouden zijn.

Dit café wordt een uitdragerij van mislukte levens naarmate het buiten duistert. De meest mistroostigen sluipen pas tegen sluitingstijd binnen omdat ze zich willen optrekken aan de harde lach, die opklatert na elke gore grap die al jaren gekend is. Met de echo's van de afgedwongen vrolijkheid kunnen ze daarna de neerslachtige nachten beter verdragen.

Het is geen aftands café, er komen aftandse mensen. Dat is niet de schuld van de eigenaar. Elke nacht schrobt een mager vrouwtje dat in haar jonge jaren een populaire prostituee was de houten vloer schoon met groene zeep om de kommernis weg te wassen. De propere lucht strijdt tot tegen de ochtend met de stank van bier en sigaretten. Als de eerste klanten hun bier en jenevertje bestellen ruikt het lokaal naar vlijtige huisvrouwen.

De kroegbaas bracht me mijn favoriete wijn en zei: 'Niet stressen wijfie, we gaan er een prachtproduct van maken.'

Ik wist dat hij trots als een pauw was dat ik hem een rol liet spelen, ik moest hem voor de ziljoenste keer verzekeren dat hij alleen goed zou overkomen als hij geen toneelspel zou spelen.

'Komt voor mekaar wijfie. Wij Jordanezen spele o's hele leven, daarom hebbe we soveel lol. En we singe ons door alle ellende heen.'

De nieuwe dag begon met opgejaagde regen die zich krassend aan de ramen klampte. De druppels renden als jachtige spermatozoïden over het glas. Iedereen kwam huiverend het lokaal binnen waar de kachel vlamde om de verkleumde knokkels te verwarmen. De drank – die op een te vroeg uur werd geschonken – loogde de humeurigheid, gaf de lijven weer vuur en liet het enthousiasme weer oplaaien. Tegen de tijd dat we begonnen met filmen leek iedereen familie van elkaar.

De meeste van mijn figuranten waren notoire drinkers en moesten normaal met hun beperkte uitkeringen het dagelijkse drankrantsoen over een hele dag uitspreiden. Nu mochten ze onbegrensd bestellen en werden daardoor veel te vroeg dronken en lawaaierig.

Ik moedigde ze aan hun gebruikelijke verhalen en moppen te vertellen nadat ik ze had wijsgemaakt dat er geen film in de camera zat omdat we nog bezig waren met een licht- en geluidcheck. Ik wilde ze zo oorspronkelijk mogelijk zien, het plan was om niet meer dan een paar fragmenten te gebruiken. Toen ik later de opnames bekeek bleken ze de waarde van een authentieke documentaire te hebben, ik besloot elk shot te bewaren om er mettertijd eens een festivalfilm van te maken.

Het was opvallend dat Ru geen alcohol nam totdat ik de camera's liet uitzetten, een discipline die niet van hemzelf was, de genen van Kurt Zolder moesten hiervoor verantwoordelijk zijn.

Hij bleef wel hangen na de opnames en naarmate de drank rijkelijker begon te vloeien zag ik Kurt veranderen in de man naar wie ik uitkeek. Hij werd een jeugdmakker van de dronkelappen, hij lachte om hun gore grappen en vertelde hun de zijne.

Een vrouw met borsten als van een zeug zong met roest in de stem de smartelijke liederen waarmee ze jaren geleden furore had gemaakt en iedereen brulde huilend mee.

Kurt voerde de terriër van een oude brandweerman Belgisch bier. Iemand had hem ingefluisterd dat het hondje ook aan alcoholisme leed. Het beestje was op rantsoen gezet nadat de dierendokter suikerziekte had geconstateerd, maar kreeg ondanks het verbod van de dokter aan het eind van de avond nog altijd een schoteltje bier. De hond, met een buik als een musketier, zat op zijn eigen barkruk tot middernacht met droeve ogen te wachten op zijn lekkernij. Nederlands bier raakte hij niet aan, wat te wijten was aan het feit dat de eigenaar hem in het Belgische Luik op de zondagmarkt had gekocht. Deze avond werd hij weer eens ordentelijk dronken en liep zwabberend naar buiten, waar hij in het boodschappenmandje vóór op de fiets van de brandweerman werd gezet – die nog opmerkelijk recht richting huis fietste.

Kurt was op deze avond de Ru die ik me herinnerde uit die ene tomeloze zomer met de lange avonden in bruine en rokerige gelegenheden, die ik pas verliet om in de ochtend met de eerste trein naar Hilversum te gaan, waar ik onder de douche de alcohol- en nicotinestank van me af spoelde en verschoning aantrok om dan weer in geurende lavendellucht de trein terug te nemen naar de hoofdstad en verder aan het werk te gaan. De katers benevelde ik met vier Chefarines tegelijk, het gemopper van mijn man verdoofde ik met natte watten in de oren.

Deze nacht kroop ik content in mijn eigen bedgeur van Engelse theerozen en ik wist zeker dat ik binnen een week met mijn lief tussen deze lakens zou slapen.

———•—•———

Het was verwarrend om met Kurt/Ru te filmen. Ik had hem gevraagd zijn haar korter te laten knippen, maar omdat het anders van structuur was dan het haar van Ru kon het niet op dezelfde wijze geknipt worden. Het werd een soort Sam Shepard die naar de verkeerde kapper was geweest. Ik kon zien dat Kurt er niet blij mee was, hij was al evenmin gelukkig met de nonchalant sportieve kleding die de styliste voor hem meebracht. Afgeragde spijkerbroeken en T-shirts. Zelf kwam ik per toeval een versleten jack van zwart juchtleer tegen op het Waterlooplein. Dat schonk ik Kurt met een plechtig gebaar op de eerste repetitiedag – alsof het een gelukstotem was, die hij moest dragen om van deze film een succes te maken. Hij trok het aan met een argwanende blik en begon opgelucht te lachen toen hij zichzelf in de spiegel bekeek en zag dat het hem niet veranderde in een loser maar dat het hem juist onaantastbaar maakte.

'Nooit gedacht dat ik ooit nog zoiets zou dragen,' zei hij.

Hij stelde wel als eis dat hij er altijd hagelwitte hemden of shirts onder mocht dragen en hij weigerde hardnekkig de sportschoenen

78

aan te trekken die de styliste voor hem had meegenomen. Hierin kwamen we tot een compromis door hem oude cowboylaarzen te laten dragen – die hij zelf wilde kopen. Het werden donkerrode, bestikte westernboots, veel te opzichtig in ons kledingplan maar ik accepteerde ze, uiteindelijk zou de camera zelden op zijn voeten gericht zijn en de schuine hakken gaven hem een manier van lopen die ik aantrekkelijker vond dan de dansende gang van Kurt Zolder.

De tweede opnamedag werd Ru door Seksbom gebracht in de pralerige Lamborghini en na afloop van de opnames reed ze ongeduldig toeterend weer voor om hem op te halen. Hoe had ik kunnen vermoeden dat dit de routine werd en het luidruchtige nakaarten van de eerste dag voortaan achterwege zou blijven? Zodra we stopten met de opnames belde hij zijn poppetje en nog geen kwartier later reed de blauwe auto voor.
'Ze heeft je aan de lijn,' zei ik sarcastisch, en terwijl ik het zei herinnerde ik me die zin.
Hij gaf me de lijpe glimlach van een struikrover.
'Tis zo'n lekker ding.'

De opnames verliepen zoals gehoopt, met niet meer dan de gebruikelijke ongemakken en tegenvallers die te overzien waren en weinig invloed hadden.
Kurt was niet alle dagen de Ru die ik wilde zien. Als het niet lukte liet ik de opnames liggen voor een dag waarop hij zich meer kon verbinden met de geest van de acteur die zich in zijn lichaam had genesteld.
Kansen dat ik met hem alleen kon zijn, met hem kon gaan eten om over dingen te praten die herkenning moesten geven, waren er niet meer. Seksbom eiste die gelegenheden op, maar onverwachts en totaal onvoorspelbaar kwamen de geesten die het goed met me voorhadden te hulp met een griepepidemie, die veel burgers velde en in bed hield. Het virus liet mij en het grootste deel van mijn crew met rust maar Daniela werd erdoor aangevallen, ze was te ziek om als chauffeur te blijven fungeren. Ru kwam twee uur te laat op de set.

'Daan is ziek,' zei hij.

'Huur een verpleegster,' snierde ik. 'We moeten werken.'

Terwijl het weer ongewoon zacht was voor de tijd van het jaar en we op het terras van het Jordanese café zaten te wachten tot de technici binnen het licht hadden ingeregeld, nam ik de te filmen scène met Ru door en vroeg hem wat minder ambitieus te zijn en losser te spelen.

'Ben je niet tevreden over me?' vroeg hij geschrokken.

'Je doet te veel je best. De eerste week was je natuurlijker.'

De opnames verliepen zo stroef die middag dat ik ze afbrak en iedereen naar huis stuurde. Ik nam Ru mee naar de studio, waar we de rushes van de eerdere dagen nog eens bekeken. Eerlijkheidshalve had ik moeten toegeven dat er geen verschil was in zijn manier van spelen, het was mijn verkramping, ik was te zeer gefixeerd op de oude Ru, het was waarschijnlijk het uiterlijk dat me het meest irriteerde. Ik kon Ru Valkenaar niet vinden.

We waren met zijn tweeën in de montagekamer, ik liet wijn en bier brengen. Hij maakte de wijn voor me open.

'Je hebt werkelijk talent. Laat het Kurt-gedrag achterwege,' zei ik. 'Laat je leiden door je intuïtie, leg er meer gevoel in.'

'Ga je mij vertellen dat Kurt geen gevoel heeft?'

De oude Kurt Zolder had lak aan commentaar, hij beledigde de criticasters harder dan ze hem konden raken, maar deze Kurt Zolder was gevoelig voor mijn kritiek, het leek hem onzeker te maken. Ik vroeg hem of hij iets over zijn jeugd wilde vertellen, of hij ooit aan schooltoneel had meegedaan. Ik vroeg wat voor toekomstverwachtingen hij had gehad, hoe hij zich de ideale vrouw voorstelde, of hij een grote liefde had gehad.

'Ik kijk niet om, dat is niet mijn gewoonte. Ik leef bij de dag.'

Het was gelogen, ik zag hem naar buiten staren, hij wilde het zich herinneren maar hij zat tevergeefs in het verleden te graven dat niet van hemzelf was. Ik had een kwetsbare plek geraakt, en om hem te helpen vertelde ik waarom ik films was gaan maken. Dat was op de dag dat ik door mijn vader op schoot werd genomen in de bioscoop in Hilversum, dat ik bijna mijn broek natmaakte van de spanning. Ik vroeg aan Kurt of er zo'n moment in zijn leven was geweest, of hij zich op een bepaald punt had voorgenomen om miljonair te worden omdat hij een hekel had aan armoede, aan honger, aan kou?

Ik gedroeg me meedogenloos, ik dramde en stelde vervelende vragen.

'Was je vader misschien een mislukkeling? Ergerde je je aan zijn armoede? Wilde je boven je afkomst uitstijgen? Was dat je ambitie? Zoiets is vaak de drijfveer die succesvolle mensen naar de top drijft. Ze werken zich kapot om dat te bereiken. Mensen die met geld zijn opgegroeid hebben die drang veel minder. Ze hoeven er niet voor te knokken. Of ben je ooit afgewezen door een rijke vrouw en heb je je toen voorgenomen dat je ooit zo veel geld zou bezitten dat je alle vrouwen kon krijgen die je wilde hebben?'

'Jij bent een gek wijf. Je durft veel te vragen. Ik herinner me niet veel van vroeger, ik denk dat het door de ziekte komt. Er is een stuk weg, ik ben namen vergeten, soms herken ik oude vrienden niet. Ik voel me niet meer op mijn gemak bij sommige mensen, ze irriteren me, het zijn hielenlikkers. Ze gaan met me om vanwege de poen, ze trekken zich aan me op. Ik vertrouw mezelf soms niet. Ik gedraag me als een botterik, ik blaf mensen af, ik zet ze in de zeik en voel me achteraf klote, maar het gebeurt vanzelf. Ik weet af en toe ook niet wat ik met Daan moet. Het is een stoeipoes en je kan met haar lachen, ze maakt de gekste opmerkingen, ik vind het grappig om met haar gezien te worden, maar ik vraag me steeds vaker af wat ik precies wil. Het komt allemaal door die hartstilstand.'

'Had je een bijna-doodervaring? Heb je iets bijzonders gezien? Ze zeggen dat mensen die op de rand van de dood zweven soms een prachtig licht zien en mensen tegenkomen die de planeet al hebben verlaten.'

'Dat herinner ik me niet. Het enige wat ik voelde toen ik bijkwam was geluk. Ik had het gered en ik dacht dat mijn beste tijd nog moest komen.'

'Toen wilde je andere dingen gaan doen?'

'Ik weet het niet, ik voelde me onrustig en was heel moe. Het is de eerste keer dat ik zo lang met Daan op vakantie ben geweest. Vroe-

81

ger had ik nooit tijd, ik nam de tijd niet, het was zo zinloos om niets te doen. Ik wilde na een week alweer aan het werk. Nu vond ik alles goed wat Daan voorstelde. Ik had geen zin meer in mijn blad en op dat moment kwam jij met je bezopen voorstel om een filmster van me te maken. Daan dacht dat je haar ook een rol zou geven.'

'Ik wilde jou en niet haar.'

Hij glimlachte de vileine struikroverlach en zweeg.

'Ze hebben me het blad afgenomen,' zei hij ineens.

Kurt Zolder die nooit verloor had de match met zijn aandeelhouders verloren. Ze wilden hem niet meer als hoofdredacteur van het kuifjeblad. De mannen in grijze pakken namen hem zijn lange vakantie kwalijk, nog meer de verhalen van zijn lief over het sabbatical year en een bruiloft in kant. Hij was het boegbeeld van het blad voor mannen die nimmer afstand konden doen van hun jongensdromen. Ze wilden geen sul. De oplagecijfers van het blad waren in een paar maanden tijd dramatisch gekelderd. Hij stond niet meer op de lijst van de meest begeerde vrijgezellen. Zijn filmavontuur werd belachelijk gemaakt. Unaniem was gekozen voor een nieuwe hoofdredacteur. Het nieuws zou in alle zaterdagkranten bekendgemaakt worden met paginagrote artikelen die door de persafdeling van zijn eigen blad waren geschreven in de geest van de Kurt die iedereen kende. Hij hoefde niemand zelf te woord te staan.

Anderen schreven zijn verhaal op, ze maakten aannemelijk dat hij zijn blad vaarwel zei omdat hij een nieuwe bestemming had gevonden. Hij werd aan de kant gezet op een manier die de Kurt van voorheen nooit geaccepteerd zou hebben. Hij keek me aan als een natgeregende hond en maakte een nieuw flesje bier open.

'Ben ik fout bezig? Ga ik met deze film een flater slaan? Zet ik mezelf voor schut? Ben ik de loser die ik aan het spelen ben?'

Heel even, niet langer dan het moment van een bliksemflits, kwam ik op de gedachte om hem botweg over de lichaamsruil te vertellen. Ik keek naar de man die zo veel Nederlandse vrouwen zouden willen hebben, die bewonderd werd door zo veel Nederlandse mannen, en ik vervreemdde me van hem. Ik zei hem dat het een goede film ging worden, dat ik ervoor zou zorgen dat hij als acteur niet onderuit zou gaan maar zelfs zou verbazen, dat hij op me kon rekenen, en ik vroeg of hij me thuis kon brengen.

De nacht bezocht me met wanhopige dromen waarin ik weer eens mijn koffer niet had gepakt en te veel bagage tegelijk moest meenemen. Ik dronk iedere keer als ik wakker werd een vol glas water en draaide me drie keer op een andere zij, om die droom van me af te krijgen. Het was tevergeefs, elke volgende droom bracht me terug naar de koffers waar alles even rommelig in lag en de helft niet in kon.

De scènes die we de dag daarvoor hadden afgebroken vanwege de krampachtigheid waarmee ze gespeeld werden, wilde ik overslaan. Het waren scènes tussen mannen, Kurt in de lorem en in dialoog met Janes de kroegbaas, Kurt in een melancholieke bui met een oude vriend met wie hij naar het café was gegaan waar hij Melly voor het eerst had ontmoet, waar de ongelijke verhouding was begonnen tussen een intellectuele hbs-docente en een wildebras met een duister en drankzuchtig verleden. De verhouding was op dat moment in het verhaal al ten einde en Kurt zat zich mismoedig te bedrinken en af te vragen of hij haar miste of blij moest zijn dat het was afgelopen. Het fragment zou uitlopen in een gevecht waarbij met stoelen gesmeten ging worden. De gevechtsscène moest met stand-ins op een later tijdstip worden gedraaid.

Kurt stond erop om eerst de scènes van gisteren opnieuw te proberen zodat hij zich kon losmaken van het gevoel dat hij als acteur mislukt was. Hij speelde dit keer angstaanjagend overtuigend, hij werd de man die heen en weer stuiterde tussen twijfels en verlangen naar een grote liefde die hij gevonden dacht te hebben bij een vrouw in wier leven hij niet paste. Hij was melancholiek, hij was opstandig en maakte heel geloofwaardig ruzie met een cafébezoeker die hem lastigviel.

Er waren niet meer dan drie opnames nodig om mij tevreden te stellen. Kurt/Ru hield zich niet aan de tekst, maar ik kon akkoord gaan met de woorden die hij gebruikte, ze waren aannemelijk.

We waren heel vroeg klaar en ik kon niet anders dan hem terecht verwennen met lovende woorden. Hij was groots, hij speelde indrukwekkend en ik zei hem dat.

'En nu mag je naar huis om verpleegster te spelen.'

Ik pakte mijn tas om weg te gaan.

'Waar ga je eten?' vroeg hij.

'Gewoon thuis. Er zijn mensen die wel eens zelf hun eten klaarmaken. Die ken jij niet, denk ik.'

Even flitsten zijn ogen boosaardig.

'Voor het geval het je interesseert, ik veeg nog altijd zelf mijn gat af en ik doe het niet met briefjes van duizend.'

Ik schoot in de lach.

'En je herinnert je nog hoe hutspot smaakt?'

'Geloof het of niet, als je wilt bak ik bloedworst met appeltjes voor je.'

'Afgesproken! Dan zal ik een keer mijn ovenschotel voor jou maken.'

'Kan dat vanavond?'

Hij verblufte me, ik verwachtte niet zo'n plotselinge wending in mijn eigen scenario, ik keek hem vragend aan.

'Daan is opgehaald door haar moeder. Ze voelde zich verwaarloosd.'

Ik maakte een ovenschotel die me de faam geeft dat ik een geweldige kok ben, maar de waarheid is dat hij zeer simpel klaar te maken is en ongeveer het enige wat ik vrienden durf voor te zetten. De basis is een hoeveelheid krieltjes die ik schoongewassen onderdompel in olijfolie met veel knoflook, met tussendoor een aantal kippenpootjes – het enige vlees dat ik me permitteer – en wat gesnipperde verse venkel. De oven doet in een uur het werk, ik hoef enkel de combinatie af en toe om te scheppen. Met zo veel simpelheid kan ik een onverdiende reputatie hooghouden, alleen mensen die vaker bij me komen eten kennen mijn tekortkomingen en bieden vaak aan om zelf voor de maaltijd te zorgen.

We drenkten de tussentijd in een pinot gris en bekeken de rushes van die dag.

Ik zei: 'Je doet het geweldig. Ergens heb je een acteur verborgen gehouden. Kijk naar jezelf: je overtuigt, je hebt een aangeboren talent. Ik blijf erbij dat ik je stijl van spelen vind lijken op de manier waarop Ru Valkenaar speelde. Ik zal het je laten zien.'

En in alle onvoorzichtigheid die de wijn bij me had binnengelaten stond ik op om een van Ru's glansfilms te pakken.

'Ik wil geen film bekijken, ik wil praten, ik zou met je willen...' Hij stopte.

Ik zag de blik waarop ik al weken wachtte in ogen die niet blauw en verwassen waren maar de fonkeling hadden die een zonde beloofde en ik schrok dat het moment nu zo dichtbij kwam dat ik het moest zien uit te stellen om me niet belachelijk te maken met mijn gretigheid. Ondanks zijn protest liep ik naar het rek met de video's en legde hem met trillende handen in de recorder. Om mijn onthutsing te verbergen ging ik naar de koelkast, waar ik een nieuwe fles pinot gris uithaalde terwijl er in de vorige fles nog genoeg zat voor twee glazen.

'Sorry,' zei hij. 'Dit is niet mijn gewoonte. Je bent een verdomd aantrekkelijke vrouw. Ik zou zomaar...'

'Ik ben te oud...' mompelde ik en ik beet op mijn tong.

'Ik zal maar naar huis gaan voordat er iets gebeurt wat we allebei niet willen.'

Hij stond op en liep weg. De voordeur ging open, ik wachtte met de afstandsbediening van de videorecorder in mijn handen tot hij dicht zou slaan. Het duurde een hele tijd, ik bleef als een ijssculptuur staan wachten tot ik de klap van de dichtvallende deur hoorde en drukte op de play-knop. Ik kon me alleen nog troosten met een film van Ru en nog altijd rechtopstaand keek ik naar de eerste beelden van *Neerlands Luister*. Een mediterrane kruidenlucht kwam de kamer binnen, hij sloeg zijn armen om me heen en zei: 'Vanaf de eerste dag dat we samen die scène hebben gedaan wist ik dat ik met je naar bed wilde. Zou het onze film verpesten?'

'Ik ben bang dat hij juist beter gaat worden,' antwoordde ik.

Het was anders dan jaren geleden, zijn attribuut was ditmaal heel wat robuuster dan een breinaald en hij kwam woest klaar, maar hij kwam met eenzelfde haastigheid als de minnaar van toen. Hij bleef bij me in bed liggen maar wilde niet gaan slapen, hij had een onverzadigbare behoefte om te praten. Over alles, niet alleen film, ook over onnodige oorlogen en de wassende oceanen. Hij was onrustig, ging in en uit bed en bleef ineens voor de collage met de foto's van Ru staan die nog altijd aan de muur tegenover het bed hing.

'Wat heb jij met Ru Valkenaar?' vroeg hij.

'Dat is van vroeger, ik dweepte met hem.'

'Je had wat met 'm.'

'Heel kort, toen ik nog jong was.'

'Zoek je hem in mij? Ik lijk totaal niet op die man. Je wilt me als vervanging voor Ru Valkenaar?' vroeg hij gemelijk.

Ik ging uit bed, keek naar de maan die tussen de bewolking door bleekte. Drie maanden en nog eens drie weken had ik moeten wachten en ik realiseerde me dat ik misschien niet meer dan dit zou krijgen, het moest misschien genoeg zijn. Ik had een liefde zoals ik had gedroomd, ik ervoer de magie van het verliefd zijn, wat moest ik nog meer? Was het belangrijk om alles te willen?

Ik zei: 'Niemand kan vervangen worden. Toen droomde ik, jij bent echt.'

Beloog ik hem of mezelf?

'Ik wil weg dit weekend,' zei hij. 'Ik kan dat gedoe met de pers niet aan. Ze gaan bij me voor de deur liggen, ik weet niet wat ik moet zeggen. Kunnen we samen ergens heen waar ze me niet kunnen vinden? Londen, Wenen, Barcelona?'

De oude Kurt was de confrontatie niet uit de weg gegaan. Dat hij nu wilde vluchten was een aanwijzing dat de geest van Ru die van Kurt Zolder overvleugelde, misschien waren we nu zover dat de herkenning opgehaald kon worden. We gingen naar Londen, we zaten 's avonds in theaters en liepen overdag rond op markten als Portobello Road waar ik pralerige prullen kocht omdat ik verslaafd ben aan blinkers. Hij moest ervan overgeven maar ging zover dat hij een kristallen kroonluchter voor me kocht die hij een hele middag moest meeslepen. Hij ging zelfs met me in de rij staan bij de Tower om de kroonjuwelen te bekijken. Als tegenprestatie moest ik met hem mee naar de Tate Gallery en ik keek in het halfduister naar de schilderijen van William Blake die me bang maakten, en gelukkig gingen we daarna naar een musical die zo onbetekenend was dat ik de titel ervan vergeten ben.

One girl, one boy
Some grieve, some joy
Memories are made of this

(UIT 'MEMORIES ARE MADE OF THIS' VAN DEAN MARTIN)

Verliefden maken stoffen aan zoals dopamine, serotonine en noradrenaline waardoor ze actiever, energieker en creatiever zijn. In het beginstadium van hun verliefdheid hebben mensen een betere concentratie, in hun cellen wordt meer testosteron aangemaakt en ze verspreiden een lucht die de lusten opwekt.

Kurt en ik hielden onze verhouding voor de mensheid geheim maar konden niet voorkomen dat de draaidagen die volgden erdoor werden beïnvloed. Er ontstonden meer relaties dan gebruikelijk, de lucht was hitsig en zat vol tochtige geluiden, er werd tussen de opnames door gevreeën, soms was de lucht zo heet dat de ramen besloegen, soms hing in de ruimtes de odeur van begeerte. Het ging in de film zitten en dat was goed, de film had die geiligheid nodig en ik was creatiever dan ooit, ik nam goede beslissingen, ik vroeg van mijn mensen het uiterste en ze gaven het me – alsof ik de minnares van iedereen was wilden ze me plezieren met het beste dat ze te bieden hadden, ze haalden alles in zichzelf omhoog en ze genoten ervan.

Dit was pas leven, het jankte door mijn bloed, het zette zich af in mijn huid zodat ik in de spiegel iemand aankeek die jaren jonger was. Ik dacht terug aan al die broeiende nachten uit het verleden, die nooit veel méér achterlieten dan een vredigheid in de buik die na verloop van tijd ook altijd weer afnam. Om me dat gevoel zo lang mogelijk te kunnen herinneren, waste ik dan mijn ondergoed en nachthemden soms maandenlang niet zodat de geur in mijn lingerie de aanmaak van die stoffen stimuleerde, hij zat in mijn ongewassen ondergoed, ik ademde hem uit en poetste minder vaak mijn tanden omdat de muntlucht van de moderne tandpasta eroverheen zweemde. Ik had die broeiende geuren nodig. Nu vraag ik me af hoe ik jarenlang zo heb kunnen leven, afhankelijk van voorbijgaande liefdes, verslavingen, niet meer dan een drug.

Kurt kwam vaak bij me maar eindigde de nacht meestal toch in zijn eigen huis in het havengebied aan de noordkant van Amsterdam. Kurt – het is beter om hem voortaan Kurt te noemen zodat ik kan wennen aan die naam – hield niet van mijn huis.

Het is een eenpersoonsappartement met foto's aan alle wanden, portretten van grootouders, oudooms en tantes in willekeurige opeenvolging van leeftijden. Omdat ik zelf geen kinderen heb moeten mijn familieleden me de bevestiging geven dat ik, ondanks het feit dat ik niet heb meegedaan aan de voortplanting, onderdeel uitmaak van een stamboom. Alle foto's, zelfs die oorspronkelijk in kleur waren, zijn in sentimenteel sepia afgedrukt. Ze zijn ingelijst in overwegend goudkleurige lijsten, soms strak van vorm en soms met kitscherige krullen.

Ik heb exotisch bedrukte doeken in de deuropeningen gedrapeerd en de meeste lampen versierd als verjaardagslampionnen. Kunst die te duur is om met contant geld te betalen heb ik nooit aangeschaft. Mijn enige schilderij is een poster van *La Berceuse* van Berthe Morisot – die ik heb gekocht in de Orangerie in Parijs. In mijn slaapvertrek hangen Madonna-afbeeldingen van over de hele wereld. Met de ogen in zedigheid neergeslagen of devoot ten hemel geheven gedoogt ze onze capriolen in het bed dat ik op de markt heb gekocht en van iemand van lichte zeden geweest moet zijn. Hoofd- en voeteneinde van het bed zijn van zwierig koper met de lucht van een poederig parfum, die ik er na drie ammoniawassingen niet uit heb gekregen.

Het meubilair waarin ik leef is als een familie waar te veel verschillende nationaliteiten zijn ingetrouwd zonder rekening te houden met elkaars culturele idioom. Alles in mijn interieur sleept een verhaal mee, alles doet me denken aan precieuze momenten die ik me moet blijven herinneren om een verleden te behouden. Ik weet nog wat ik heb weggehaald op de rommelmarkten van het Franse Puy, het Belgische Mortroux of de Parijse Puce, ik weet soms zelfs nog wat voor weer het was toen ik die dingen kocht.

De kris aan de muur in de gang die van mijn Indonesische overgrootvader afkomstig is, moet ik elke dag een eregroet brengen omdat ik anders *goena goena* over me afroep. De wajangpoppen die eromheen hangen heeft een oudoom me nagelaten omdat ik de enige nicht in de familie ben die naar zijn vrouw vernoemd is – die na een vervloeking gillend in de dessa is verdwenen en nooit meer werd teruggevonden.

Die verhalen moet ik u misschien later nog eens vertellen, nu gaat het om mijn ongewone relatie met een miljonair die anders woont dan ik.

In mijn huis hangt de lucht van *kosher, halal* en *pasar.* Het huis van Kurt Zolder daarentegen is een huis zonder geur en zonder littekens. Vroeger diende het als pakhuis en overslagplaats voor goederen van overzee. In dit huis is nooit kabaal, als er al geesten zijn ingetrokken, dan zijn ze weggegaan omdat ze er geen thuis konden vinden. De ruimte is met de precisie van een plastisch chirurg van zijn karakter ontdaan. Er zijn geen kamers in aangebracht maar eilanden voor iedere menselijke noodzakelijkheid, ze worden niet gescheiden door muren zoals in de normale huizenbouw gebruikelijk is. Alleen de badkamer heeft een omheining met een deur en dat is een compromis naar de gasten die zich niet graag laten bekijken bij de meest primitieve daad van de homo sapiens. De matras in de slaaphoek, gevuld met oceaanwater waarin ik af en toe de walvissen kan horen loeien, is zo beweeglijk dat die andere, zo menselijke daad, een acrobatische toer wordt.

Het meubilair met namen als Starck, Le Corbusier of Alessi toont zich zwijgend verbonden. Buiten de kleuren die de kunstenaars aan hun schilderijen hebben meegegeven, is het huis kleurdoof.

Terwijl ik nog altijd een eenvoudige kabeltelevisie heb en video's draai als ik een oude film wil kijken, kan Kurt zich een dergelijk apparaat niet eens meer herinneren. Hij bekijkt televisieprogramma's van over de hele wereld, via drie verschillende schotels, op een scherm dat van het plafond naar beneden komt en op afstand bediend dient te worden.

Ik was niet op mijn gemak in het huis waarin de mystiek van de nieuwe tijd alles regelde en hij voelde zich niet op zijn gemak waar alles nog gedaan moest worden met de vlijtige handen van een huisvrouw, waar aardappelen nog met een mes geschild werden en citrusvruchten met de hand werden uitgeknepen.

Ondanks het feit dat ik mijn geluk niet op kon kreeg ik toch weer teleurstellingen te verwerken. Ik had gedacht dat het nu zou worden zoals we alles gedroomd hadden, dat er geen obstakels meer waren, dat we elkaar onvoorwaardelijk en ongeremd konden gaan liefhebben. Het was kinderlijk om zo te denken, misschien was het ook nog wel zo dat ik het allemaal had verzonnen en waren mijn mooie dromen te mooi geworden als ik ze herhaalde in de halfslaap vlak voor het wakker worden.

Toen hij nog niet in het lichamelijke was kon ik overdag alleen nog aan het ideaalbeeld van onze verbintenis denken en kon ik die in mijn eigen verbeelding verwoorden in de brieven die ik hem liet schrijven. Maar nu heeft hij eigenschappen waarmee ik geen rekening heb gehouden. Er zit een lief in de weg dat met dat andere lijf was verbonden maar van de man moet afblijven die ze mee naar huis heeft genomen. Hij noch zij weet dat de man die uit het ziekenhuis is ontslagen is thuisgekomen met de ziel van een ander en ze lijden allebei aan de verwarring. Hij zit opgescheept met de begeestering van twee verschillende persoonlijkheden. De vlegelachtige Kurt zit de gemakzuchtige levensgenieter die Ru is in de weg. Mensen zeggen hem te vaak dat hij zo veranderd is na zijn hartinfarct, ze maken hardvochtige grappen, de brute discussies waaruit Kurt altijd als een Achilles tevoorschijn kwam maken hem verlegen. Hij voelt zich ongemakkelijk in zijn eigen huis, het liefst eet hij met me buiten de deur maar hij is beducht voor journalisten zodat we soms uren moeten rijden naar een verborgen dorpscafé, waar het eten dan weer te vet en te Hollands is voor de gezonde eetwijze die Kurt zich had aangewend. Wanneer hij vlees gegeten heeft, wordt hij misselijk.

Ik weet al evenmin hoe ik me daarin moet gedragen. Ik wacht het moment af dat ik hem kan vertellen wat ik in de andere dimensie te horen heb gekregen. We hebben het nooit over Seksbom, ik houd me in als haar naam op mijn tong trappelt. Het was te hopen dat ze niet meer bestond maar daarin wilde ik mezelf beliegen.

———— • ————

Toeval bestaat niet, geheimen die de mensen voor je verborgen willen houden zoeken zelf hun weg als het de bedoeling is dat je ze moet weten. Een jonge actrice die ik als onervaren achttienjarige een kans heb gegeven en die me nog steeds als een dochter om de nek valt als ik haar tegenkom, besprong me in het Americain en bood me meteen een kop koffie aan, en omdat het een geweldige kletskous is en meer roddels weet dan de dames van de bekende bladen begon ze meteen over Seksbom en Kurt. Ze vertelde me dingen die ik liever niet had gehoord.

'Ik kwam Daantje tegen. Ze is weer uit het ziekenhuis.'

'Had ze pillen geslikt omdat het uit is met Kurt?'

'Waarom denk je dat?'

'Ik heb zo mijn bronnen.'

'Nee, ze had acute longontsteking! Het was kantje boord. Ze is ontzettend afgevallen. Staat haar goed, ze heeft haast geen tieten meer.'

Er gebeurden dingen die me waarschuwden, het eerste signaal was dat de eidooiers voor mijn favoriete ontbijt iedere keer weer stuk gingen, terwijl ik er zo'n vaardigheid in heb dat ze hoogst zelden al bij het breken van de schaal stukgaan. Toen vijf dooiers achter elkaar kapotgingen, wist ik dat er iets zou gaan gebeuren wat ik niet kon controleren. Ik werd alert. In een impuls vroeg ik Kurt om met me naar een andere locatie te zoeken voor de laatste scènes – die aanvankelijk op het strand van Zandvoort gepland waren. Ik wilde zonder verklaarbare reden naar Wijk aan Zee. Het strand was anders, de vrachtschepen die de haven van IJmuiden binnengleden zorgden voor een beter decor dan de torenflats van Zandvoort. De wind sloeg ons ruw in het gezicht, af en toe kwam de zon tevoorschijn maar ze werd snel weer aan de kant geduwd en buitenspel gezet door een agressief wolkendek dat langs het zwerk joeg. Zo moest het zijn bij de apotheose van mijn filmverhaal.

We baggerden door het zand, kochten vette vis en dronken koffie met rum in het strandcafé. Kurt stelde voor een nacht in het dorp te blijven. Hij kocht in een souvenirwinkel met stenen en schelpen die uit exotische oceanen waren gekomen een hart van doorschijnend obsidiaan voor me. Hij hing het om mijn hals alsof hij een diamanten ring om mijn vinger schoof. Daarmee was ik overtuigd dat ik niet meer bang hoefde te zijn voor Seksbom.

Maar ik vergiste me, ze wist waar we filmden en ze kwam net na de lunch aan rijden in zijn iriserend blauwe Lamborghini. Ze stampte met haar laarzen van rood vinyl door het duinzand, ik zag haar aankomen, de camerajongens zagen haar komen en vergaten in hun lenzen te kijken, de mensen die het geluid regelden draaiden de microfoons in de richting van de boulevard. De hele crew lette vooral op mij.

'Hai,' riep Seksbom met haar kerstklokjesstem. 'Poep, ik ben weer beter.'

'Ga aan de kant, je staat in beeld,' zei hij.

Ik riep 'cut'.

Hij omarmde haar en ik probeerde het te zien alsof hij zijn jongste zusje na jaren terugzag maar zo was hun begroeting niet. Zusjes kruipen niet in het lijf van hun broer tenzij ze een verhouding hebben die de Kerk niet toestaat. Daniela de Prada krulde zich om de man heen die een heel Hollandse naam had en de ballen van een Spaanse stier.

'We moeten even met elkaar praten,' zei hij en hij trok zich terug in de bus die we bij ons hadden voor de pauzes en de maaltijden.

Ze bleven bijna een halfuur in de bus. De hele ploeg moest wachten in het ruwe weer. Een belichter deelde een verwarmende likeur uit, de regieassistente vertelde feministische moppen en al die tijd waren alle ogen gericht op de bus. Ik verbeeldde me dat hij heen en weer bewoog.

Don't come knocking when the trailer is rocking.

Seksbom kwam als eerste weer naar buiten, ze schudde haar lange haren naar achteren. Haar glimlach had niets van een vrouw die net te horen heeft gekregen dat haar minnaar een ander heeft.

'Ik heb beloofd jullie niet verder te storen,' zei ze en ze krabbelde door het dikke duinzand weer naar de boulevard.

'Heb je haar over ons verteld?' vroeg ik.

'Nee, ik heb haar gezegd niet meer naar de set te komen.'

'Ze rijdt in jouw auto?'

'Wil jij hem hebben? Weet je wat de verzekering kost?'

'Ze heeft zeker ook nog een sleutel van je huis?'

'Als je wilt doen we voortaan de deur op het nachtslot.'

Hij knipoogde als een struikrover en begon opnieuw aan zijn opname met Melly.

De strandopnames duurden langer dan we hadden gepland. Het was de wind die in de microfoons jankte, het was de zee die wispelturiger was dan we in het draaiboek hadden bedacht, het waren de strandwandelaars die te vaak door ons beeld liepen. Omdat het licht veranderde moesten we afbreken en de opnames de volgende dag voortzetten.

'Ik zie je morgen,' zei Kurt zoals altijd, het was de rite van de geheimhouding die nergens toe diende. Hij ging weg zoals altijd, maar hij kwam niet zoals ik verwacht had naar mijn huis die avond. Ik belde hem op zijn huistelefoon en kreeg zijn voicemail, op zijn mobiel kreeg ik dezelfde tekst – dat ik een boodschap moest achterlaten als ik wilde dat hij me zou terugbellen. Ik verbood mezelf om elke vijf minuten te bellen en haalde het tot tussenpauzes van vijftien minuten. Na twee uur belde hij.

Ik vroeg: 'Waar was je?'

'Eten met Marcel. Begin je me te controleren? Moet je niet doen. We zien elkaar morgen.'

De volgende morgen was het weer veranderd, de zee had een andere kleur gekregen, de golven zongen liederen van verdronken liefdes en het licht had een mysterieus floers gekregen. We moesten alle opnames van de vorige dag overdoen omdat ze niet aan elkaar gemonteerd konden worden. In de lunchpauze had ik heel even een moment met Kurt alleen en ik vroeg wanneer hij Seksbom over hem en mij zou vertellen.

'Je moet haar zeggen dat het afgelopen is.'

'Daan en ik zijn maatjes.'

'Zij is de symfonie en ik het intermezzo?'

'Ik hou van je woordgebruik.'

'Voor mij moet het voor eeuwig en altijd zijn.'

'Het leven is niet eens eeuwig.'

'Dat bedoel ik, ik wil tot over de dood heen.'

Het weer veranderde zodanig dat we de strandopnames moesten opschuiven. Het scenario vroeg om windig opgejaagde wolken en een opstandige zee terwijl de branding het karakter had gekregen van een willige echtgenote. De Noordzee was spiegelglad, we moesten wachten totdat ze haar onstuimigheid terughad, we moesten wachten op nieuwe stormen die gewoon waren in deze tijd van het jaar maar ineens uitbleven. De strandscènes waren de laatste.

Na een week konden we weer beginnen. Melly was nerveus, ze wilde zo snel mogelijk van deze scènes af zijn, ze had een hekel aan de zee. Melly was een meisje van de Drentse hei, ze had angst voor de bruisende golven. Haar grootvader had haar te vaak verteld over de geesten die uit het schuim van de zee kwamen, ze waren gevaarlijker dan de vuurgeesten die zich in de vulkanen schuilhielden. De watergeesten waren onbetrouwbaar, daarom moest Melly terug naar de terpen, zo snel ze kon.

Kurt bracht haar naar de boulevard toen de opnames klaar waren. Hij omarmde haar minutenlang, ik zag hen staan en ik wist dat ik niet jaloers hoefde te zijn ook al hadden ze in hun spel een verbinding die leek op de ultieme liefde.

Ik ruimde mijn spullen op, de regieassistente hielp me daarbij en gaf me de mobiele telefoon die Kurt had laten liggen. Hij trilde en zoemde, ik drukte op knopjes, zonder te weten wat ik deed en wat ik zou oproepen, ik kon niet vermoeden dat ik in de kristallen bol van de nieuwe tijd zomaar inzicht kreeg in de vileine daden van mijn minnaar. Op het schermpje las ik dat Seksbom de afloop van de opnames met hem wilde gaan vieren in het casino van Zandvoort.

De afgelopen weken waren een illusie geweest. Gedroomd. Verzonnen. Ik had net als voorheen een lief voor zolang ik aan het werk was, een korte affaire die me zelfvertrouwen moest geven, die zoals zo veel keren hiervoor van voorbijgaande aard was, het was niet geworden wat we bij de boom van Sophomore hadden afgesproken. Wat Kurt en ik hadden had niets te maken met de verbinding die ik met Ru had. Het was niet meer dan de lichamelijke noodzakelijkheid, een stimulans voor mijn creativiteit, het meisje in me dat zo hunkerde naar een zielenmaat werd weer teleurgesteld.

Gewoonlijk zou de afloop van de opnames gevierd worden met drank en anekdotes, ik hield van dit geslemp en de lachpartijen over de missers, over de fouten. Soms maakten we een collage van de bloopers om op de afscheidsborrel te laten zien. Dit feest hadden we nodig om de spanning van ons af te slaan, om de ruzies te vergeten die onnodig waren geweest, we hadden de lach nodig om succes over de film af te roepen.

Ik zei dat ik te moe was en ging terug naar Amsterdam. Ik ging ervandoor, het deed me te veel pijn dat het spel was afgelopen, ik had de film willen laten voortduren maar mijn man was teruggegaan naar de dingen die van alledag waren en ik had in de illusie willen blijven hangen. Ik wilde weg om te kijken waar ik mijn eigen werkelijkheid zou kunnen vinden. Ik ging naar de plek waar Mama Aarde me op schoot neemt en ik stond om vijf uur de volgende ochtend op Schiphol om naar haar toe te gaan en bij haar uit te huilen. Ik stapte rond zes uur in het vliegtuig naar Ibiza. Het weer was er mild, te koud voor de toeristen, aangenaam voor de mensen die er woonden. Panzo, de kroegbaas van La Vida Loca uit Santa Eulalia, kwam me van het vliegveld halen en bracht me naar het pension van zijn zuster Blanca op de heuvel, met uitzicht over de nieuwe haven van Santa Eulalia, waar geen enkele vissersboot meer lag maar louter witte jachten. Ik sliep anderhalve dag aan een stuk – droomloos – zonder weet van plezierjachten in de nieuwe haven. Blanca verwende me als een zieke zuster, ze wist niet waaraan ik leed maar ze had een hart zo groot als een hooischuur waarin iedere vertrapte zwerfhond naar binnen mocht. Ze verwende me met geroosterde garnalen en vette frieten. Ze nam me mee naar de markt en stelde me voor aan een nicht die aan een wankel tafeltje de kaarten legde waaruit ze de toekomst kon voorspellen. Ze zat er om de mensen te vertellen over hun kansen op geluk en de gevaren die hen bedreigden en waarvoor ze zich in acht moesten nemen. De nicht keek heel lang naar de kaarten, keek me ontreddert aan en zei dat deze legging te geheimzinnig was, dat de kaarten nog nooit zo onduidelijk waren geweest. Ik keek haar aan en zag in haar wijze ogen dat ze me niet wilde vertellen wat me nog te wachten stond.

'Blijf geloven in je geluk,' zei ze. 'Het ligt er, maar je krijgt het niet voor niets.'

Het luchtte op dat ze de details voor me verzweeg. Ik was bang voor morgen en overmorgen. Ik wenste dat ik voor altijd op dit eiland mocht blijven tussen de mensen die zich voegden naar de seizoenen, die de wereld niet bedachten maar hem lieten zijn zoals hij is. Ik kreeg ineens een hekel aan mijn werk, aan de obsessie om steeds weer creatief te moeten zijn en dingen te bedenken waar andere mensen niet op kunnen komen. Ik vroeg me af waarom ik niet als caissière bij een supermarkt was gaan werken, waar ik alleen maar producten langs een scanner hoefde te halen. Dan zouden de avonden van mezelf zijn en kon ik eten maken zonder dat mijn personages me onophoudelijk afleidden met hun absurde dialogen. Ik wilde niet meer nadenken over hun gecompliceerde karakters en hun drama's, ik moest af van de bezetenheid waarvan ik sinds mijn zevende last had, ik kon de schaduw van mijn werk niet meer verdragen, ik kon er niet meer tegen dat ik wakker werd gemaakt door onwaarschijnlijke verhalen die verteld wilden worden.

Ik nam me voor dat dit mijn laatste film was, dat ik hierna nooit meer een script zou schrijven en nimmer meer een film ging regisseren, ik dacht na over een nieuwe broodwinning en vroeg me af of ik nog schrijnenmaker kon worden, zoals mijn opa bij wie ik vaak in de werkplaats zat en toekeek als hij met uiterste zorg het hout uitkoos voor een kast of tafel. Ik kende hem als een uiterst tevreden man, hij hield van zijn werk, van mijn oma en van zijn vijf kinderen, hij vierde devoot alle kerkelijke feestdagen en liet zijn vrouw voor het eten zorgen. Hij kocht één keer in de vijf jaar een nieuw kostuum dat hij alleen naar de kerk en begrafenissen droeg maar zijn vrouw mocht elk jaar vlak voor Pasen naar de stad om een nieuwe japon te kopen. Zo wilde ik voortaan leven met een voorspelbaarheid die vijf jaar van tevoren vastlag en niet meer met de duizend onzekerheden waar in mijn vak aan geleden wordt. Ik vroeg me af door welke geest ik werd bezeten die me belette om gewoon te zijn zoals mijn Hilversumse nichten die nu voor en na grootmoeder werden. Ik kreeg een hekel aan God omdat hij me te veel keuzes had gegeven.

Mijn dagen op het terras van Blanca's pension hadden de kleur van wijn, ik dwong mezelf om lui te zijn en las tijdschriften die nergens over gingen. Op het strand liep ik jarenzeventighits te brullen en stampte met plastic espadrilles door het afgekoelde mediterrane water. Op de terrasjes van Santa Eulalia dronk ik pittige sangria en luisterde naar het geklaag van de oude vissers over de moderniteit die het eiland veranderde. Dat gemor had een dubbelheid want al die oude mannen en ook de vrouwen hadden zich er allang bij neergelegd, zoals ze zich bij alles neerlegden: de wisseling van de seizoenen, slechte vangsten, te veel regen of te veel zon, de geboorte van kinderen die niet capabel waren om een volwaardig leven te leiden en de kinderen die te opstandig waren om in het leven te blijven hangen dat het eiland hun opdrong. Het was zoals het was, het ging koud worden, het fruit was rijp en geplukt, het graan was geoogst, de noodzaak om hard te werken was voorbij, het was verteltijd. Bij Panzo in La Vida Loca kwamen de oude mannen bij elkaar, bestelden hun rum en deelden hun verhalen van vroeger. Ze herhaalden de verhalen die ze van hun vaders hadden gehoord over tijden waar ze niet zelf bij waren geweest en ze vertelden de hunne zoals ze zich die herinnerden en die daardoor elk jaar heldhaftiger werden. Niemand taalde naar de waarheid, het ging om het vertellen. Ik luisterde en wist dat ik nooit van beroep zou kunnen veranderen. Ik wist dat ik geboren was om te vertellen en dat ik terug moest gaan naar Amsterdam om het verhaal af te maken waar ik mee bezig was, en dat er daarna nog veel verhalen zouden volgen. Het was mijn bestemming. Ik aarzelde om terug te keren.

<hr />

Zijn officiële naam was Michaël Gabriël Lucifer Gordijn, maar de mensen in Santa Eulalia noemden hem Mick en kenden zijn achternaam niet eens. Hij was naar het eiland gekomen om niet in dienst te hoeven, hij wist niet dat er in Nederland geen dienstplicht meer was en dat dienstweigering allang verjaard was. Hij had zich aangepast aan de hippies van de jaren zeventig en was zich zo blijven kleden en gedragen. Zijn huid en haren waren aan het verkruimelen vanwege de zon en de zoutige winden, maar hij had de ziel en onhebbelijkheden van een Hollander gehouden. Hij stal vaak de Nederlandse kranten die de toeristen achterlieten en op deze dag legde hij een *Telegraaf* van drie dagen oud voor me neer met een paginagroot verhaal over de dramatische breuk tussen Kurt Zolder en Daniela de Prada. Daniela was kapot, schreef de journaliste. Kurt deed zulke vreemde dingen na zijn hartaanval, hij had geen begrip meer voor haar, de oude Kurt was gestorven, met de nieuwe kon ze niet omgaan. En Kurt Zolder, die de reputatie had van een ijdeltuit die zich alleen met jonge en vooral knappe vrouwen liet zien, gaf toe dat hij verliefd was geworden op de regisseuse van de film waarin hij zijn debuut als filmacteur maakte. Ze had een nieuw leven voor hem geopend. Dat ze ouder was maakte hem niet uit, het ging niet om uiterlijk maar om de chemie. De foto's bij het artikel waren tergend. De redactie had foto's opgediept uit de beginperiode van de verhouding tussen Seksbom en de succesvolle uitgever die op elke jetsetparty verscheen in extravagante kleding. En ze hadden een foto van mij waarvan ik niet wist dat hij genomen was, waarop ik uit het Academisch Ziekenhuis kwam na de hersenscan, ontreddetd en ontdaan door het plotselinge besef dat ik op het punt stond om de planeet te verlaten. Het was een bizar toeval dat er net op dat moment een fotograaf voor de deur van het ziekenhuis lag.

'De liefde is ondoorgrondelijk,' stond erbij.

De hongerige bekken van de persgieren hadden me weer te pakken.

'Vrouwke,' zei de hippie, die een archaïsch Brabants sprak, 'hoe oud is dat menneke? Klinne jungskes worre verliefd op ouwere vrouwen, dat komt zo en het gaat voorbij, weet je wel? Ik was gek op mijn kinderjuffrouw, mijn ouders zagen niet dat het iets is wat weer geneest. Ze hebben me naar een heel strenge Engelse kostschool gestuurd en daar ben ik gepakt door de abt van de kerk waar we zondags moesten zingen. De vijf leukste jongetjes moesten met hem theedrinken en daarna speelden we spelletjes, weet je wel. Ontucht noemen ze dat, weet je wel? Daar ben ik nimmer van genezen.'

'Mick, ik weet niet wat dat met mij te maken heeft. Ik heb geen ontucht gepleegd. Ik ga naar huis.'

In het sobere pension van Blanca galmde Julio Iglesias door de gangen: '*Me olvidé de vivir*,' ik heb vergeten te leven.

Het einde van de liefde kon ik accepteren, dat was zoals het altijd was geweest, ik kon mijn leven bekijken als een goede opera met jubelliederen en treurzang. Ik had net zo veel drama als ik in mijn werk liet zien. Waarschijnlijk had ik dat nodig om inzicht te krijgen in de verhalen die ik op film zette, maar ik kon niet toelaten dat mijn nieuwe film ging sneuvelen op roddels die niets met mijn professie te maken hadden. Het werd tijd om met Marcel M te bellen.

Hij zei: 'Meid, dit is *publicity*, het is goed voor de film. Daantje speelt de verongelijkte verloofde en Kurt bazuint rond dat hij helemaal mesjokke is van een oudere vrouw. De damesbladen willen je interviewen, waar zit je, waarom neem je je telefoon niet op?'

'Marcel, wat bedoel je? Waar komt het verhaal vandaan? Is Kurt hiermee naar de pers gestapt?'

'Pop, het komt van mij, ik heb meteen gezien dat je achter die vent aan zat. Da's schitterend voor de kranten. Zo krijgen ze verhalen, zo krijgen we publiciteit voor de film, zo verkopen wij kaartjes.'

'Dit heeft niets met de film te maken.'

'Het is *hot*. De pers wil voer; de oudere regisseuse en haar jonge acteur. Daar kicken de bladen op.'

'Kurt is geen jonge kerel, hij is al in de veertig en ik ben maar net vijftig.'

'Je bent ouder dan hij. Je hebt de leeftijd van Daantjes moeder, je steelt de minnaar van je dochter, schandalig, we gaan het uitbuiten. Jouw film wordt een *seller*.'

'Vanwege een verhaal dat niets met de film te maken heeft?'

'Het heeft alles met de film te maken, dit brengt discussies op gang over wat liefde is. Wat mag en wat niet mag, het is goed voor de praatprogramma's, ik heb al telefoon gehad van de ochtendshow. Jullie moeten als een stel op de première verschijnen.'

'En Daniela hangt aan de arm van een homovriendje van zestien?'

'Haar stiefbroertje. Hij is bijna achttien en nog maar net uit de kast. We hebben volgende week een persconferentie. Je bent er.'

Weemoedig stopte ik de zomerkleren in de koffer. Er was alweer een zomer voorbij, er waren weer liefdes opgebloeid en gestorven. De balie-employee op het vliegveld van Ibiza keek zo nadrukkelijk naar mijn hals dat ik me afvroeg wat er te zien was. Ik had geen zweer of zuigplek in mijn hals, ik droeg alleen een onbetekenend hartje van doorschijnend obsidiaan dat ik van een tijdelijke minnaar had gekregen. Ik had het omgehouden zoals een weduwe haar trouwring omhoudt, dat mag, rouw is toegestaan in mijn cultuur zolang je het niet te nadrukkelijk doet. Ik schrok toen ik de hand op mijn keel legde want ik voelde het hartje niet meer, ik was mijn amulet kwijt, ik wist heel zeker dat ik het niet had afgedaan, het moest losgeraakt zijn op weg naar het vliegveld maar ik kon niet bedenken waar ik het moest gaan zoeken. Ik raakte in paniek, als dit een slecht voorteken was diende ik mezelf te beschermen, daarom kocht ik in de vliegveldwinkel een glimmende medaille van de Maagd.

Het verlies liet me de hele reis niet met rust. Ik stelde me onophoudelijk de vraag wat ik nu eigenlijk had verloren. Een kleinood van weinig waarde? Waar probeerde ik aan vast te houden?

Terug in mijn huisje met de luidruchtige meubels en de alom aanwezige Moeder Gods viel, terwijl ik de tas uitpakte boven op het bed dat van een hoer was geweest, het hartje uit de vuile was. Ik staarde eerst naar het kleine amulet, toen naar Maria. Het kan zijn dat ze naar me knipoogde, het zal zeker zo zijn dat ik me dit verbeeldde. Ik had de neiging om in een wonder te geloven, met tranen in de ogen deed ik het koordje weer om de hals en op dat moment ging de bel. Voor de deur stond mijn lief. Alsof we in een derderangs film speelden pakte hij me vast en nam me mee naar de slaapkamer.

'Ik werd gek,' zei hij. 'Doe dat nooit meer.'

Hij was kwaad, hij had geen begrip voor mijn jaloezie, hij vond me kinderachtig toen ik zei dat ik Daniela niet in mijn leven wilde, dat hij haar nummer uit zijn mobiel moest halen en dat ze de auto terug moest geven, niet omdat ik hem wilde hebben maar omdat ik het niet kon verdragen dat zij erin reed.

'Ik wil niets te maken hebben met je vorige liefdes. Ik wil monogamie, ik wil de enige zijn, zo is het volgens het geloof van mijn ouders, zo ben ik opgegroeid, je hoort geen andere vrouwen te hebben.'

'Dat is tegen de natuur.'

Hij had gelijk, mannen zijn nooit monogaam, vanaf de schepping al niet. Eva was niet de enige vrouw van Adam ook al proberen ze ons dat wijs te maken. Kaïn en Abel hadden vrouwen nodig om zich te kunnen voortplanten, of deden ze dat met hun moeder? Als Adam niet ergens anders ook dochters had gekregen zouden zijn zonen zich niet hebben kunnen vermenigvuldigen. Dan zou de mensheid niet hebben bestaan. Jacob, de aartsvader van het volk van Israël, had vier vrouwen die samen een pact vormden en de aartsmoeders van het Joodse volk werden. Er is geen exclusiviteit in het lichamelijke maar mogelijk wel in de zielsverbondenheid. Jacob wilde Rachel omdat hij het meest met haar verbonden was, maar hij stichtte een volk via zijn andere vrouwen.

Waar is de kleinzieligheid begonnen om een man tot één bed te beperken?

Het was vernederend dat ik mezelf moest zien als een jaloerse heks, dat ik moest toegeven dat ik menselijke tekorten heb, dat ik nog niet ver genoeg was om naar de wetten van de onvoorwaardelijke liefde te leven. En ik herkende dat Ru, nu hij weer mens was, zich als een man gedroeg met de zwakheden die mannen eigen zijn. Seksbom was een 'lekker ding' en er ging een moment komen dat hij me met haar ging vergelijken. Het zat in zijn aard.

Vriendin kwam grinnikend langs. Ze legde drie bladen op tafel, opengevouwen op artikelen over de breuk van Daniela en Kurt en zijn ongeloofwaardige keuze voor een oudere vrouw.

'Dus nu is het officieel aan? Dan heb ik een etentje verdiend,' zei ze.

'Ik heb je nooit een beloning beloofd,' lachte ik.

'Het is eerlijk verdiend. Ik heb je voorspeld dat hij je zou herkennen als je met hem zou gaan werken.'

'Ik vraag me af of hij me herkend heeft,' mompelde ik.

'Je slaapt met hem.'

'En iedereen klaagt me aan. Ze maken me uit voor pedofiel.'

'Laat je liften.'

'Wat zeg je?'

'Je vouwen en rimpels gladtrekken, een beetje botox hier en daar. Je hoeft er niet als natgeregend karton uit te zien. Kurt is nu nog verliefd, als hij die bril afzet, gaat hij het zien.'

'Je bent bizar!'

'Je moet er wat aan doen, hier staat het: "een jonge god en zijn grootmoeder". Jullie worden afgemaakt. Hoelang denk je dat hij dat kan hebben?'

'Verdomme, hij is niet meer zo jong en ik heb niet eens kleinkinderen! Ik ben geen schoonheidskoningin maar ik zie er ook nog niet uit als een geriatrisch geval!'

'Voor mannen gelden heel andere wetten. Hún vouwen hebben sexappeal, ónze frommels veranderen ons in natte dozen. Mannen willen kreukelloze vrouwtjes zien, alsof ze nog niks hebben meegemaakt. Kijk naar Goldie Hawn.'

'Die heeft ook een jongere Kurt en niemand zegt er iets van.'

'Iedereen zegt er iets van, maar zij lachen erom. Zij zeggen dat leeftijd niet uitmaakt. Moet je ook doen, maar laat wel je vouwen gladstrijken en opvullen.'

'Goldie doet dat ook niet.'

'Goldie heeft een gouden figuur, jij niet.'

Kurt kwam binnen en werd kwaad toen hij de valse verhalen zag liggen. Hij smeet de bladen in de afvalbak.

'Toen ik met Daan was hadden ze wat te zeiken en hadden ze het lef me uit te maken voor een perverse oude kerel, nu doen ze alsof ik het met een bejaarde doe. Ik verbied je dit soort lectuur in huis te halen.'

Vriendin legde discreet een folder van een privékliniek in de Belgische Ardennen op tafel en zei: 'Ik heb onderzoek gedaan, ik heb een kliniek gevonden, verstopt in de vallei van de Ourthe met hoge rotsen aan alle kanten. Er gaat maar één pad naartoe, daar kan niemand overheen. Ze laten geen persfotograaf in de buurt komen en de vallei is te nauw voor helikopters. Ik ga met je mee, ik wil al jaren mijn ogen laten doen.'

'Rot op jij,' zei Kurt. 'Ik hou van mijn meisje zoals ze is, zelfs vroeg in de morgen. Dan is ze zo lekker nat. Het gaat om de ziel en niet om de smoel.'

In de volgende weken trok ik me terug in de krochten van de montagekamer om mijn film aan elkaar te plakken, wat in de dagen dat ik leerde filmen inderdaad een ambacht van knippen en plakken was maar in de nieuwe tijd gedaan wordt via het toetsenbord van een computer. Kurt wilde erbij zijn, hij wilde het filmvak leren kennen.

We hadden het niet meer over de facelift. Om te voorkomen dat vervelende fotografen me onverwachts weer zouden bespringen, ging ik de deur niet meer uit zonder make-up en flatterende kleren, terwijl ik in vroegere jaren vaak als een vod in de montageruimte zat. Toen had niemand interesse in me, ineens riskeerde ik scabreuze artikelen. Voor de eerste keer in mijn leven was mijn liefdesleven een item voor de persluizen. Ik nam geen risico's meer, ik dronk minder wijn en deelde met hem het mineraalwater. Het legde een vervelende druk op onze relatie. Ik had mijn glas wijn nodig om alert te blijven.

Onze gesprekken gingen over het mysterie van de liefde en over de onmogelijkheid ervan, over het verlangen van twee zielen die weten dat ze met elkaar verbonden zijn en niet met elkaar kunnen leven omdat de sociale omgeving het niet toestaat, omdat er regels en wetten zijn die ze moeten naleven of willen nastreven. Ik wilde een scène toevoegen waarin Melly met haar motorduivel op een schoolfeest komt en dat het hoofd van de school dreigt dat ze ontslagen zal worden als ze met deze man blijft omgaan – ik wilde ermee bewijzen dat de sociale omgeving doorslaggevend is.

Kurt keurde mijn idee af, hij vond dat ik te veel van het boek afweek. De romance tussen de twee mensen die zo van elkaar verschillen was een geheim dat tussen hen tweeën moest blijven. Het geheime was het aantrekkelijke, het feit dat ze elkaar steeds afzonderlijk van hun eigen wereld ontmoetten.

Dat maakte me kwaad, ik vond dat hij onze relatie ook geheim had moeten houden. De pers had niets met ons privéleven te maken.

'Marcel heeft het aan de grote klok gehangen,' wierp hij tegen.

'Jij hebt het laten gebeuren. Je vond het goed. Nu gaat iedereen zitten wachten totdat je je weer verzoent met Daniela.'

'Wil je dat?'

'Wat een vraag, het ligt zo voor de hand en als zij het niet is, komt er mettertijd wel een ander jong ding. Zo zijn die dingen.'

'Hoe zijn die dingen?' vroeg hij dreigend.

'Dat mannen altijd proberen te bewijzen dat ze nog jong zijn door met jongere vrouwen om te gaan.'

'Heb je er al eens over nagedacht dat je als man juist jonger lijkt als je een vrouw hebt die ouder is?'

'Je bewijst er niets mee.'

'Wat moet ik je godverdomme nog bewijzen? Ik slaap nachten in dat pronkerige hoerenbed van je, ik draai me rond in je truttenhuis dat glimt als een tingeltangeltent, ik moet mijn ogen dichtknijpen om niet iedere keer de zedige blikken van de Heilige Maagd te hoeven zien als ik mijn Joris tevoorschijn haal. Waarom denk je eigenlijk dat ik dat doe? Om iets te bewijzen? Wie moet ik iets bewijzen? Mezelf? Dat ik stom ben dat ik dat allemaal doe alleen omdat ik stapel op je ben? Waarom kun je dat niet begrijpen? Je bent niet het type vrouw waarmee ik gewend ben om te gaan.'

'Zie je nou? Je zegt het zelf, ik ben je type niet.'

'Allejezus, je maakt me stapelgek. Ik zei niet dat je mijn type niet bent. Ik zei dat je niet bent als de vrouwen met wie ik altijd omging. Mag ik alsjeblieft van mening veranderen?'

'Je kunt weer opnieuw van mening veranderen.'

'Dat wil ik niet, het kan me geen reet schelen wat ze over ons schrijven. Het enige waar ik niet tegen kan is die achterdocht van je. Je maakt stuk wat we hebben, dat moet je niet doen.'

Ik zag ineens tranen. De man die de wereld aankon begon te janken omdat ik hem op mijn angst wees of was het omdat ik hem op zijn zwaktes wees? Misschien was het om zijn vergissing, misschien was het zijn teleurstelling dat het grote gevoel hem was overvallen met de verkeerde vrouw, een vrouw die niet bij hem paste, misschien huilde hij uit wanhoop.

Hij fluisterde: 'Waarom wil je niet zien dat ik oprecht en eerlijk van je houd? Die film,' zei hij, 'die film heeft inderdaad met ons te maken, ik begrijp nu pas je script, maar waarom ik? Waarom moest je mij hebben voor die rol? Het was een rol, het was toneel. Wat voor spel speel jij?'

Ik had het kunnen uitleggen, maar het ging niet, de woorden wilden niet komen.

'Als je denkt dat je die facelift moet gaan doen, dan vind ik het goed. Misschien hou je dan op met je gezeik. Het klopt dat je treurige hondenogen hebt. Ik wilde altijd al een bloedhond. Ik hou van honden, ze zijn trouw.'

Hij ging de deur uit.

'Wanneer je me kunt uitleggen waarom je zo niet goed genoeg voor me bent, laat het me dan weten.'

Dance me to a wedding down, dance me on and on
Dance me very tenderly and dance me long
And dance me to the end of love

(UIT 'DANCE ME TO THE END OF LOVE' VAN LEONARD COHEN)

De première van *Duivelse liefde* was gepland voor de laatste zondag van september, de dag waarop mijn vader was gestorven, bijna dertig jaar geleden. Ik liet de laatste montages over aan de technicus en ging eind augustus met Vriendin naar de kliniek in de Belgische Ardennen.

In het hele gebouw was geen enkele spiegel aanwezig. Elk make-upspiegeltje moest ingeleverd worden. Het had me argwanend moeten maken. De beloftes dat het geen pijn zou doen, dat het allemaal zou meevallen, waren gelogen.

Vriendin liet alleen haar oogleden corrigeren en zag er de dag na de operatie zo beroerd uit dat ik het allerergste verwachtte als ik mezelf in de spiegel zou zien.

Ik had veel meer laten optrekken en opvullen, had zelfs even overwogen of ik borstimplantaten moest nemen maar koos uiteindelijk voor push-upbeha's. Vetafzuigingen had ik niet nodig omdat mijn lijf altijd wat schriel is gebleven, stevige *boops* heb ik nooit gekregen, op mijn maag heeft zich nooit vet afgezet. Het ging bij mij louter om de verzakkingen.

We bleven een week lang in de kliniek, ik kreeg pijnstillers en elke dag werd mijn verband verwisseld en mijn genezing bekeken. Er werd goedkeurend geknikt. Ze zeiden dat ik een bloeder was, wat te wijten kon zijn aan het feit dat ik niet rookte. Het bloed van rokers is dikker.

Na een week werden de hechtingen verwijderd. Vriendin had voor de volgende weken een bungalow gehuurd in een afgelegen bos op een heuveltop, waar de tuin omringd was door laag struikgewas en hoge dennenbomen zodat we ongezien in de zon hadden kunnen liggen als de chirurg het ons niet nadrukkelijk had verboden.

De eerste blik in de spiegel was een drama. De bonte vlekken in het gezicht van Vriendin waren aan het vervagen, bij mij kwamen de kleuren nu pas. De littekens achter mijn rechteroor waren weer gaan bloeden toen de hechtingen verwijderd werden. De chirurg raadde aan om er koude kompressen op te leggen. We lachhuilden om onze stomme ijdelheid. Vriendin was ervan overtuigd dat het goed zou komen, mijn spiegelbeeld vertelde me iets heel anders.

We gingen een keer per week terug naar de kliniek om de genezende wonden na te laten kijken. Na drie weken was al het blauw-en-bonte weggetrokken. De littekens waren nog altijd gezwollen en duidelijk zichtbaar. Ik zou mijn haar anders moeten dragen om ze te verbergen. Een kapper die aan de kliniek verbonden was, zorgde voor een nieuwe coupe en een andere kleur.

Een visagiste in de kliniek leerde ons hoe we ons moesten opmaken. In een Luikse bruidswinkel kochten we glimmende halterjurken hoewel ik al in geen jaren meer mouwloze jurken durfde te dragen omdat ik mijn bovenarmen te grootmoederlijk vond. Vriendin zei dat ik er schitterend uitzag, het winkelpersoneel bevestigde het.

De hele maand dat we ons hadden verstopt in de Belgische bossen op de oever van de Ourthe had ik mijn mobiele telefoon uitgezet. Ik beantwoordde alleen de meest dringende boodschappen, ik wiste de boodschappen van Kurt zonder ernaar te luisteren, ik wilde niet weten wat hij me te zeggen had. Ik wilde zijn reactie zien wanneer ik als een glamourpoes op de première zou verschijnen, hoewel ik er zeer aan twijfelde dat ik de competitie aankon met Daniela de Prada.

Ik belde één keer met Marcel M om te informeren hoe de eindmontage was gegaan. Ik wilde een voorvertoning voor de pers.

'Niemand krijgt de film te zien voor de officiële première. Ik laat ze denken dat er iets aan de hand is met de film. Ken je *American*

Sweethearts? Sublieme perscampagne. Dat gaan we ook doen. Ik heb bedacht dat we niet één filmcriticus gaan uitnodigen, alleen de Lieve Lita's van de bladen, ze krijgen een nieuw liefdesverhaal te zien.'

'Wat is er zo nieuw aan?'

'Niks, er is niets nieuws meer aan de liefde te beleven. Het is het nieuwe inzicht. Liefde is niet wat we ons ervan voorstellen. Van de liefde word je alleen maar ongelukkig.'

'Marcel! Waar haal je dat vandaan?'

'Pop, dat laat je zien in je film. De liefde zoals we ons die voorstellen bestaat gewoon niet. Ik ga allemaal ongelijke stellen uitnodigen. Mensen die niet bij elkaar horen. Een jonge Hells Angel met een gravin. Een sjieke bankdirecteur met een metselaar...'

'... en de koningin met haar kamermeisje. Marcel je bent een verdorven persoon.'

'Noem me pervers, het is een lekker woord. Waar zit je eigenlijk?'

'In Zeeland, ik doe een vastenkuur.'

'Ben je katholiek geworden?'

'Nee, dat was ik. Vasten doe je om je lichaam schoon te maken, om het vergif kwijt te raken.'

Het was stil aan de andere kant.

'Doe je aan hekserij?'

'Ach stik. Komt Kurt met Daan?'

'Nee, natuurlijk niet, jullie komen samen! Dat hebben we toch afgesproken?'

'De plannen zijn gewijzigd. Ik kom met een vriendin, ik ga als lesbienne uit de kast komen.'

'Gek wijf.'

Die ochtend ging ik eerst naar het kerkhof in Hilversum om een boeket roze rozen op het graf van mijn vader te leggen. We spraken een halfuur met elkaar, we schatten de kans in op de mogelijkheid dat mijn film gelauwerd ging worden. Hij gaf me goede hoop en vroeg me toen de bloemen naar Moeder te brengen. Ik kocht een nieuwe bos rozen voor mijn moeder, rood van kleur omdat ze niet van roze hield. Dat heeft Papa nooit geweten, hij is haar alle jaren roze rozen blijven geven omdat hij dacht dat rozen roze hoorden te zijn.

Daarna haalde ik Vriendin op en we werden veel te vroeg dronken van de champagne waarmee we ons indronken, we zaten om zes uur in onze nieuwe japonnen te wachten op de limousine die ons rond halfacht zou komen ophalen en we moesten onophoudelijk nieuwe lippenstift aanbrengen. Ik bestelde pizza's omdat ik barstte van de honger en het niet kon uithouden tot het diner na afloop.

Om kwart over zeven ging de bel. Voor mijn deur stond een lange zwarte automobiel.

'Ga alvast zitten,' zei Vriendin, 'ik pak onze spullen.'

De chauffeur deed de achterste deur open, het was donker doordat de ramen van gerookt glas waren.

'Champagne?'

'Waarom zit jij in de auto?'

'We gaan naar de première.'

Ik stommelde naar binnen.

'Allemachtig, je bent nu al zat. Wat heb je gedaan?'

'Ik ben bang voor de kritieken. Jij niet?'

'Nee, morgen ben ik een filmster of een mislukkeling. Wat ruik je lekker.'

Hij streek over mijn haren.

'Je hebt je haar anders.'

Hij wilde mijn gezicht aaien. Ik greep zijn hand vast.

'Niet doen.'

'Doet het nog pijn?'

'Wat?'

'Je littekens. Laat me voelen of je veranderd bent.'

'Wie heeft het je verteld?'

'Degene die geen geheimen kan bewaren.'

'Wist Marcel het?'

'Nee! Je vriendin. Ben je erg veranderd? Ik durf het licht niet aan te doen. Mag ik eerst met je vrijen? Ik wil weten of je nog dezelfde bent.'

'Ik heb een nieuwe jurk aan.'

'Godnogantoe, jullie vrouwen verzinnen de stomste uitvluchten.'
Hij gaf de chauffeur een teken om weg te rijden.

'Wacht! Vriendin moet mee,' riep ik.

'Die wordt door iemand anders opgehaald.'

We reden drie rondjes door de stad omdat we als laatste bij Tuschinski moesten aankomen. We hadden drie wippen kunnen maken in die tijd, niemand in de stad zou het gezien hebben want de ruiten waren verduisterd, we zagen elkaar niet, we hielden elkaars hand vast en ik wist niet of ik mocht aanvaarden dat hij er weer was.

'Ik krijg de zenuwen,' fluisterde hij. 'Ik weet niet hoe je eruitziet.'

'Doe het licht aan, dan heb je het gehad.'

'Nee, ik wacht tot we uitstappen.'

We stapten uit om zes minuten over acht, er stond een ziljoen fotografen, Kurt stapte als eerste uit en hielp me. Hij keek naar me en grijnsde.

'Je bent hetzelfde gebleven.'

'Het is dus voor niets geweest?'

'Nee, je bent mooier.'

De film kreeg een staande ovatie. Marcel M had na afloop een forum voor de pers geregeld. Hij, ik, Kurt en Melly werden door de journalisten ondervraagd. De meeste vragen werden op Kurt afgevuurd en ze gingen nauwelijks over zijn filmervaring. Vooral de vrouwelijke journalistes wilden alleen maar vragen beantwoord hebben over zijn verhouding met mij. Het was opvallend dat ze mij nauwelijks iets vroegen. Ze hadden het lef om te vragen hoe vaak hij me naar de plastisch chirurg stuurde om aantrekkelijk te blijven. Ze vroegen Kurt of hij zich realiseerde dat hij met mij nooit kinderen zou kunnen krijgen. Ze vroegen of hij er geen moeite mee had om zijn avontuurlijke vakanties op te geven. Het waren schaamteloze vragen. Kurt gedroeg zich als de brutale vlegel die hij was geweest voor het hartinfarct. Hij omzeilde alle dommigheid met het verhaal dat hij kwijt wilde, hij had het alleen over de filmpersonages, daarbij keek hij me af en toe aan om af te tasten of hij me in het gesprek zou betrekken maar hij zag dat ik te nerveus was. Hij ging zover dat hij vragen die aan mij gericht waren voor me beantwoordde. Hij loofde me omdat ik zo veel vertrouwen in hem had behouden, hij beantwoordde niet één vraag over onze verhouding.

Toen de interviewtijd was afgelopen, zei hij: 'En als jullie het toch willen weten? Ja, we gaan trouwen, het wordt een megabruiloft en jullie zijn allemaal uitgenodigd onder de voorwaarde dat niemand een vervelende opmerking gaat maken over ons leeftijdsverschil. Kijk naar dit meisje, ze houdt me jong.'

Ik wist niet wat ik hoorde en niet wat ik moest denken van een aankondiging waar ik me niet op had voorbereid. Ik wilde nooit meer trouwen, ik wilde alleen verliefd zijn, trouwen was geen garantie voor verliefdheid.

Vierhonderd ogen keken me aan en wilden dat ik blij ja zou knikken, ik knikte verlegen want met tegenspraak ging ik me voor schut zetten, ik liep snel naar achter.

Ik zat naar adem te snakken in een kleedkamer in de catacomben van het beroemdste theater van Amsterdam. Vriendin kwam achter me aan, gaf me water, klopte op mijn rug.

'Hij zet me voor het blok,' zei ik.

'Als hij dat niet doet blijf jij je gedragen als een opgejaagd hert. Het maakt niet uit of hij zich de zielenruil kan herinneren, jij moet je nu eindelijk maar eens overgeven. Zo eng is het niet. Getrouwd zijn doet geen pijn.'

'Je moest eens weten,' mompelde ik en ik moest me afvragen of de korte tijd van dat ene huwelijk me zo verminkt had of dat het mijn jarenlange hopeloze hunkering naar die ene was geweest dat ik geen vertrouwen meer had in geluk.

Mijn ziel is duizendmaal de wereld rondgereisd en heeft met alle mannen geslapen om die ene te vinden bij wie ik thuishoorde. Ik ben hem tegengekomen toen ik droomde. Om hem vast te houden heb ik hem een naam gegeven maar hij wilde er niet naar luisteren. Hij zei dat het niet uitmaakte hoe hij genoemd werd want soms werd hij aangezien voor een held en andere keren voor een struikrover.

'De mensen zien wat ze willen zien,' zei hij. 'Ik wil niets anders meer zien dan jou.'

Ik kleedde me in een lange witte mantel met veren langs de capuchon zodat ik vergeleken kon worden met een engel en ik sprak de ongeloofwaardige woorden 'voor eens en altijd'. Daarna nam hij me mee naar een eiland in een turkooizen zee waarin vissen zwommen met lange staarten, die langs ons streken als we in het blauwgroene water lagen en ze schoolden samen tussen het schuim van de brekende golven bij de rotsen waarop we de liefde bedreven.

Ook dit was niet meer dan een droom, ik bewaarde hem tussen doeken van zijde in de hoop dat ik hem zo kon behouden voor het meedogenloze daglicht dat dromerij verafschuwt.

DEEL 2

Silver and gold might buy you a home
But things on this world, they won't last you long

(UIT 'SILVER AND GOLD' VAN DOLLY PARTON)

Het was een karakterloze kerst, het witte winterwonderland waar iedereen van het vlakke land tevergeefs op hoopt bleef ook dit jaar uit. De Randstad werd toegedekt met een milde mist die te weinig kou meebracht om huiverend bij het haardvuur te kruipen. In de verzorgingsflat van mijn moeder was vuur niet eens toegestaan, ze mocht zelfs haar theewater niet op een gasvlam warm maken. Over de vele novenenkaarsen die ze dag en nacht laat branden hebben de regelgevers geen voorschriften.

Ik had een grote bos rode rozen voor haar meegenomen – door de bloemist geïmporteerd uit een zomer aan de andere kant van de wereld. Mijn moeder had een hekel aan rituele kerstdecoraties, voornamelijk omdat ze zich na een dag al ergerde aan de uitgevallen dennennaalden. Sinds de dood van mijn vader hebben we geen kerstboom meer gehad.

Ik wilde de bloemen in een vaas zetten.

'Doe geen moeite,' zei ze. 'Ik breng ze straks toch naar de kapel. Dat je nu nog niet weet dat ik niet van rozen houd. Je bent precies je vader. Hij gaf me ook altijd dingen waar ik niets om gaf.'

We hadden tegen het middaguur ons gebruikelijke kerstdiner samen. Haas in het zuur met appelmoes, een traditioneel gerecht dat ze had overgehouden aan haar Limburgse voorouders. Ik respecteerde het en had een cateringbedrijf gevraagd om dit rond de middag te laten bezorgen omdat ik me er niet aan waagde het zelf voor haar klaar te maken. Het werd een moeilijke maaltijd, ik had de kerst uitgekozen om haar van mijn plannen met Kurt te vertellen – ik wilde haar behoedzaam laten wennen aan de gedachte dat ik met mijn man op een eiland wilde gaan wonen, ergens boven op een berg waar we, met uitzicht op de zee, zouden kunnen werken aan nieuwe scripts die ik zou regisseren en waarin hij een belangrijke rol zou hebben. We zouden voortaan een onverbrekelijk team vormen, dat was ons voornemen.

Moeder reageerde niet op mijn mededeling, ze had nog altijd niets met film, ze vroeg waarom ik gebakken krieltjes had besteld in plaats van frites.

'Dat hoort niet bij haas in het zuur, Moeder.'

'Gebakken aardappels wel? Vroeger maakten we er puree bij. Als je me een ouderwetse maaltijd had willen geven had je daaraan kunnen denken.'

'Ga je me nu vertellen dat je geen zin had in haas in het zuur?'

'Ik eet wat ik krijg voorgezet. Hoor je mij ooit klagen?'

Geen moment kwam de gedachte bij me op dat dit mogelijk onze laatste gezamenlijke kerstmaaltijd zou kunnen zijn, ik dacht veel meer aan al die komende jaren waarin we uit gewenning haas in het zuur zouden eten en ik al haar teleurstellingen in het leven zou bevestigen – wat ik soms met genoegen deed. Ik moet u bekennen dat er tijden zijn geweest dat ik haar gewoon gevoerd heb met narigheid, ze at het als moscovisch gebak, ze leefde erop en als enige dochter was het mijn plicht geworden om haar te geven waarnaar ze snakte.

Ik reed terug naar Amsterdam om in het huis van mijn lief opnieuw aan een diner te beginnen, terwijl de crème brûlée van de vorige nacht nog aan mijn tanden plakte en de zoetzure haas zwaar op mijn maag lag. Vanuit Hilversum reed ik langs de plassen van Loosdrecht, over de brug bij Vreeland en de brug over het Amsterdam Rijnkanaal en daarna pakte ik de snelweg. Ik voegde in tussen een motorhome met een Frans nummerbord en een vintage Volvo met een blauwe kentekenplaat. Ik keek links over mijn schouder om te zien hoeveel ruimte ik had. Er was niet veel verkeer op de weg, de meeste kinderen waren nog bij hun ouders of de ouders waren door hun kinderen opgehaald. De weg was nat maar niet glibberig. Ik had rustig door kunnen rijden tot de afslag die naar de weg tot het huis van mijn lief leidde – waar ik beloofd had te gaan wonen totdat we dat ene huis hadden gevonden waar we ons allebei op ons gemak zouden voelen.

Niets wees erop dat er iets kon gebeuren en toch ontstond er zomaar ineens een chaos: vlak voor me begonnen een paar auto's te tollen. Een ervan, een donkerblauwe Mercedes, manoeuvreerde naar de vluchtstrook, waar hij stopte. De andere auto, een kleine groene Ka, schoof met de neus in mijn richting op me af alsof hij op een ijsbaan zat. Ik remde, pompend en kalm met één oog op de achteruitkijkspiegel gericht om te zien of het achteropkomend verkeer zag dat er iets aan de hand was. Voor me keek ik recht in de opengesperde ogen van een jong meisje, we wisten beiden dat we frontaal op elkaar zouden klappen. We zagen beiden dat er iets met ons ging gebeuren waardoor we ons deze kerstdag nooit meer of voor altijd gingen herinneren. Ik rukte aan het stuur, trapte op het gaspedaal en schoot naar de rechterbaan, er volgde een oorverdovende klap, glasgerinkel en daarna heel even of juist heel lang niets meer, toen stemmen, vrouwenstemmen, mannenstemmen, door elkaar heen.

'Haal haar eruit, ze bloedt dood.'

De auto bewoog, er werd aan de portieren getrokken.

Bedillerige stem: 'Je mag nooit niemand aanraken, wacht op de ambulance.'

Roddelstem: 'Het is dat mens uit de krant.'

Spottend: 'En dat rijdt in zo'n simpele Polo?'

Zorgelijk: 'Kijk dan toch! Haar oog ligt eruit.'

Vrouwenstem: 'Ze heeft zich net laten opereren. Ook zonde.'

Meisjesstem: 'Laat haar niet doodbloeden, ze heeft me gered. Help dan toch. Heeft iemand een handdoek?'

Ik voelde het bloed warm over mijn gezicht lopen, ik probeerde mijn armen te bewegen, wilde overeind komen maar had geen idee in welke positie ik was of lag.

Daarna hoorde ik sirenes en nog meer stemmen die door elkaar heen praatten.

'Gaat u alstublieft aan de kant. De helikopter kan niet landen.'

Ze sjorden aan me, ze deden me pijn, ik wilde vragen of ze voorzichtiger met me konden zijn, maar mijn stem was weg.

'Al die moeite voor een lijk,' zei iemand.

Ik was nog geen lijk, lijken lijden niet en ik had verschrikkelijk veel pijn, hij was overal. Onbekenden staken naalden in me alsof ik een voodoopop was. Ik voelde dat we de lucht in gingen en toen werd de pijn minder en uiteindelijk ging hij helemaal over, en toen ik mijn ogen opende zag ik dat ik alleen was met de piloot, de verplegers waren niet meegekomen. We landden even later bij een groot glazen gebouw.

'Daar moet u zijn,' zei de piloot. 'Ze zullen u verder helpen.'

Hij liet me uitstappen, het bloeden was inmiddels opgehouden, ik smeet de doek weg die ze om mijn hoofd hadden gebonden.

Bij het glazen gebouw was er een en al bedrijvigheid, mensen liepen in en uit. Een zilverkleurige bus stopte voor het complex en de mensen die eruit stapten werden uitbundig begroet en omhelsd – alsof ze thuiskwamen van een lange reis naar een ver buitenland. Ik liep achter de mensen aan een hal in die eruitzag als zo'n hal die je op luchthavens ziet, met lange balies, maar met het verschil dat hier niet de neutrale geur hing die van mensen dingen maakt. De hal had al helemaal niet de sfeer van een ziekenhuis, het rook er niet naar ziekte en wonden, er hing een warmte die eerder te vergelijken was met een grootouderlijke huiskamer en er was een onwerkelijk mooi licht. Ik stapte naar een willekeurige balie.

'Wat is uw naam?' vroeg het piepjonge meisje met kortgeschoren slapen en een lange staart op haar rug. Ze tikte mijn naam in op de computer.

'Zou u vandaag komen? Ik kan u niet vinden.'

'Ik ben nooit in dit ziekenhuis geweest. Ik heb geen afspraak, ik heb een ongeluk gehad. Ik denk dat mijn auto total loss is, maar ik voel me verder weer goed. Kan ik mijn man bellen, hij zal me ophalen.'

Het meisje glimlachte. 'We hebben ongewoon slecht bereik met het global netwerk. Zegt u uw naam nog een keer, ik kan hem niet vinden.'

Ik herhaalde mijn naam en moest mijn geboortedatum noemen, de plaats waar ik geboren was, de naam van mijn vader en mijn moeder. Ze schudde het hoofd.

'Uw aankomstdatum is niet ingevuld. Zou u even naar de wachtkamers willen gaan? Daar geven ze u wat te drinken. Ik laat u ophalen zodra ik meer gegevens heb. Maakt u zich geen zorgen, we zorgen goed voor u.'

Ze wees me een gang waar ik naartoe kon. Vanuit de grote hal liepen vijf gangen, ik liep onder het bord *Melchize-dek* door. De eerste deuren waren dicht, een derde deur stond op een kier en die duwde ik iets verder open. In de kamer erachter zaten drie vrouwen die ik kende uit de dagen van mijn jeugd, ze hadden een drogisterij vlak bij de kerk, ik kocht er mijn maandverband, mijn zonneolie en mijn eerste eyeliner. De jongste leerde me hoe ik hem moest aanbrengen.

De drie zusters waren ongetrouwd, ik dacht dat het kwam doordat ze er zo verdord uitzagen, maar volgens mijn vader gingen vrouwen zonder man er vanzelf zo uitzien. Het was de schuld van hun vader, die hield iedere kerel die te dicht bij zijn dochters kwam met schop en riek van de deur totdat het niet meer nodig was en ze niet meer aantrekkelijk waren. Lasteraars zeiden dat de vader hen gevangenhield voor zijn eigen gerief. Mijn moeder vond dat zulke opmerkingen zondig waren.

Ik herinnerde me de namen van de dames, die allemaal begonnen met een B; Beatries, Bernadet en Bernadien. Ze zagen er nog net zo uit als ik ze me herinnerde van jaren geleden, Beatries en Bernadet met dezelfde permanent die minstens een jaar lang hield en Bernadien met een lange vlecht opgerold op het achterhoofd. Ze zaten te kaarten, ik zag dat de kaarttafel een man op handen en voeten was en ze schopten er voortdurend tegenaan. Het verwonderde me dat ik ze hier aantrof. Een voor een draaiden ze hun hoofd naar me toe, tegelijk gingen ze zwijgend verder met het kaartspel en in één keer verkreukelden hun gezichten als oud craquelé. Ik trok verschrikt de deur dicht en liep via de hal naar buiten. Nog altijd was me niet duidelijk waar de helikopter me naartoe had gebracht, ik had het vermoeden dat ik droomde, het was heel aannemelijk dat de verplegers me iets hadden gegeven om te slapen zodat ik de pijn niet meer zou voelen maar heel zeker was ik er niet van, alles was zo reëel. Ik ging buiten op een bank zitten en bekeek de mensen die arriveerden en meteen naar het glazen gebouw werden gebracht.

Iemand kwam naast me zitten. Sophomore keek me vriendelijk aan. Ik wist nu zeker dat ik droomde, dat het ongeluk misschien niet eens was gebeurd, dat ik straks gewoon weer wakker ging worden, samen met Ru die ik Kurt was gaan noemen.

Sophomore vroeg me hoe de zielenruil was bevallen en ik vertelde dat het veel moeilijker was dan ik had verwacht, dat het geluk haast als een ziekte om ons heen hing maar dat het me stoorde dat hij zich onze afspraak niet herinnerde die we bij de droomboom hadden gemaakt. Ik beklaagde me erover dat het was alsof ik met een vervangende man was en niet met de man die ik had gedroomd en met wie ik had gedroomd.

Sophomore verbaasde zich over mijn ontevredenheid.

'Is het op aarde zo moeilijk om gelukkig te zijn?' vroeg hij hoofdschuddend. 'Als er liefde is, wat heb je dan verder nog nodig? Het is het enige dat blijvend is, al het andere is van voorbijgaande aard.'

'Waar ben ik? Kan ik hier met Ru praten? Over onze afspraak?'

'Kom mee, dan zal ik je iets laten zien. Dit is de vallei van de beproevende rivieren die je moet oversteken.'

De wijze man liep voor me uit met de houding van een hogepriester, hij groette mensen en werd gegroet en met sommige had hij een kort gesprek. Uiteindelijk kwamen we bij een rivier, langs de oevers zat een menigte mensen af te wachten.

'Dit is de Rivier van het Huilende Water, het is de vloed van tranen van de treurende mensen die zijn achtergebleven. Er zijn tijden dat hij overstroomt, dan kun je het geweeklaag horen, dat zijn akelige tijden. Zie je de mensen daar op de heuvel? Ze wachten tot het huilen ophoudt, er zitten stakkers bij die al jaren wachten.'

Ik keek rond en zag dat het merendeel van de wachtenden nog kinderen waren.

'Kan er geen brug worden gebouwd?' vroeg ik.

'Nee, elke nieuwe brug stort na een dag alweer in. Tranen scheiden een vernietigende lucht af die alles verwoest. Wordt er om je gehuild?'

'Wat bedoelt u?'

'Huilt hij omdat je bent weggegaan?'

'Ik ben niet weggegaan, ik ben op weg naar huis, er is iets gebeurd met mijn auto, ze hebben me met een helikopter opgehaald.'

Sophomore keek me indringend aan, ik wilde niet geloven wat er in die blik te lezen was, ik bleef hem aankijken omdat ik wilde dat hij de woorden zou zeggen. Hij knikte alleen.

'Ik dacht dat ik droomde.'

Hij bewoog zijn hoofd traag van links naar rechts en zei: 'Dit is niet de dimensie van de dromen waar je met Ru samen was, dit is een andere realiteit.'

'Ik geloof u niet. Dat was niet het plan, ik ben met Ru getrouwd, we gaan gelukkig worden in het lichamelijke, zo is het afgesproken. Nu is me mijn lichaam afgenomen? Moet ik hem nu in zijn dromen opzoeken? Is dat de bedoeling? Ik voel me niet dood.'

'Dood voelt niet. Mensen hebben een verkeerde voorstelling van de dood. Ze hebben ook een heel andere voorstelling van de dingen die na de dood komen. Kijk daar! Als je de Rivier van het Huilende Water over bent gekomen, als de mensen die zijn achtergebleven je kunnen loslaten, moet je nog de Rivier van de Verrekening oversteken. Aan de oevers wordt onderhandeld over schuld en boete. Je zou het niet zeggen maar bijna iedereen heeft wel wat krediet opgebouwd in zijn leven om de schuld af te lossen, die rivier kom je makkelijk over. Behalve de mensen die denken dat ze zo veel goed gedaan hebben op aarde, die komen soms bedrogen uit omdat ze zich vastgeklampt hebben aan foute idealen, maar daar wil ik het niet over hebben. De moeilijkste rivier is die daar.' Hij wees naar een derde stroom verderop in de vallei.

Wat Sophomore aanwees was niet meer dan een beekje, de moeite niet waard, smal genoeg om eroverheen te springen. Hij noemde het de Stroom van het Hart.

'Het is een onbetrouwbare en onvoorspelbare rivier, vaak is hij doodkalm maar soms komt het water er als een zondvloed doorheen razen. Je weet het nooit.'

Ik begreep het niet en dat zag hij.

'Het hart bedriegt je omdat het met verschillende tongen spreekt. Je hoort verschillende waarheden, het maakt je onzeker want je weet nooit wat echt waar is. Dus moet je de leugenachtige stemmen tot zwijgen brengen. Pas als je hoort wat het hart je werkelijk te zeggen heeft, kun je deze rivier over. Dat is heel moeilijk.'

'En daarna sta je voor de poort van de hemel en hoef je niet meer bang te zijn voor de hel?'

Sophomore schoot in de lach.

'Hemel en hel komen hier het dichtst bij elkaar.'

Ik was er nog altijd niet zeker van waar ik was. Ik wankelde heen en weer tussen de gedachte dat ik droomde en dat ik misschien toch het leven had verlaten. Het voelde ongewoon licht. Om me heen zag ik een bijzonder landschap met heuvels en rotsen en overal bloemen, even verderop, aan de oever van de Rivier van het Huilende Water, zag ik ineens mijn vader zitten. Het verbaasde me niet dat ik hem zag, het kon nog altijd betekenen dat ik lag te dromen want ik ben hem vele nachten tegengekomen, gekleed in zijn zondagse pak, het lichte zomerkostuum van dunne stof of het winterse pak van donkere gabardine en altijd met de merkwaardige loop van een John Wayne. Ik vroeg me af waarom hij na al die jaren de rivieren nog niet was overgestoken, er is nauwelijks om hem gehuild, ikzelf had het te druk om te rouwen. Mijn moeder heeft zich aangesteld tijdens de rouwdienst maar dat was vooral omdat ze van vijf zusters en negentien nichten als allereerste weduwe moest worden. Ze verweet het de man die er niets aan kon doen dat hij zo kortademig was dat hij maar vijftig jaar heeft kunnen worden.

'Meisje, je hoort hier niet te zijn, je bent nog veel te jong,' zei Papa.

Ik vroeg hem waarom hij hier nog altijd zat en hij antwoordde met een vanzelfsprekendheid die ik niet begreep: 'Ik wil wachten totdat ik samen met je moeder de rivieren kan oversteken. Ze kan dat niet alleen, ik moet haar helpen anders missen we elkaar misschien.'

'Denk je dat Moeder hier weer met je verder wil?' vroeg ik.

Hij keek me verbluft aan. 'Natuurlijk, ik kan niet verder zonder haar. Ze is de liefde van mijn leven, we horen bij elkaar.'

'Moeder vond dat je te vaak met me naar de film ging.'

'Ik heb filmsterplaatjes voor je verzameld. Ik plakte ze voor je in.'

'Ik heb ze nog.'

'Ja? Ik heb gezien dat je ook van film hield, de eerste keer dat ik je meenam. Waarom ben je met die Lance getrouwd? Hij gaf niets om film.'

'Moeder wilde het.'

'Je deed nooit wat Moeder van je wilde.'

'Papa, jij ook niet.'

'Dat is niet waar. Ik heb gedaan wat ik kon. Ik zou haar met diamanten hebben behangen als ik het geld had gehad. Ik heb haar bedolven met rozen, rozen spreken de liefde. Moeder was gek op rozen.'

Ik zweeg een moment.

'Ze verwijt me nog altijd dat ik zo gauw van Lance gescheiden ben.'

'Daardoor werd er over haar gepraat. De familie nam het haar kwalijk'

'Ik was ongelukkig.'

'Daarom was het ook haar falen. Je was de eerste in de familie die ging scheiden. Ze schaamde zich.'

'Ik heb carrière gemaakt.'

'Ze vond het een belachelijk beroep.'

'En nu sta ik in alle kranten en bladen omdat ik met een man getrouwd ben die jaren jonger is dan ik. Ze durft van schaamte niet eens meer naar het winkelcentrum.'

'Je zou haar die dingen moeten besparen. Ze verdient het niet.'

'Denk je dat ik het expres doe?'

Het gesprek met mijn vader werd onderbroken door een kind dat me vertelde dat ik onmiddellijk mee moest komen. Ik haastte me achter het meisje aan naar het glazen gebouw, waar ze me naar een kamer bracht. Ik werd opgewacht door een grote man met hypnotiserende ogen die violet van kleur waren. In zijn houding kon ik al lezen dat hij me iets ging zeggen waar ik niet op voorbereid was. Dat Sophomore naast hem zat bevestigde mijn vermoedens.

Ik had er al vrede mee dat ik het lichamelijke misschien al had verlaten. Wat de betekenis daarvan was kon ik nog niet overzien, ik had nog niet de tijd gehad om erover na te denken hoe ik voortaan in de dromen van mijn lief moest verschijnen. Ik rekende erop dat Sophomore me daarbij zou helpen.

De man met de violette ogen vertelde me dat er nog geen sprake was van een overgang naar het eeuwige, dat mijn levensdraad nog altijd intact was, dat de doktoren me in coma hielden omdat mijn hersenen beschadigd waren, dat het lichamelijke voortaan wel eens heel zwaar zou kunnen zijn maar dat niemand anders dan ikzelf de beslissing diende te nemen – of ik verder wilde leven of definitief aan deze zijde wilde blijven.

Ik herinner me niet dat ik die beslissing genomen heb, een moment later stond ik in een ziekenhuiskamer en keek naar de ruïnes van het lichaam dat ik kort tevoren had laten veranderen om eruit te kunnen zien als een vijftien jaar jongere zus. Mijn rechterhand zat vol naalden en was blauw gezwollen, in mijn neus zat een zuurstofslang. Een dokter praatte met Kurt, hij zei dat ze niet konden vaststellen wat de hersenbeschadiging voor gevolgen zou hebben. Dat zou pas blijken als ik weer bijkwam – als dat ooit zou gebeuren. Dat ik deels of misschien helemaal verlamd was, was een feit, maar in hoeverre er nog iets van mijn hersenen functioneerde was niet te zeggen, of ik nog kon praten of als een normaal mens kon denken was onzeker. De dokter raadde aan de apparatuur af te sluiten. Hij vroeg toestemming om mijn organen te gebruiken.

Kurt knikte gedachteloos: 'Haar moeder zal toestemming moeten geven. Het is haar kind.'

Hij belde Moeder, die zei: 'Dat is een zonde, ze moet alles teruggeven wat ze heeft gekregen als ze voor Zijn stoel staat.'

De man in de witte kiel, vale spijkerbroek en witgelakte instapschoenen zei pissig: 'Als u geloof in God heeft moet u weten dat hij er niet tegen kan dat er iets van zijn wonderlijke schepping door de wormen wordt opgegeten. Met haar organen kunnen we andere mensen nog een goddelijk leven geven.'

Hij lachte met opgetrokken lippen om zijn briljante woordspeling.

'We wachten totdat u beslist heeft, maar doe er alstublieft niet te lang over.'

'U gaat ervan uit dat we haar leven laten beëindigen?' vroeg Kurt.

'Het is het beste en barmhartigste wat u kunt doen. Ik raad het u aan. U zit voor uw leven vast aan een invalide.'

Ik keek naar Kurt. Ik zag een man die onweerstaanbaar aantrekkelijk was, die elke vrouw kon krijgen, hij zou kunnen kiezen uit duizend seksbommen, ze zouden om hem heen gaan zwermen, zeker nu hij als acteur was geaccepteerd. Onze film ging gelauwerd worden, hij had een goed leven voor zich, hij had me niet meer nodig.

Sophomore stond weer naast me.

'Wat moet een man als Kurt met een invalide vrouw?' vroeg ik.

'Het is Kurt niet, het is Ru, hij kan nu bewijzen dat hij van je houdt, hij heeft het je beloofd, hij heeft gezegd dat je de enige vrouw ter wereld voor hem bent.'

Kurt pakte zijn gsm en belde een nummer uit het geheugen.

'Daan, ik moet met je praten.'

Seksbom zat dus nog altijd in het geheugen van zijn gsm, ik had hem gevraagd haar te wissen, we hadden er een avond lang ruzie over gemaakt.

'Dat mens steelt je van me,' heb ik geroepen. Het antwoord dat ik van hem kreeg paste niet bij het idee dat ik had van de onvoorwaardelijke liefde. Voor mij betekende dit dat al zijn liefde voor mij was. Hij overdonderde me met zijn idee. Hij zei: 'Ik bén niet je lief, ik héb je lief. Ik ben geen bezit, ik ben een vrij mens en wil ook van Daan blijven houden, we hebben een verleden, dat blijft of je het wilt of niet. Ik heb geen reden om haar te haten.'

Hij fluisterde in de telefoon, waarin hij haar nummer had bewaard:

'Ze is nog altijd in coma, de dokter wil de apparatuur uitschakelen, haar moeder jankt alleen maar, ik weet niet wat ik moet doen.'

'Ik kom naar je toe,' hoorde ik Seksbom zeggen.

Het lichaam waar die ziel van mij zich zo veel jaren in had opgehouden, lag als een marionet tussen spierwitte lakens die roken naar vanille en ontsmettingsmiddel en bij het bed stonden mensen in sneeuwwitte kleding die een debat hielden over de onderdelen van mijn lichaam die voor andere mensen van nut konden zijn. Aan het voeteneind zaten twee personen van wie ik er een moest haten en de ander niet meer kon vertrouwen. Met z'n allen beslisten ze dat ik uit mijn lijden verlost moest worden, daarbij hadden ze geen weet van mijn pijn. Ik voelde niets omdat uit diverse slangetjes drogerende vloeistoffen drupten die me immuun maakten voor lichamelijke pijn. Voor de pijn van mijn ziel hadden ze geen medicijn. Ik keek naar Kurt en Seksbom. Ze kregen de kans om terug te gaan naar het punt waar het tussen hen fout was gegaan omdat ik me ertussen had gewrongen. Ik vroeg me af wat hun verbondenheid was en plotseling, zoals de bliksem langs de hemel flitst, kwam de gedachte bij me op dat ik helemaal niet kwaad op hen was, ik voelde niets van woede of jaloezie meer. Vanuit het standpunt waar ik naar die twee mensen mocht kijken werd me ineens duidelijk dat Daniela er helemaal niet op uit was om Kurt terug te krijgen. Ze hadden een band omdat ze jarenlang met elkaar door het publieke leven hadden rondgedold. Ze pronkten met elkaar; hij met haar omdat ze eruitzag als een jongensdroom, zij met hem omdat elke vrouw naar een man met zo veel geld verlangde. Hier aan mijn bed zag ik een andere Daan. Ik zag dat ze door iedereen verkeerd werd beoordeeld, het was haar eigen schuld. Ze kleedde zich als een mannenspeeltje, ze gaf iedereen wat hij wilde zien, een dom ding waar iedereen om kon lachen, een wulps wijf met kuslippen en bolle borsten, ze speelde een rol en droeg een masker waar niemand doorheen keek.

De dokter zei dat het een goed besluit was om te ontkoppelen en drong nogmaals aan op de donatie van mijn organen. Kurt schudde het hoofd. De dokter keek naar Daan.

'Probeer hem te overtuigen, we kunnen andere mensen nog een goed leven bezorgen.'

Daan zei: 'Daar geloof ik niet in. Je kunt niet met de stukjes van andere mensen verder leven. Je krijgt de sores erbij. Degene die u haar nieren cadeau gaat geven wordt alcoholist. Dat doe je toch niemand aan?'

De dokter, die wit glimmende schoenen droeg die niet bij zijn status pasten, werd kwaad.

'U bralt, organen hebben geen geheugen, dat zit in het brein. Als haar nieren gezond genoeg zijn kan iemand anders ze gebruiken om verder te leven. We hebben de wetenschap om dat te kunnen. We hebben de macht om de dood op afstand te houden. Daar zijn wij, medici, buitengewoon trots op en ik moet u zeggen dat ik spuug op mensen zoals u die daar geen waardering voor hebben. In het lijf van deze vrouw zit nog heel veel leven voor andere mensen. Het is egoïstisch om ons haar organen niet te geven. Meneer Zolder, u bent een intelligent mens, alstublieft, laat ons haar nog een keer onderzoeken zodat we de conditie van haar organen kunnen vaststellen, daarna kunnen we samen beslissen welke we zullen gebruiken.'

Ik moest toezien hoe ze pleisters op mijn lichaam plakten, er nog meer naalden in staken. Ik moest horen hoe een verpleegster grappen maakte over mijn littekens van de schoonheidsoperaties waarvan er een paar voorbeeldig geheeld waren en andere vergroeiingen hadden achtergelaten. Vooral bij mijn ogen, die er gelukkig uitzagen alsof het een natuurlijke onvolkomenheid was. Met de nieuwe littekens, die nimmer te verdoezelen zouden zijn, waren deze oneffenheden totaal onbelangrijk geworden. Mijn lichaam werd geanalyseerd en beoordeeld. Vanwege mijn voorliefde voor wijn waren de lever en de nieren van weinig waarde voor donatie. Mijn hart kreeg een tien, mijn longen haalden een zeven aangezien ik in mijn academiejaren zwaar gerookt had. Enkele mindere organen werden met een voldoende genoteerd. Ik zou in stukken worden gesneden en verder leven in talloze andere lichamen en daarna kwam ook bij mij de vraag of ik daarmee aan het aardse verbonden zou blijven. Als mijn hart zou blijven kloppen, als mijn longen zouden blijven ademen, mijn milt naar het lichaam van iemand anders zou gaan, en het hoornvlies van mijn onbeschadigde oog bij iemand anders ingeplant zou worden, hoeveel 'leven' liet ik dan achter en was het dan nog mogelijk om naar de vallei van de beproevende rivieren te gaan?

Nadat er twee dagen heen en weer gereden was met mijn lichaam kwam Daan de kamer in. Ze kamde mijn haren, ze waste mijn gezicht en maakte me op zoals ze gewend was zichzelf op te maken. Ik herkende mezelf niet meer maar ik moet u vertellen dat ik er nog nooit zo mooi heb uitgezien, de blauwe vlekken waren gecamoufleerd door de theatermake-up die Daan had aangebracht en om mijn beschadigde oog had ze een Venetiaans masker gelegd dat versierd was met gouddraad en pailletten.

Vriendin kwam met bloemen – roze en gele rozen – die ze in een krans om mijn hoofd legde, ze stak kaarsjes aan door de hele kamer en doofde de akelige ziekenhuisverlichting.

Daan belde mijn moeder.

'Weet u zeker dat u er niet bij wilt zijn? Ik kom u halen. Uw kind gaat dood.'

'Ze heeft me ergere dingen aangedaan,' was het antwoord.

Ik liep onrustig om het bed heen, het ging gebeuren zonder dat ik iets kon doen. Ik wist waar ik naartoe zou gaan maar ik had geen idee wat me te wachten stond. Waar ik naartoe ging zou ik misschien jaren moeten wachten om samen met mijn lief de rivieren over te kunnen steken en ik moest er rekening mee houden dat hij in de tussentijd een andere vrouw zou kunnen ontmoeten die hem dierbaarder zou zijn dan ik. Ik durfde niet meer te geloven in onze verbondenheid.

Een jonge verpleegster kwam geluidloos huilend de kamer binnen, haar tranen trokken een zwart spoor op haar wang en drupten op haar gesteven schort. Ze maakte met een haastige handbeweging een kruis voor haar borst.

'Ik heb dit nog nooit hoeven doen,' zei ze rillend. 'Ik ben in de verpleging gegaan om mensen gezond te maken, ik heb nog niemand dood laten gaan. Volgens mij is het een zonde.'

'Het is voor haar bestwil,' zei Kurt.

Het jonge meisje haalde huiverend de naalden uit mijn hand en arm, ze aarzelde.

'Weet u heel zeker dat zij het ook wil?' vroeg ze met een fluister-stem.

Kurt knikte. Ik keek toe en werd bang, het was niet zoals we het bedacht hadden, ik wilde in de buurt van mijn lief blijven. Ik begon te schreeuwen: 'Nee, nee. Laat haar stoppen. Laat me met jou leven. Zeg dat ze moet stoppen.'

Kurt aarzelde een moment en draaide toen de zuurstof dicht, hij haalde de slang weg en zoende me alsof hij een vlinder kuste. Het meisje begon te snikken, ze luisterde naar mijn hartslag en zei: 'Het kan een paar uur duren. Ze heeft een sterk hart.'

Ik keek naar het gezicht dat was opgemaakt als een jarendertig-diva. Het verband om mijn linkerpols was bedekt met een armband van duizend kraaltjes. Het was niet te zien dat ik verminkt was. Ik moest blijven toekijken tot mijn levensdraad zou afbreken. Ik verzet-te me en begon te huilen om de beslissingen die door anderen voor me werden genomen.

Twee uur nadat de apparatuur was afgesloten die me kunstmatig in leven had gehouden, klopte dat sterke hart van me nog steeds en had het ritme van een gezonde slaper. De verpleegster kwam elk kwartier binnen om ernaar te luisteren en werd steeds zenuwachtiger.

'Het duurt even,' zei ze telkens.

Kurt bleef mijn onbeschadigde hand vasthouden om te voelen hoe het leven langzaam uit me wegliep.

'Ze is nog zo warm,' zei hij en hij streelde met uiterste voorzichtig-heid mijn gekwetste wang.

Na twee dagen had mijn hart het nog steeds niet opgegeven. De dok-ter kwam af en toe kijken, zei dat ik een volhouder was, dat degene die mijn hart zou krijgen geluk had.

'Dus geluk zit in de aorta?' vroeg Daantje.

De man liep driftig weg op zijn glimmende schoenen.

Een andere man kwam de kamer binnen, degenen die bij mijn lichaam waakten zagen hem niet.

'Het is tijd om te beslissen of je met me mee wilt gaan,' zei Sophomore.

'Zal Kurt om me huilen?' vroeg ik. Ik keek naar hem en hoe Daan hem vasthield. Met een ruk werd ik weggezogen, het werd donker om me heen.

'Ze beweegt haar ogen,' hoorde ik Daantje zeggen.

De verpleegster kwam binnen en controleerde mijn hartslag. Ze belde de dokter.

'Een wonder,' huilde mijn moeder toen ze uiteindelijk naar het ziekenhuis was gekomen. 'Mijn gebeden zijn verhoord. De kaarsen hebben hun werk gedaan.'

Drieënnegentig dagen nadat ik in een witte cape met veren langs de capuchon had geposeerd voor een bataljon fotografen, was ik weer samen met de man die ik heb gezien als een zielenmaat. Die ik trouw tot over de dood heen heb beloofd tijdens een betekenisvolle ceremonie op een Belgisch kasteel. Hij haalde me uit het ziekenhuis en reed me in een rolstoel het huis binnen waar ik me niet op mijn gemak voelde maar dat, gezien de nieuwe omstandigheden, de beste plek was om verder te leven. Mijn benen waren nutteloos geworden, mijn linkerarm had geen kracht en aan mijn linkeroog was ik blind. Mijn hart klopte nog en ik haalde nog adem maar mijn terugkeer in het leven was vreugdeloos.

Er was een ziekenhuisbed met katrollen en een harde matras voor het raam neergezet, daarin lag ik de meeste tijd van de dag. Soms zat ik in de rolstoel naar buiten te staren. Ik leed aan mismoedigheid in een mate die net zo min te genezen was als mijn kreupelheid. In de ochtend, bij het opkomen van de zon, had ik er het meeste last van, vooral als de beginnende dag een hartstochtelijk oranjerode kleur had die me herinnerde aan de vlammende werk- en wellust die zo kort tevoren nog in me woedde. In de loop van de morgen werd de neerslachtigheid zwakker, al verdween die nooit helemaal. Ik zag de dagen lengen, elke dag kwam het licht iets eerder. Elke dag rekte die uitzichtloosheid zich verder uit.

Het allerergste in deze dagen was het medelijden van mijn vroegere vrienden.

Mijn bedstee werd een pelgrimsoord waar ze langs trokken met treurzang zo dik als teer. Ik haatte hen, de huichelaars, ze maakten met hun compassie een martelares van me, ze dachten er kaarsjes bij aan te moeten steken om hun eigen ongeluk af te zweren. Ze praatten over me alsof ik er niet bij was en als ze tegen me spraken gedroegen ze zich alsof ik kinds was geworden. Ze gingen naar feesten waar ik soms als een beest was geweest, ze maakten maaltijden waarbij ik voorheen hun laatste fles wijn had mogen leegdrinken, ze waren lawaaierig in cafés waar ik altijd de weenliederen had meegezongen.

Ik mocht niet meer een van hen zijn. Terwijl het toch alleen mijn benen waren die niet meer functioneel waren. Met mijn intact gebleven oog kon ik de kleur van hun geverfde haar nog herkennen en ik was nog altijd in staat om te praten zonder te slissen of te kwijlen.

Alleen Vriendin bleef me trouw, haar medeleven was te dragen, ze sprak bewust niet over het ongeluk en niet over mijn lot. Ze las me voor uit klassieke romans, ik luisterde met gesloten ogen en was haar dankbaar dat ze geen gesprekken van me verlangde die ik niet wilde voeren. Ook Daan kwam me regelmatig gezelschap houden als Kurt er niet was – hoelang hij me kon verdragen was een kwestie van afwachten.

Voor de ziel van Ru ging het lichamelijke verder in de gedaante van Kurt. De film waarin ik hem naar me toe had gelokt werd bejubeld en gelauwerd op vele festivals. Kurt ging erheen om de roem te innen. Vaak liep Daantje over de rode lopers naast hem, gekleed als een jongensdroom, een begeerlijk object voor de gulzige persluizen. Als ik de foto's later zag dacht ik knarsetandend aan de glitterjurken die tevergeefs in mijn kasten hingen.

De journalisten suggereerden het en ik vroeg me af of ze gelijk hadden als ze schreven dat Kurt met zijn vroegere lief sliep in de hotelkamers in Berlijn, Cannes, Salzburg of Venetië. Ik vroeg er niet naar, ik verschool me in een apathie waar pijn noch jaloezie te voelen was. Ik nam nooit deel aan de gesprekken van de paar mensen die me met mijn rolstoel in hun cirkel toelieten. Tot op een dag naar me geschreeuwd werd en de woorden doorklonken tot in de zompigheid die me had opgezogen. Ze brulden in mijn oren, stampten op mijn buik en trapten tegen mijn nutteloze benen. Ze hielden niet op, ze herhaalden onophoudelijk hetzelfde, alsof het een mantra was. Ik hoorde steeds maar weer: 'Ook van een kreupele kunnen we houden. Jij mag je niet onzichtbaar te maken. We moeten iedereen liefhebben, ook de doven, de blinden en de lammen. Dat wil God. Dus je moet wel. Je had het lef om uit de coma te komen. Durf dan ook thuis te komen.'

Het waren woorden die van Daan afkomstig geweest moeten zijn, Kurt had een ander idioom. Ik deed mijn ogen open, ik meen me althans te herinneren dat ik hen aangekeken had, maar het is waarschijnlijker dat ik met gesloten ogen heb gefluisterd: 'Als ik was doodgegaan hadden jullie met elkaar kunnen trouwen. Ik zit in de weg.'

Daantje zei: 'Ik ga met Gregor trouwen. Je moet mijn bruidsmeisje worden. Ik wacht net zolang totdat je weer kunt lopen.'

'Ik zal nooit meer lopen.'

'Dan rol je me naar het altaar. Ik ga op je schoot zitten.'

Toen moest ik mijn ogen openen.

'Ik ga in het paars, jij in het rood. Dat heb ik al bedacht. Gregor koopt een roze pak. Heb ik ook bedacht. Mooie kleurencombinatie. Toch?'

Daan kuste Kurt luchtig op de mond en liet ons alleen. Ik keek hem aan, voor het eerst sinds dagen, in plaats van liefde kon ik op dit moment alleen nog medelijden voelen. Deze mooie man werd voor de gek gehouden door een insluiper, daardoor was hij van zijn jarenlange lief vervreemd terwijl zij misschien wel zijn zielenmaat was – die ene met wie Kurt Zolder gelukkig had kunnen worden. Ru en ik hadden zijn lichaam gestolen en ik was de schuldige, ik had niet genoeg gehad aan de droomrelatie. Nu moest ik wachten totdat Ru zich de reden zou herinneren die hem weer naar de lichamelijke wereld had getrokken, anders was de hele expeditie zinloos.

Maar elke acteur heeft een regisseur nodig en ik besloot de regie te gaan doen van het script dat door de lotsgodinnen voor ons was geschreven, ik zou het uitwerken met het drama dat een film nodig heeft, met de overdrijving die alles duidelijk moet maken. Ik wilde dat hij de man ging spelen die het publiek zou verbijsteren. Hij moest de minnaar worden die alleen nog leeft voor de liefde van zijn leven.

Ik zei: 'Je hebt me onvoorwaardelijke trouw beloofd, zonder oordeel en zonder verwachtingen. Laat zien dat je dat aankan, laat me zien dat ik nog waarde heb. We kunnen geen seks meer hebben, ik kan geen films meer maken, ik zal nooit meer geld kunnen verdienen, ik ben helemaal van jou afhankelijk, ik ben jouw marionet, je mag met me doen wat je wilt, als je me liefhebt laat het me dan zien.'

Kurt kroop op mijn harde ziekenhuisbed en hij bedekte mijn lichaam met het zijne. Toen schoof hij zijn handen onder mijn katoenen nachthemd en streelde alle delen van mijn lijf waar nog gevoel in zat en vervolgens die onderdelen waar niets meer kon reageren. De zorgzaamheid waarmee hij me betastte gaf me een gevoel dat gelijk was aan klaarkomen, en toen hij mijn rechterhand naar zijn attribuut bracht kwam hij meteen tot zijn hoogtepunt.

Zijn tekst was: 'Laat me dan zien hoe jij me kunt bewijzen dat je van me houdt. Je moet revalideren. Doe dat voor mij. Dan kan ik dit aan.'

'Verdomme, zo hoort het niet, je stelt voorwaarden, ik wil dat je me neemt zoals ik ben. Onvoorwaardelijk.'

De volgende dag kwam hij thuis met een vlindergewicht rolstoel en een donkere bril en nog diezelfde dag kwam ook mijn kapster voorbij en gaf mijn haren weer de coupe en de kleur van mijn jeugd terug.

You have to learn how to fall
Before you learn to fly

(UIT 'LEARN HOW TO FALL' VAN PAUL SIMON)

Er kwam elke dag een fysiotherapeute in huis die wrede oefeningen met me deed. De therapeute was een meisje van nog geen honderd pond, ze had het gezicht van een elf, haar oren hadden puntjes, de ogen waren amandelvormig, het haar was van zilverdraad en hing altijd in een vlecht op haar rug. Ze droeg altijd dezelfde kleding, pimpelpaarse leggings tot net over de knie en een top met atletische schouderbandjes, waarschijnlijk had ze een hele reeks van hetzelfde om nooit te hoeven kiezen wat ze aan zou trekken. Haar stem had de toon van een voorjaarslied maar als ze sprak was het de marsmuziek van een Duitse fanfare. Het sprokenkind kende geen troostwoorden, ze zei nooit dat het wel goed zou komen als ik moedeloos begon te huilen. Ze liet me janken totdat er geen tranen meer kwamen. Dan zei ze: 'Zullen we maar weer?'

Vervolgens begonnen we weer aan dezelfde oefeningen, die ze me eindeloos opnieuw liet doen. Ze trainde mijn nutteloze arm tot ik weer dingen kon tillen. Ze leerde me de simpelste bewegingen zoals overeind gaan zitten. Ze leerde me hoe ik vanuit het bed zelf in de rolstoel kon klimmen. Kurt bleef er een paar maal bij maar kon het geploeter niet aanzien. Op een dag dat we al drie dagen geoefend hadden hoe ik de nieuwe rolstoel zelf kon voortbewegen en besturen, liet ze me met de stopwatch in de hand van de keuken naar de voordeur racen, telkens sneller. We gingen door en door, langer dan de gebruikelijke tijd. Op het moment dat ik weer van de voordeur wegreed, terug naar het aanrecht, kwam Kurt thuis op een tijdstip dat ik hem niet verwachtte. Ik schrok toen de voordeur werd geopend en keek achterom, hierdoor verloor ik het evenwicht, ik viel om. Kurt wilde me oprapen. De elf was bij hem voordat hij kon doen wat hij van plan was.

'Je blijft van haar af. Ik ben de therapeut.'

Ik lag op de terrazzovloer waaraan ik me had geschaafd, ik begon te bloeden aan mijn elleboog en hand en ik keek hen beiden hulpeloos aan.

'Zie maar hoe je weer in de stoel komt,' zei de elf op de toon van een onbarmhartige Duitse moeder-overste.

'Het lukt haar niet,' fluisterde Kurt.

'Ik verbied je haar te helpen. Raak haar niet aan.'

Ze bleven naar me staan kijken.

'Kom op, je bent gevallen, het kan iedereen gebeuren, je kunt ook weer opstaan, dat kan iedereen. Als hij wil.'

Alleen gelaten door de hele wereld kon ik niet bedenken hoe ik overeind moest komen met benen die waardeloos waren. Ik was afhankelijk geworden van wielen maar ik kon zonder hulp niet terug in de stoel die me van her naar der moest rollen.

'Wat doe je als eerste?' vroeg de hardvochtige elf, terwijl ze maandverband om mijn bloedende elleboog plakte. 'Je zet die rolstoel recht en dan moet je er weer in zien te komen.'

Ik keek haar kwaad aan, het lukte om de rolstoel recht te zetten maar niet om me omhoog te trekken, ik trok de stoel weer omver.

'Jezus nog an toe, ze krijgt het niet voor elkaar,' jammerde Kurt.

'Ze zal wel moeten, we gaan haar niet helpen.'

Kurt liep naar de keuken om een whisky in te schenken.

Het fabelwezen heeft me laten worstelen, ze keek toe hoe ik telkens de rolstoel weer omvertrok.

'Als je nog kunt denken, gebruik die hersens dan!' schreeuwde ze. 'De afstand tussen de vloer en de stoel is te groot voor je. Dat haal je niet. Je hebt een tussenstap nodig. Denk na! Wat kun je doen?'

Ik keek haar wanhopig aan.

'Ga weg,' fluisterde ik.

'Zodat hij je op kan rapen? Ik verbied het. Je moet het zelf doen. Denk na.'

Ze moest het me voorzeggen, ze liet me over de ruwe vloer naar de bank kruipen en van daar af lukte het inderdaad om weer in de rolstoel te komen. Ze prees me niet maar ik zag een glimlach toen ze haar felroze jack aantrok. Daarna ging ze zonder me zelfs maar te groeten de deur uit.

Ik reed triomfantelijk naar Kurts computerhoek.

'Ik heb een heel groot glas wijn verdiend,' zei ik.

'Dit is een moment voor champagne,' riep hij. Hij schonk twee glazen vol en we toostten op het herschreven scenario. Ik kon nog niet vermoeden hoe ingrijpend de veranderingen waren. Hij pakte me op uit de stoel en we dansten onze veranderde toekomst.

'We hebben nog meer te vieren,'zei Kurt. 'Ik heb vandaag de papieren getekend voor mijn nieuwe onderneming, ik ben een filmmaatschappij begonnen. Ik ga samen met Marcel M lowbudgetfilms maken, fantastische films die van het Fonds geen kans krijgen. Die ga ik financieren, ik heb al mijn geld ingezet. Wat vind je van de naam *Prancing Horse*?'

Hij draaide me in het rond.

'Zet me neer,' zei ik gebiedend.

Hij zette me terug in de rolstoel, ik rolde heen en weer van voor naar achteren, weer terug en in cirkels – in een rolstoel ijsbeer je in rondjes. Ik haalde snuivend adem, om tot bedaren te komen, om tot me door te laten dringen wat hij zojuist had gezegd. Zonder me iets te vertellen, zonder me om advies te vragen was de man met wie ik alles had willen delen een productiemaatschappij begonnen. Hij had me gevraagd om weer een mens te worden maar hij behandelde me als een onmondig object. Dat zou ik dus zijn voor de rest van mijn leven: een 'iets' wat op vaste tijden gevoederd en verschoond moest worden. Ik hoorde hem zeggen dat hij verder wilde en dat ik niet mee kon met mijn lamme benen en een dof oog. Hij begreep mijn woede niet eens.

'We gaan een heel nieuw soort films maken, films met een boodschap. Geen rampetamp.'

'Ik heb alleen rampetamp gemaakt? Is dat wat je me wilt zeggen? Wat een lef om dat te durven zeggen nadat je één filmrolletje hebt gespeeld.'

Hij keek me aan met ogen die satanisch donker werden. Sissend zei hij: 'Ik heb twee prijzen gekregen voor mijn debuut. Ze noemen me een natuurtalent. 't Kan zijn dat ik fouten ga maken als producent, ik weet niet veel van de filmbizz maar ik heb Marcel M om op me te letten. Godverdomme, waarom ben je niet blij? Onze toekomst is door elkaar gerammeld, ik heb iets bedacht om verder te kunnen, het is mijn aard. Ik heb uitdagingen nodig om te kunnen leven. Wat mankeert je? Je wilt toch met me mee? Ik had samen met jou dronken willen worden, je bent een spelbreker, ik ga de stad in, ik vind wel iemand die met me wil vieren. En ga niet om me zitten huilen. Huil liever om jezelf.'

Ik bedacht verschrikkelijke scenario's, ik zag hem met schoolmeisjes die nog maar net menstrueerden. Ik zag hem tussen hun lakens liggen, ik rook de ongeduldigheid van meisjes die ontmaagd willen worden door een man die lijkt op een prins met een wit paard en ik was bang dat hij die prins ging worden voor een leger van pubermeisjes. Ik zag hem in een school zitten en een voor een alle meisjes mee naar een achterkamertje nemen alsof hij de schooldokter was. Mijn fantasie is bizar, het ligt aan mijn beroep maar het kwam te dicht bij me en ik moest ervan huilen. Ik durfde geen troostwoorden van Vriendin of Daan te vragen, misschien schaamde ik me en om het alleen aan te kunnen zocht ik mijn beste partner op. Ik vond een fles Chivas Regal, die ik onversneden dronk in een glas met de maat van een limonadebeker; de wereld vervaagde geleidelijk en de narigheid verloor haar betekenis. Misschien ben ik even in slaap gevallen, in elk geval lag ik met het hoofd op de eettafel toen Kurt thuiskwam.

'Aha, de gelukkige alcoholiste,' zei hij toen hij de fles pakte, zichzelf een glas inschonk, er ijs bij deed en het mijne tot aan de rand vulde.

'Het is me om het even wat je doet. Ik kan erin komen dat je kwaad bent omdat het lot je in de wielen is gereden, maar in een rolstoel houdt het leven niet op.'

'Jij gaat films maken zonder mij.'

'Heb ik dat gezegd? Laat me eens een keer uitspreken.'

'Ik ben mismaakt, mijn oog ziet er afschuwelijk uit.'

'Dat kan opgelapt worden. Ga terug naar die kliniek in de Ardennen. Je hebt geen recht om zo zielig te doen. Ik ken kinderen die over hun hele lijf verbrand zijn, dacht je dat die nog een leven hadden in deze wereld van schone schijn? En toch gaan ze door. Miljoenen doven en blinden doen alsof hun afwijking niet meer is dan een snijwond. Er zijn filmregisseurs die minder kunnen dan jij. Je bent net zo'n hypochonder als je moeder.

Weet je nog dat we samen films wilden gaan maken? Dat hebben we afgesproken. Nu heb ik een eigen bedrijf en je bent boos? Waarover eigenlijk? Denk je weleens aan mij? Denk je dat ík het gemakkelijk heb? Vraag je je nooit af hoe ik me voel na mijn hartstilstand? Ik zit met het gevoel dat ik heel iemand anders ben geworden, er is ook iets met mij gebeurd. Ik kan niet meer de uitgever zijn die ik was, ik ben over de kop gegaan, de pers maakt er valse grappen over. Jij bent niet meer dezelfde van voorheen maar ik ook niet, ik kan nog lopen maar ik ben een stuk van vroeger kwijt. We zijn allebei gehandicapt.'

Hij dronk zijn glas in één teug leeg. 'Als ik op een dag niet meer thuiskom is het niet vanwege je handicap maar om je manier van denken, je beschuldigt me ervan niet genoeg van je te houden, het enige waaraan ik schuldig ben is dat ik je niet kan overtuigen.'

Hij reed me naar mijn bed en legde me erop. Hij zette het glas whisky en mijn doosje met slaappillen op het nachtkastje en zei: 'Neem er genoeg.'

Ik viel in slaap met de gedachte dat het scenario niet werd aangehouden, ik had de regie niet meer in handen.

De volgende morgen begon mijn man een koffertje voor me te pakken, hij zei dat ik naar mijn moeder moest omdat hij het huis wilde verbouwen. Zo vertelde hij het mij maar ik wist zeker dat hij loog en dat hij me voor een tijd uit de weg wilde hebben, dat hij me niet meer kon verdragen. Hij had met de leiding van het verzorgingshuis geregeld dat ik de komende week of eventueel weken en misschien wel maanden in de flat van mijn moeder de zorg zou krijgen die ik nodig had. Ik schreeuwde dat ik niet naar mijn moeder wilde, dat ik haar geklaag niet kon verdragen, en de man die me onvoorwaardelijke liefde beloofd had zei: 'Kijk eens in de spiegel.'

Ik schreeuwde dat ik niet tussen bejaarden thuishoorde en hij zei: 'Gedraag je dan niet als een koppig oud wijf. Ik haal je zo snel mogelijk weer op en zondag gaan we samen eten bij Moeke Spijkstra.'

Het is eigenlijk niet te verdragen dat het anderen is gegeven om te beslissen waar je moet wonen en met wie, maar soms glij je uit en kom je in omstandigheden terecht die hetzelfde zijn als slurpende klei. Ik werd bij mijn moeder ondergebracht omdat haar omgeving is ingesteld op rollators en rolstoelen. Haar protest tegen mijn aanwezigheid was even dubbelzinnig als het mijne. Ze beklaagde zich er altijd over dat ik haar te weinig opzocht maar nu ze me alle dagen bij zich mocht hebben vond ze dat ook niet uit te houden.

We brachten vele uren jammerend door en kregen daardoor een verbondenheid die we pas voelden als we de mond hielden. Moeder nam me mee naar de bingomiddag in de recreatiezaal van het aanpalende bejaardentehuis en stelde me aan iedereen voor als de dochter die niet wilde deugen. Ze noemde me de nagel aan haar doodskist en daarom werd hartelijk gelachen want niemand geloofde dat ze het meende. Daarna won ze, ze won altijd wel iets.

Het huis in het havengebied was niet verbouwd. De grijze terrazzovloer was hetzelfde gebleven, de keuken met het glanzende kookeiland was niet veranderd, de roestvrijstalen pannen waren niet aan de wand gehangen zoals mijn oma dat deed met haar gebutste kookpotten van email, de koele wanden waren niet overgeverfd in kleuren waaraan ik me had kunnen warmen, maar aan de muur bij de ingangsdeur hingen de foto's van mijn familiegalerij uit het Jordaanhuisje. Mijn oma's en tantes en ooms en neven en nichten, de doden en de nog levenden waren verhuisd naar het havengebied, waar de meesten van mijn verwanten hun hele leven nog niet waren geweest en ze keken me ontheemd aan. Ze waren in gezelschap van gezichten die ik en ook zij niet kenden, ook nooit eerder hadden gezien, die niets met onze familiegeschiedenis te maken hadden en ze vroegen me om uitleg. De vreemden die tussen mijn verwanten hingen droegen exotische kostuums en waren in gelijkvormige lijsten gestopt om ze aan te passen. Maar daarmee konden hun geschiedenissen niet verbonden worden.

De grote, kale opslagruimte, die door een modieuze architect was ingericht als galerieruimte, had een klein kamertje gekregen met een deur die afgesloten kon worden. In dat vertrek stond een nieuw bed dat mijn hoge ziekenhuisbed met katrollen verving. Het kon hoger en lager waardoor ik zonder hulp in en uit mijn rolstoel kon. Voor het raam waren de glimmende gordijnen uit mijn oude huis opgehangen. Mijn Madonna-schilderijen waren aan haken in het harteloze cement gehangen. Er was een tafel met een nieuwe computer. Eén muur had een boekenrek van plafond tot vloer en een groot deel van mijn boeken stond erin.

'Dit is je nieuwe domein,' zei Kurt.

'*The place of no return*? Heb je mijn huis leeggehaald? Wat heb je met de rest van mijn spullen gedaan?'

'Het ligt er nog, je mag het zelf opruimen maar je kunt daar niet meer wonen, er zijn te veel drempels en opstapjes. Je moet het verhuren of verkopen.'

'Laat me alleen,' zei ik.

Ik zag alleen nog bittere beelden voor me. Het moet een fantoom zijn geweest dat ik ben blijven achtervolgen, de liefde die op aarde niet bestaat. Alleen in de droomtijd kwam ik de man tegen die me onvoorwaardelijke liefde toonde. Eenmaal terug in een stoffelijk lichaam werd hij weer een mens met menselijke onhebbelijkheden en leugens waarmee de liefde vroeg of laat om zeep wordt gebracht. Deze man deed niet wat de wetten van de liefde vragen. Hij beroofde me van alles waaraan ik mijn identiteit ontleende. Hij had mijn haven leeggehaald, hij had me mijn familie afgenomen en ze naar zijn pakhuis laten verhuizen om ze te laten trouwen met de zwervers uit zijn eigen verleden en zo iedereen een plek te geven in een geschiedenis die nooit heeft plaatsgevonden.

Hij vernederde me, hij brak mijn trots, hij wees me erop dat ik afhankelijk was geworden van hem en zijn verdomde geld. Ik rolde naar de voordeur en rolde me weg van het gevang waarin ik was terechtgekomen doordat ik een afspraak had gemaakt met een droom. Een taxi moest voor me remmen, ik bleef voor de auto stilstaan. De chauffeur, een jongeman met het uiterlijk van een latino, stapte gebarend uit en begon dramatisch te schelden.

Ik zei: 'Je moet me naar de stad brengen. Hoe heet je?'

Hij kalmeerde verbaasd.

'Ashley,' zei hij.

'Ashley, mijn man maakt nooit toetjes voor me. Ik wil ijs, lekker ijs met vruchtjes en heel veel slagroom. Waar kan ik dat krijgen?'

Hij haalde zijn schouders op.

'Señora, ik hou niet van Hollands ijs, wij aten altijd het ijs dat uit Michoacan kwam, dat kennen ze hier niet, er is geen lekkerder ijs, op de hele wereld niet.'

'Breng me dan naar het filmmuseum, daar hadden ze vroeger goede Dame Blanche.'

'Wat is een Dame Blanche?'

'Een vrouw in de modder.'

De donkerbruine jongeman behandelde me als een brokkelig monument, hij reed me naar het filmmuseum en bracht me voorzichtig het restaurant binnen. Hij gaf me een kaartje met het telefoonnummer dat ik moest bellen wanneer ik terug naar huis wilde.

Het was niet druk. Een man met het postuur van Orson Welles en gekleed in een zwarte cape – waarvoor het weer eigenlijk te zacht was – ging aan een lange tafel zitten en werd meteen geholpen maar ik werd over het hoofd gezien. Ik gebaarde naar het meisje met het figuur van bamboe, ze negeerde me.

Ik rolde naar het buffet en riep: 'Ik wil een Dame Blanche. Bedienen jullie geen invaliden?'

'Meid,' zei de ober die aan aids leed en drie jaar geleden al was opgegeven maar zich in leven hield met wonderwater van een spiritiste. Ik herinnerde me zijn naam: Harold. Hij herkende me.

'Waar ben je al die tijd geweest, ben je onder de trein gekomen? We serveren geen ijs met modder, het leven is smerig genoeg, ik kan een vrolijk ijsje voor je maken, wat wil je?'

'Een kom vol en een berg slagroom.'

Hij zette een puddingkom op de balie en deed er vijf bolletjes wit ijs in uit een grote plastic emmer.

'En nu?' vroeg hij.

'Fruit,' zei ik.

Hij maakte een blik perziken open en stortte ze uit over het ijs. 'Wat nog meer?'

'Slagroom. Alle slagroom die je hebt.'

'Heeft je vriendin soms verteld dat ze met je man neukt?' vroeg de vlegel.

'Slagroom!' gebood ik.

'O meid, het zal niet helpen. Het blijft een klotestreek van die vriendin. Draagt ze hoge hakken? Moet je gewoon ook kopen, maakt niet uit dat je er niet op kunt lopen, niemand kan op stelten lopen. Ze zijn voor de seks.'

Hij spoot uit een bus slagroom leeg in de kom.

'Geef me twee lepels, ik ga het met de man in de cape opeten.'

Harold trok de wenkbrauwen op. 'Ik zou het niet doen, het is een sadist.'

Hij bracht de kom ijs naar het tafeltje van de man met de cape en trok een stoel weg zodat ik aan de tafel kon zitten.

'Houdt u van ijs?' vroeg ik aan de man.

'Ik kan het niet hebben vanwege mijn gezondheid.'

'IJs is niet voor de gezondheid maar voor de lust.'

'Wat praat u raar,' zei de man en hij pakte een krant. Toen het ijs in de kom voor de helft een drabbige soep was geworden, legde hij de krant neer. Hij keek met een vieze blik naar het gesmolten ijs en toen naar mij.

Na een minuut zei hij: 'Daar gaat mijn zin van over.' Hij zette een gleufhoed op en liep met de loop van een negentiende-eeuwse dandy de deur uit. Het personeel groette hem eerbiedig.

Ik moest naar buiten in de rolstoel waarmee ik tot nu alleen had rond gerold in een huis waar maar weinig meubels stonden, maar hier moest ik tussen tafels en stoelen door en ze stonden zo dicht bij elkaar dat ik zou moeten vragen of iemand ze aan de kant kon zetten. Ik berekende het pad naar de deur, aan de tafel naast me zat een vet wijf te ver naar achteren, ik zou moeten laveren tussen een lege tafel waarvan ik de stoelen kon wegduwen en een tafel waaraan jongelui zaten. Vandaar zou ik naar de deur kunnen rijden, als ze niet achterover zouden gaan hangen met hun stoel, want ze waren luidruchtig en draaierig. Ik bedacht viermaal een andere route en voelde me als in een nachtmerrie waarin de muren naar elkaar toe schuiven en de trappen nergens op uitkomen.

Harold kwam naar me toe als reddende engel en reed me naar buiten.

'Drink je nog altijd je wonderwater?' vroeg ik.

'Ja, maar het helpt niet meer. Ik denk dat het nu niet lang meer gaat duren, ik pies bloed. Kom je ook naar mijn begrafenis? Ik vraag het aan iedereen. Ik wil een begrafenis als een bruiloft. Wil je Jeroen Krabbé meebrengen? Hij komt hier vaak maar ik durf het hem niet te vragen. Jij kent hem vast, ik zou zo graag hebben dat hij ook komt. Wil jij hem dat zeggen?'

'Dat zal ik doen en bedankt voor het ijs,' zei ik.

'We serveren overdag nooit ijs,' zei hij en hij knipoogde. 'Hielp het een beetje?'

Ik rolde heel voorzichtig het Vondelpark in en werd bijna omvergereden door een meisje op rolschaatsen.

'Sorry,' zei ze. 'Ik zag je niet.'

'Niemand ziet me meer,' murmelde ik.

Ze bleef voor me staan en keek naar me alsof ik iets bijzonders was. Het was een tenger kind, ik schatte haar ongeveer twaalf, ze had haren waarin de roodgouden gloed van de herfstbladeren zat, haar ogen waren groenig bruin, rondom de neus had ze sproeten, in haar mondhoeken zat rood speeksel, misschien van een snoepje.

'Kijk nou!' zei ze met een plat accent. 'Jij en ik lopen op wielen. We zijn familie van elkaar.'

'Ik betwijfel het,' murmelde ik.

Ze luisterde niet. 'Denk je dat je harder kunt dan ik? Zullen we een wedstrijd doen?'

Ze pakte de handvatten van mijn stoel en rolde me ongevraagd naar het verharde pad van het park.

Ik trok de remmen aan zodat ze bijna viel.

'Hé, kijk je uit? Ik wou alleen een beetje dolien. Heb je geen zin in een beetje lol?'

Ze kwam weer voor me staan en keek me met floersige ogen aan. 'Kun je niet even mijn moeder zijn? Ik mis haar zo.'

'Waar is ze dan?'

'Weg. In het buitenland, om geld te verdienen. We gaan straks een villa kopen aan zee.'

'Waar woon je nu?'

'Bij Omi, die slaapt de hele dag, het komt door de pillen denk ik.'

'Hoe heet je?' vroeg ik.

'Hoe moet ik dat weten? Mammi noemt me Etterbak, Omi zegt altijd Poppeke tegen me en op school zeggen ze dat ik Mia heet. Vind je dat geen kutnaam? 't Zal wel de schuld zijn van mijn vader. Ik neem elke week een andere naam. Deze week heet ik Androlea.' Ze draaide rondjes voor me. Haar zwarte rolschoenen waren versleten, ze droeg een knielange broek en een sweater met het opschrift op de borst: *Nobody is perfect* en op de rug: *My name is nobody*. Het halsboord rafelde.

'Naar welke school ga je?'

'Wee'k niet. Ik ga haast nooit. Zullen we een stukje gaan *wheelen*?'

Ze pakte weer mijn rolstoel vast en rolde me over het asfalt met een snelheid die me bang maakte.

'Stop!' schreeuwde ik.

'Hé trut, we gaan niet eens hard, zullen we een hotdog kopen bij Ibrahim? Ik heb honger.'

Ze reed verder zonder te letten op mijn protest en stopte bij een aftandse ventkar. 'Ibi, dit is mijn moeder, ze is terug. We willen een hotdog.'

De venter gaf ons een dunne worst in een klef broodje.

'Je moet betalen,' fluisterde Androlea.

Ik schrok, het drong nu pas tot me door dat ik in woede het huis uit was gegaan zonder handtas, zonder geld, zonder telefoon. Ashley had niet om geld gevraagd en de ober van het filmmuseum ook niet, wat op z'n minst merkwaardig was.

'Ik heb geen geld bij me,' mompelde ik. 'Ik ben mijn tas vergeten.'

'Shit,' zei het kind. 'Ibi, mijn moeder, is niet gewend met geld om te gaan, ze heeft altijd iemand bij zich die voor haar betaalt, net als de koningin. Ze weet niet hoe het moet. Ik kom morgen betalen. Beloofd.'

Ze pakte meteen mijn rolstoel en reed ons snel weg.

'Waar moet je heen? Moet ik je thuisbrengen?'

'Nee, ik moet Ashley bellen, breng me naar het filmmuseum, daar kunnen ze voor me bellen.'

Ze stopte zo abrupt dat ik haast uit mijn stoel viel.

'Ik kan Ashley ook bellen. Heb je zijn nummer? Is dat je man?'

Het tengere kind met ogen als van een geschrokken hert haalde een mobieltje uit haar broekzak. Ze belde het nummer dat ik haar gaf en had een heel gesprek met de jongen uit Latijns-Amerika die in Amsterdam mensen van her naar der reed.

Mijn Latijnse engel wilde me bij de poort naast het filmmuseum ophalen en zette me opzettelijk op de voorbank omdat hij met me wilde praten over mijn handicap. Hij vertelde dat hij twee zussen had die zonder benen waren geboren. Ze wilden er nooit over praten hoe het was om niet te kunnen lopen en dat was logisch omdat ze niet wisten hoe het was om te kunnen lopen, ik wist dus niet wat ik mijn vriend moest vertellen want ik had wielen gekregen om te lopen.

Kurt gedroeg zich als een verongelijkte moslimman maar hij vloekte als een christen. 'Godverdomme, waar ben je in 's hemelsnaam geweest!? Ik heb de hele buurt uitgekamd. Hoe kun je me zoiets aandoen?'

'Wie doet er wie iets aan?' vroeg ik. 'Ik probeer weer dingen zelf te doen. Kun je daar soms niet tegen? Probeer je me opzettelijk onmondig te houden? Is dat wat je wilt? O ja, je hebt helemaal gelijk, ik heb niets anders aan mijn hoofd dan het verzinnen van een naam van een kind dat op skates door het Vondelpark ronddanst.'

'Noem haar Sundance Kid.'

'Hoe komt het dat jij zo snel een naam hebt?'

'Het valt me zomaar in. We gaan volgende week naar het Sundance Festival, Marcel M en ik. Ik had je willen vragen of je mee wilde, ik wil je niet als een invalide behandelen. Je had me moeten laten uitpraten.'

Al jaren was het een van mijn wensen om een keer naar het Sundance Festival te gaan, het is er nooit van gekomen, ik was altijd bezig met de voorbereiding of de afwerking van een film en dit was ook niet de juiste tijd. Ik durfde het niet. Ik was er nog niet aan toe om me te tonen aan mensen van mijn eigen soort.

Kurt stelde voor dat hij iemand zou huren om op me te passen, ik zei dat ik Vriendin zou vragen om die week bij me te komen.

Vriendin kwam met stapels boeken die ik van haar moest lezen. Zweefboeken, die ik nooit las omdat ik me liever met zinnige lectuur bezighield. Als ik las, las ik romans die me moesten inspireren, het was maar zelden dat ik boeken las over geluk want over gelukkige mensen maak je geen films. Een film over geluk heeft nog nooit een Oscar gekregen. *Pretty Woman* is een kaskraker geworden vanwege de romantische leugen maar de film is terecht nooit gelauwerd. Elke film zit vol leugens maar de meest verraderlijke leugen is de belofte van geluk en toch zijn dat de meest succesvolle films.

'Ik vind "je leven helen" verschrikkelijk stomme woorden wanneer je in een rolstoel terecht bent gekomen en je weet dat dát nooit meer heelt,' zei ik giftig.

Vriendin probeerde me ervan te overtuigen dat 'helen' begint bij het inzicht dat je eigenlijk zelf je leven verziekt. Ze orakelde: 'Dat je in een rolstoel zit heeft niets met je leven te maken. Dat is je situatie. Je leven gaat gewoon door en jij bent degene die denkt dat het waardeloos is, het zit in je hoofd, je hebt een oordeel over je situatie en je verzet je ertegen, je bent boos omdat je naar iets onbereikbaars streeft, je wilt weer lopen, dat kan niet meer, je moet je op een andere manier bewegen dan je als kind hebt geleerd – zoals je dacht dat normaal was. Als je nooit had kunnen lopen zou je er al minder moeite mee hebben, dan zou je hooguit jaloers zijn geweest op lopende kinderen. Je moet ook weten dat jaloezie een emotie is waar je niets aan hebt, het belemmert je alleen maar, je streeft naar iets wat je niet hebt en ziet niet meer wat je wel hebt. Je hebt een heerlijke man die alles voor je doet en je ziet het niet.'

'En na deze preek, beminde ongelovigen, gaan we de weg naar de hemel zoeken?'

We schoten in de lach, maar direct daarop werd Vriendin weer ernstig, ze was halsstarrig in haar pogingen om mij het nieuwe geloof op te dringen. Ze dwong me naar films te kijken waarin beweerd werd dat het brein de lichaamscellen beheerst en dat mensen in hun denken zichzelf ongelukkiger maken dan nodig is en het zicht op de wereld vertroebelen – gezond van lijf en leden of gehandicapt. Ik sprak alles tegen, beweerde dat wanneer het noodlot je bij de kladden grijpt, je heel weinig opschiet met een positieve kijk en ik somde haar mijn ongeluk van de laatste jaren op. De film die geflopt was, het ongeluk dat me opnieuw in de wielen was gereden, net toen alles er weer goed uitzag. Ik smeekte haar om erover op te houden, ik wilde niet praten over het onbespreekbare, ik vroeg haar Triviant met me te spelen. Ze gaf toe als een zuster van barmhartigheid want ze wist dat ze in dit spel altijd verloor.

De volgende dag kwam mijn liefste vriendin opgetogen terug uit het winkelcentrum met drie Jane Fonda-films. Jane, de dochter van Henry Fonda, was haar idool. Vriendin trainde nog haast dagelijks met de aerobicsvideo's van la Fonda.

'Wat een toeval, wat een toeval,' riep ze. 'Ze hadden een Jane Fonda-week in de videotheek, iedere Fonda-film voor vijftig cent. Ik heb *Barbarella, Coming Home* en *Klute* bij me.'

'Je hebt geen smaak, je had *On Golden Pond* mee moeten brengen.'

'Ik wil romantiek, ik wil *Coming Home* zien, zooooo zoet. Is ook goed voor jou.'

Coming Home is bij mij blijven hangen als een versuikerd oorlogsdrama. Een zoet verhaal over een kreupele Vietnamveteraan en een overspelig officiersvrouwtje die samen ronddollen aan het strand van Californië. Een nietszeggertje zonder boodschap. Ik wilde niet kijken naar een film waarin mensen ronddolden in een rolstoel alsof het leven gewoon doorging als je benen en je delicate delen niet meer meededen en zelfs je pis moest worden opgevangen in een flesje. *Coming Home* was de valste van alle valse romantiek. Mensen in rolstoelen snakken naar een lief, ze willen geloven dat het nog mogelijk is en ze trekken zich op aan verhalen die verzonnen zijn, en misschien heeft een enkele lamme of blinde wel het geluk dat hij iemand tegenkomt die zich niets aantrekt van de lichamelijke mankementen maar het is nu eenmaal zo dat de wet van de aantrekking is gebaseerd op het uiterlijk, op een gezonde mens zonder verminkingen, en dat degenen die daar buiten vallen weinig kans op geluk hebben. Er zijn partners die de rol van onbaatzuchtige verloofde willen spelen maar ook daarin bewijzen de cijfers dat zo'n ongelijke relatie zelden standhoudt, en als ze het al volhouden blijkt dat de gezonde helft het alleen maar volhoudt door vreemd te gaan.

Ik keek met tegenzin naar de film die Vriendin hardnekkig in de dvd-speler legde. Ik kan la Fonda niet lijden, ze laat zich door te veel winden heen en weer bewegen zodat je nooit weet wat je aan haar hebt. Hoe kun je de vrouw van een Vietnamstrijder spelen terwijl je tegen de oorlog bent? Hoe kan Barbarella een rolstoelverloofde worden? Haar vader, dat was een echte acteur, in *Coming Home* lijkt ze zo sprekend op hem dat het er bijna uitziet of Henry met een pruik op de rol speelt.

Vriendins gsm begon te rinkelen op het moment van Fonda's voorspelbare overspel met de impotente Voight. Vriendin verschoot van kleur toen ze naar haar mobiel luisterde. Ze keek me verbijsterd aan.

Ik zei: 'Je hebt te horen gekregen dat je geadopteerd bent door Maxima en Willem-Alexander en je krijgt een nieuwe naam die begint met een A.'

Ze schoot in de lach maar het was een zenuwachtige lach.

'Dat was mijn buurvrouw, mijn broer staat voor de deur.'

'Ze neemt je in de maling, je hebt geen broer.'

Vriendin zei: 'Ik héb een broer, hij woont in Australië. Ik wist niet dat hij zou komen. Hij wil me verrassen. Denk ik. Ik moet gaan kijken.'

Ze schakelde de dvd-speler uit.

'Ik help je naar bed, ik ben morgenochtend terug, heel vroeg. Ik beloof het. Als er iets is moet je bellen.'

'Hé, het is pas kwart over acht, je zit niet op een baby te passen! Zonet spraken we nog als volwassenen met elkaar. Ik wil niet gaan slapen als Klaas Vaak komt.'

'Het is mijn broer,' zei ze.

'Vraag hem hierheen te komen. Er rijden taxi's.'

'Ik wil eerst zien wat voor man het geworden is.'

You're out of touch my baby
My poor discarded baby
I said baby baby baby you're out of time

(UIT 'OUT OF TIME' VAN THE ROLLING STONES)

In het pakhuis hing plotseling de stilte die aan een ramp voorafgaat. Ik voelde een bedreiging in het zwijgen dat Vriendin had achtergelaten, ik werd bang bij het besef dat ik de nacht alleen zou zijn en ik zette de dvd weer aan om rumoer te hebben. De film draaide zonder ondertitels en die waren nodig want het geluid was abominabel, ik verstond niets van de dialogen. Ik stopte het apparaat en zette het opnieuw aan met de onzinnige hoop dat de ondertitels dan zomaar vanzelf zouden verschijnen maar ik moest het weer doen met de onverstaanbare dialoog. Ik vervloekte de uitvindingen van deze tijd omdat ze geen rekening houden met digibeten. Onder in beeld verschenen een paar icoontjes, ik drukte op een vierkantje met rechte streepjes, vervolgens kreeg ik de keuze uit diverse talen, maar zag 'Nederlands' er niet bij staan. Ik koos voor '*english hardhearing*', zonder te weten wat dat voor consequenties zou hebben voor het geluid. Dat werd er niet beter op maar de film had nu Engelse ondertitels. Domme titels voor doven zoals '*Luke slaat met stok*', '*het glas breekt*'.

Ook alle achtergrondmuziek werd in tekst geprojecteerd, liedjes van de Rolling Stones, Simon en Garfunkel, de Beatles en Bob Dylan. Zelfs destijds in de bioscoop moeten die teksten onverstaanbaar zijn geweest, maar nu in woorden afgebeeld bleken ze ineens heel zinnig en door de regisseur toegevoegd als een voice-over.

De film die ik eigenlijk niet wilde zien was nu zo veel meer dan dat pluizige romannetje dat ik me herinnerde. Ik bleef in de dochter de vader zien, maar dat stoorde me na verloop van tijd niet meer. Ik zat te kijken naar een film over naïeve jongetjes die wilden vechten voor een vrijheid die niet bedreigd werd, die niet inzagen dat ze gebruikt werden door sterren en strepen die nooit op het slagveld verdiend waren. *He is a universal soldier.* Een wegwerpzakdoek. *Toss yourself into a heap of used Kleenex.*

Met Irak – in alle zinloosheid en uitzichtloosheid nog in volle gang – had deze film van nu en van dit moment kunnen zijn. De kapsels van de acteurs zouden misschien anders zijn geweest, de kleding misschien niet eens, de mode van nu is een samenraapsel van alle trends uit de laatste kwarteeuw. Wat me als vakidioot weer eens opviel was hoe knap de stylistes van Hollywood met kleding een parallelle dialoog voerden. Voight heeft een stoer leren jack gekregen met de sterren en strepen die hij op zijn uniform nooit heeft gekregen en op de rug staat: *war hero.*

Hij zegt: 'Als ik droom kan ik nog lopen. De mensen zien dat niet.'

Vriendin had de film meegebracht om me te laten zien dat ook rolstoelrijders nog een leven hebben. Ze had de essentie van de film gemist. Twee uur later ging het voor mij heel ergens anders over. Ineens was mijn hele leven pure oorlog. Ik heb niet met kanonnen en geweertjes gespeeld maar ik ben er toch verminkt uitgekomen, ik paste niet meer en ik treiterde mijn man met zelfbeklag. Ik moest zijn stem horen om me er tegenaan te vleien, ik wilde dingen tegen hem zeggen waarmee ik mezelf kon vergeven maar zijn mobiel was uitgeschakeld en een vrouwenstem stond me toe om mijn boodschap in te spreken. Ik kwam niet verder dan: 'Ik voel me zo alleen,' en verbrak de verbinding toen ik me realiseerde hoe klagend dat klonk.

Ik ging op het bed liggen met de ruis van de oceaan, ik drukte mijn neus in het kussen waarin zijn geur hing en realiseerde me te laat dat ik niet zonder hulp uit dit bed kon komen. Ik zou in elk geval moeten blijven liggen tot de volgende ochtend wanneer de verpleegster me kwam wassen. Het was barmhartig geweest als ik meteen in slaap was gevallen, maar een lijf moet moe zijn om te kunnen slapen, het mijne vermoeide zich niet meer, alleen mijn brein jakkerde.

Langs de muren van dit vreemde huis bewogen zich schimmen, ze maakten zich los uit de schaduw en liepen om het deinende bed heen. Mijn vader kwam bij het bed langs en wilde weten of ik de juiste beslissing had genomen door terug te keren naar het leven. Ik riep dat ik niet naar het leven had willen teruggaan maar naar de liefde.

'Wat weet jij van de liefde?' vroeg hij.

'Al mijn films gaan over de liefde.'

'Wat heb je daaraan? Dat is toneelspel. Als de lichten weer aangaan, is het over.'

Ru stond naast hem en zei: 'Je films gaan niet over de liefde maar over de onmogelijkheid. Ik ken je films, ik heb ze allemaal gezien. Je laat niemand gelukkig worden. Ze verliezen het allemaal, ze verlangen te veel of de verkeerde.'

'Zo is het leven. Kijk naar hem.' Ik wees naar mijn vader. 'Hij heeft me het voorbeeld gegeven.'

Ik keek naar de man die me iedere zondag meenam naar een verbeelde wereld waar hij zich vereenzelvigde met een filmster die met geweren speelde en de oorlog in ging om een held te worden maar die angst had voor vrouwen. Hij liep alsof zijn kruis vergroeid was, hij kuste alsof hij bang was voor mond-op-mond. Mijn vader imiteerde hem. Hij probeerde mond-op-mond met mijn moeder met gesloten lippen. Misschien is dat de reden waarom ik geen broers en zussen heb gekregen en dat het niet de schuld was van haar ziekelijke eierstokken dat ik enig kind ben gebleven. Misschien ben ik erdoorheen geslipt omdat ze eenmaal tong-en-tong hebben gedaan.

Ru zei: 'Ze heeft alleen maar films gemaakt over bange zielen. Ik denk dat haar ziel uit angst is weggevlogen toen ik haar heb laten zien hoeveel ik van haar hou. Ze heeft zich verscholen op een onvindbare plek. De sjamanen in Zuid-Amerika zeggen dat ze zo'n ziel kunnen terughalen, ze doen er ceremonies voor, in onze cultuur kennen ze dat niet. Ik zou willen dat ik haar ziel kon terughalen. Ik wil samen met haar verder.'

Sophomore liep voorbij. Ja, zelfs hij wandelde om mijn bed. Hij zei: 'Ik ben sjamaan, ik heb haar naar je toe gestuurd maar ze is in de war. Je moet haar helpen. Je hebt het haar beloofd.'

Ik wist niet meer waar ik bij hoorde. Ik ontleende mijn identiteit aan het succes als filmmaakster, die roem was waardeloos geworden nu ik hulpbehoevend in een rolstoel zat en in en uit bed en op de plee geholpen moest worden. Denkend aan de mens die ik was voordat het lot me onderuit had gehaald, zag ik ineens hoe de droom van het meisje dat met haar vader zat te huiveren in het donker van het Luxor Theater vervormd was tot een sculptuur. Het kwam niet door het ongeluk, de verstening had al veel eerder ingezet. Ik had van mezelf een beeld gemaakt zoals ik de mensen in mijn films een vorm had gegeven met de illusie dat ze echt waren. Ik huilde om elk moment waarop ik meer van mezelf had belogen en steeds meer van mijn eigenheid was kwijtgeraakt totdat ik niet meer kon zien wie ik was. Het meisje van zeven dat bij Papa op schoot zat met haar droom? De recalcitrante tiener die zich afzette tegen haar klagende moeder en ten slotte op haar was gaan lijken? Of was ik de teleurgestelde vrouw van een te aantrekkelijke man door wie ik voor eens en altijd en onverbiddelijk bemind wilde worden?

In een vloed van tranen maakten de gedachten zich van me los. De spookbeelden kwamen in rijen van tien op me af en namen me te grazen totdat ze een voor een met me hadden afgerekend. Toen lieten ze me alleen met een leeggelopen hart dat brulde van ellende, net zo lang tot de opluchting binnen kon stromen en ik besefte dat ik me ontdaan had van een misverstand van jaren, de overtuiging dat ik het niet waard was om bemind te worden. Ik had me uitgemergeld als iemand met anorexia, als iemand die uiteindelijk zelfs het fijnste voedsel niet meer kan verdragen. Ik begon over te geven, ik spuugde een akelige groene smurrie uit en hield de smaak van geoxideerd ijzer over in mijn mond. Nog heel even probeerde ik me te verbergen achter de schaduwen van mijn klagende moeder, maar Sophomore kwam weer voorbij en zei dat de schuld nooit naar een ander geschoven kon worden.

Mijn verdriet liet de stenen muren beven en ik kon niemand bellen om naar me toe te komen, alle telefoons lagen buiten mijn bereik, er was alleen nog maar *ik* en die *ik* had de keuze om zichzelf te verachten of te vergeven en te accepteren.

Vriendin kwam na middernacht terug in een ongewone gemoedstoestand. Ze negeerde mijn gezwollen ogen en de vervuilde lakens. Ze hielp me in mijn eigen bed en waste zwijgend mijn gezicht. Ze gaf geen antwoord op mijn vragen over haar broer. Ze zei alleen maar dat ze nog een glas wijn wilde voordat ze naar bed zou gaan en schonk er ook een in voor mij.

Met het glas geheven sprak ze de vreemde woorden: 'Op de illusies die je het best kunt blijven koesteren.'

Ze begon te huilen, haar tranen konden geen verband hebben met de mijne maar er was een synchroniciteit. Die dingen gebeuren, verdriet spiegelt.

'Hij kwam niet voor mij,' fluisterde ze.

Vriendin was teleurgesteld dat de broer die ze vijfendertig jaar niet had gezien, niet speciaal voor haar in Amsterdam was geland. Het was een toevalligheid, hij was op weg geweest naar Ierland om er schapen te kopen, zijn vliegtuig was omgeleid via Schiphol en daar opgehouden voor zaken die onduidelijk zijn geworden in het hedendaagse vliegverkeer en die voor de reizigers worden verzwegen. Er waren vage berichten over terroristische dreigingen maar dit konden evenzogoed geruchten zijn die zomaar ineens de kop opsteken.

Was de vlucht volgens schema gelopen dan zou de broer van Vriendin over de Hollandse polders zijn gevlogen en zou hij hooguit gedacht hebben: hé, daar ben ik geboren, daar heb ik nog een zusje wonen, hoe zou het met haar zijn?

Hij was op goed geluk naar haar op zoek gegaan om de tijd te doden, niet wetend of ze nog op het adres woonde dat hij had – waar hij eens in de vijf jaar een kerstkaart naartoe stuurde.

Vriendin zei: 'We wisten niet waarover we moesten praten. Hij weet niets meer van vroeger. Ik heb hem elk jaar geschreven hoe het met me ging, als hij jarig was stuurde ik hem een brief.'

Toen begonnen de tranen te stromen en werd haar snikken lawaaierig.

'Hij heeft die brieven nooit gelezen. Hij spreekt nauwelijks nog Nederlands en beroerd Engels. Hij weet niets meer van toen.'

Ze keek me aan met een blik die ik niet van haar kende. 'Ik wilde over vroeger praten, over wat er gebeurd is met Papa en Mama. Hij kan het zich niet herinneren. Niek is mijn broer niet meer, het is een vreemde man, een lompe boer die bier uit blik slurpt. Hij vliegt morgenvroeg verder, voorgoed denk ik. Dan heb ik helemaal niemand meer. Nu had ik altijd nog het idee dat we elkaar ooit weer eens zouden zien en dat we erover konden praten.'

'Waarover? Waar moet je over praten? Kun je er met mij over praten?'

'Nee,' zei ze resoluut en ze leek niet van plan om me ook maar een stukje van haar jeugd te laten zien toen ze nog een broer had van wie ik niets wist. Maar het verhaal wilde verteld worden, het wrong zich naar buiten, het kwam naar ons toe, om het mij te vertellen en om haar eraan te herinneren. In die nacht waarin ik alle spoken van vroeger was tegengekomen, liet ze me haar demonen zien. Ze moest me vertellen waarom ze bij een tante was opgegroeid – met wie ze nooit meer contact had. Ooit had ze gezegd dat Tante was gestorven maar ze zal bedoeld hebben dat die tante voor háár dood en begraven was. Nu pas vertelde ze dat haar ouders op een noodlottige avond waren doodgereden door een oververmoeide Franse vrachtwagenchauffeur, dat de auto in brand was gevlogen, en dat er van haar vader en moeder niet meer was overgebleven dan geblakerde skeletten die door geen enkele aflegger genoeg opgeknapt konden worden om aan de nabestaanden te tonen. Zonder uitleg waren Vriendin en haar broer bij familie ondergebracht op een boerderij waar zo veel kinderen rondliepen dat het geen verschil maakte of er nog een paar aan toegevoegd werden.

'Papa en Mama waren van de ene op de andere dag weg. Ik was zes, Niek tien, midden in de nacht werden we opgehaald door een oom met een stinkende overall aan. Ik moest bij mijn nichtjes in bed, Niek sliep bij de jongens op zolder. Niemand vertelde ons waarom we op de boerderij moesten gaan slapen. Niemand legde ons uit waarom we ineens naar een andere school moesten. Niek wist het, de jongens op de zolder hadden het erover en hij begreep wat er aan de hand was maar hij wilde het mij niet zeggen. Hij zei altijd: "Als we straks weer thuis zijn", maar we gingen nooit meer naar huis. We gingen naar de begrafenis zonder dat iemand vertelde dat het Papa en Mama waren die werden begraven. De familie had besloten dat we bij de oudste zus van Mama zouden blijven, ze hadden zo veel kinderen dat ze toch al in ploegen moesten eten, het maakte niet uit dat wij erbij zaten. Zo gingen ze ook met ons om, alsof we een extra koe of een nieuwe knecht waren. Oom en tante kregen als vergoeding de opbrengst van ons huis. Niek is met twee oudere neven naar Australië geëmigreerd toen hij zestien was. De boerderij was te klein voor alle jongens. Ik ben op de boerderij gebleven totdat mijn tante erachter kwam dat mijn neven me gebruikten voor hun gerief. Ze werd kwaad op mij, niet op haar zonen, ze zei dat ik het had uitgelokt, ze vond me altijd al een stiekemerd, ik ben zonder pardon op straat gezet. Ik was zeventien, ik wist niet waar ik naartoe moest, ik ben zomaar langs de weg gaan lopen, urenlang, het regende, een man nam me mee in zijn auto. De volgende verkrachting zou goed passen in dit verhaal, maar dat zal je tegenvallen.'

Vriendin begon nerveus te lachen.

'De man die me langs de weg heeft opgeraapt was homo. Dat wist ik natuurlijk niet, die dingen kende ik niet. Ik was eerst heel bang voor hem maar hij deed me niets. Ik kreeg een eigen bed en hij kocht kleren voor me. In ruil moest ik wassen, poetsen, koken.'

Ze begon nu hard te lachen.

'Ik kwam van een boerderij – waar we nog in de steentijd leefden, waar we op een houtkachel kookten en we hete bakstenen mee naar bed kregen in de winter. Nu woonde ik in een huis met een keramisch fornuis, een vaatwasser, een wasmachine met droger en vloerverwarming. Die man heeft me geleerd om in die wereld te leven, hij gaf me kookles en eiste dat ik Engels leerde want hij had veel buitenlandse vrienden. Ik moest elke dag twintig woorden van buiten leren en als ik ze niet kende sloeg hij met een rijzweep op mijn mond, voor elk woord dat ik vergeten was. Soms liep ik rond met bloedende lippen maar ik leerde makkelijk. Ik heb nu in het Engels een woordenschat waar geen Brit tegenop kan. Dat heb ik er in elk geval aan overgehouden.'

Ze vulde onze glazen bij en staarde nadenkend in de wijn alsof er een nieuw verhaal uit kon komen dat haar verleden zou veranderen want ze had er last van.

'In het begin was hij lief voor me, hij nam me mee uit, hij zei hoe ik moest praten en hoe ik me moest kleden. We gingen naar de schouwburg, tentoonstellingen en party's, er kwamen mensen bij ons thuis die gesprekken hadden waar ik niets van begreep. Hij gaf me boeken zodat ik leerde waar ze het over hadden. Hij gaf me reisboeken om de landen te bestuderen waar die mensen zich ophielden.'

Ze begon weer te lachen.

'Verdomme stop daarmee,' zei ik. 'Ik vind dit niet om te lachen. Wat is er fout gegaan? Hij wilde uiteindelijk toch met je het bed in en hij had aids?'

'Jezus! Jij hebt bizarre fantasieën. Nee, dit kun jij niet eens bedenken. Het begon toen we samen ergens in een restaurant zaten en de ober met me begon te flirten. Ik had het niet eens door, ik was zo wereldvreemd. Toen we thuiskwamen begon hij met de zweep te slaan. "Jij tyfushoer," schreeuwde hij. Ik kreeg slaag, iedere keer als ik met andere mensen praatte, eerst alleen als het mannen waren, later zelfs als ik een vrouw groette. "Hoe komt het dat je tegen iedereen vriendelijk bent maar nooit tegen mij? Je hebt je leven aan mij te danken en je toont geen dankbaarheid."

Het was ziek! Ik deed alles voor die man, ik kon geen kant op zonder hem, ik had geen geld, ik kon nergens heen, ik had zijn geld kunnen stelen, maar ik had het goed, ik voelde me beschermd, alleen die jaloezieaanvallen werden steeds erger.'

'Hoelang heb je dat uitgehouden?'

'Vijf jaar. Uit mezelf zou ik niet zijn weggegaan, ik lette erop dat ik nooit een woord te veel met andere mensen wisselde zodat hij niet boos hoefde te worden. Ik praatte alleen nog met anderen als hij het niet zag maar hij begon me te ondervragen als ik boodschappen had gedaan. Wie ik had gezien, met wie ik had gesproken. Ik zei natuurlijk dat ik niemand was tegengekomen. Dat geloofde hij niet, hij begon me te achtervolgen en hij betrapte me op het moment dat de postbode iets aan me vroeg. Ik kreeg midden op straat een pak slaag met de rijzweep. Ik rende weg, weg van de zweep, van die ziekelijke jaloezie en werd geschept door een auto. Ze hebben me met een ambulance naar een ziekenhuis gebracht. Daar wilden ze me niet behandelen omdat ik geen papieren had.

Wat er daarna allemaal gebeurd is wil ik niet eens meer weten. Ik ben in een asielzoekerscentrum opgesloten omdat ze dachten dat ik illegaal was, in verwarring schijn ik alleen Engels gesproken te hebben. Ik had geen identiteitsbewijs, ik kon niet bewijzen dat ik in dit land was geboren. Ik werd behandeld als een leugenaar.'

Ze snoot haar neus.

Ik sloeg haar in het gezicht, waar ik meteen spijt van kreeg, en ik trok haar naar me toe en aaide haar rug.

'Verdomme! Wat voor muts ben je dat je me dit nog nooit hebt verteld? Ik had het willen weten.'

Ze trok zich van me af, verschoof haar stoel zodat ik niet meer bij haar kon komen, pauzeerde even en ging toen verder: 'Had je daar wat aan gehad? De sociaal werker in de asielopvang heeft alle gegevens opgezocht, door hem ben ik legaal geworden. Toen wilde hij met me trouwen. Ik dacht dat het moest omdat ik dankbaar moest zijn, we hebben twee kinderen gekregen. Ik wilde scheiden toen ik erachter kwam dat ik niet van hem hield. Ik had de pech dat hij goede banden had met de kinderrechter. Hij heeft mijn verwrongen verleden in heel andere bewoordingen aan de rechter voorgelegd, die bepaalde dat ik geen goede moeder kon zijn. Ik mocht mijn kinderen nooit meer zien. Sindsdien zwijg ik over vroeger, het wordt tegen me gebruikt. Niek heeft gelijk, je kunt het beter helemaal vergeten, dan heb je er ook geen last van.'

Toen kwamen de tranen zo tomeloos dat ik vreesde dat ze ging sterven aan het leed dat zich ineens losmaakte. Ze haalde hortend adem.

'Lieverd, hoelang kennen we elkaar? Dit had je me moeten vertellen, we zijn toch vriendinnen? Horen vriendinnen niet alles te delen?'

'Je mag andere mensen niet opzadelen met je verdriet.'

'Bullshit, je hebt juist andere mensen nodig om erover te praten.

Dit had je niet mogen doen, al die jaren dat we met elkaar omgaan heb je dit verborgen gehouden, je hebt alle gezeik van mij aangehoord en je hebt me er altijd doorheen getrokken, het is oneerlijk dat je me nooit iets van jouw ellende hebt laten zien.'

'Ik voel me veel waardevoller als ik andere mensen kan helpen. Dan ben ik iemand die ertoe doet.'

'Verdomme, je hebt me jarenlang belazerd, je bent niet wie je me hebt laten zien, ik had willen weten dat je verdriet hebt, je bent oneerlijk geweest. We hadden samen kunnen huilen, om jouw en mijn ellende, we hadden een meer vol kunnen janken, dan waren we er samen ingesprongen om te genezen en we hadden erom kunnen lachen. Je hebt me voorgelogen dat jij gelukkig was en daarmee heb je mij vaak ongelukkiger gemaakt dan nodig was. Ik wil dat je naar huis gaat. Maak een ontbijt voor je broer, probeer uit te vinden hoe hij zijn ei gebakken wil hebben en word familie met hem. Morgen mag je bij mij terugkomen, dan ga ik je adopteren als mijn zus, jij hebt er geen en ik ook niet en ik wil een familie hebben.'

Ze had me in de armen kunnen vallen. In een film had dat gekund en het was ook nog waarschijnlijk geweest omdat het in een film geoorloofd is dat je over de tijd heen springt en dingen overslaat maar het echte leven verdraagt een dergelijke onverwachte wending niet, in de verbeelde werkelijkheid mag je zoiets verzinnen maar de ziel van de mens die niet toneelspeelt heeft eerst gewenning nodig. Vriendin pakte zwijgend de wijnfles en ging naar haar eigen bed.

Ik trok de gordijnen open om naar de lichtjes op het IJ te staren en over het verhaal van Vriendin na te denken. We kenden elkaar sinds ze me had geholpen met een casting. Vanaf het moment dat we de eerste keer samen audities afnamen was er een speciale aantrekkingskracht en nog diezelfde avond waren we samen de kroeg in gegaan, waar we melige smartlappen joelden. Om de volgende ochtend in hetzelfde bed wakker te worden met een bonkende hoofdpijn. We gingen samen naar de bioscoop, naar het theater, naar rommelmarkten. Vriendin boekte funvakanties als ik tussen twee filmproducties door in de gebruikelijke depressie zakte en ik nam haar mee naar schoonheidsinstituten als het tijd werd om mijn verflenste huid weer op te fleuren.

De volgende dag maakte ze mijn favoriete ontbijt en babbelde alsof de ontboezemingen van de vorige avond weer waren opgeborgen in een kluis met een geheime openingscode. Maar de ruis van haar verhaal was achtergebleven, we hoorden hem, hij verstoorde de intimiteit die we voorheen hadden. Ze trok zich terug in schaamte, ze had te veel van zichzelf laten zien. Hoe vaak waren we samen liederlijk dronken geworden, hadden we elkaars edele orgaan gestreeld maar nooit last gehad van schaamterood? Was het tonen van verdriet een onvergeeflijke misstap?

Ze bleef bij me want dat was de afspraak en ze was trouw. We keken naar andere Fonda-films, ook naar *On Golden Pond* en ik probeerde daarin een vergelijking te vinden met onze relatie maar ze ging er niet op in. Ze las me voor uit boeken die ik vergeten was en ze duwde me in mijn rolstoel door een snijdend koude wind langs het IJ. Totdat mijn lief weer thuiskwam en cadeaus meebracht waaraan ik niets had, zoals een Prada-schoudertas. Schoudertassen zijn voor lopende mensen. Ik gaf hem meteen aan Vriendin.

Kurt zat vol van de dingen die hij op het festival had meegemaakt, maar ook hij was terughoudend, gebruikte neutrale woorden om zijn enthousiasme te temperen. Waarom durven mensen niet met me te delen wat op hun hart ligt? Ik vroeg hem telkens opnieuw naar de workshops, naar de mensen die hij had ontmoet. Hij was verward door mijn stemming. Ik moest me op mijn beurt ontdoen van mijn verhalen en wilde met hem de Fonda-film bekijken. Ik vertelde het verhaal van Vriendin. De brulbuien in het oceaanbed verzweeg ik lafhartig want ook ik ben achterbaks en leugenachtig.

Ik zei wel tegen Kurt dat ik erover dacht om mijn Jordaanhuis te verkopen en dat ik van de opbrengst een aangepaste auto wilde kopen, dat ik wilde leren autorijden zonder benen. Het was niet waar, ik zei het zomaar, omdat ik iets moest zeggen waarmee ik hem een plezier kon doen, de afstand tussen de gedachte en de daad was nog te groot. Mijn nutteloze voeten die geen rem- of gaspedaal meer konden bedienen waren het minste struikelblok, ik moest eerst nog de doodsbange ogen kwijtraken van het meisje in de groene Ka. Het zou kunnen helpen als ik haar zou opsporen om er met haar over te praten. Wat ik zeker wist was dat, als het zover ging komen dat ik weer de weg op durfde, ik een opzichtige auto ging kopen naar het voorbeeld van John Voight. Een flitsende bolide. Het was mijn vaste voornemen dat ik ging opvallen, niet om het beroep dat ik had maar om mezelf. Ik maakte een afspraak met de plastisch chirurg om mijn gehavende oog te fatsoeneren.

Totdat ik een eigen auto had en de moed om ermee te gaan rijden, bleef ik vertrouwen op Ashley en ik liet me in zijn taxi af en toe naar het Vondelpark brengen. Ik dronk of at dan iets op het terras van het filmmuseum want het stond me nog altijd tegen om mensen te vragen uit de weg te gaan, of erger, om me te helpen over stoepjes en drempels heen te komen. Totdat ik op een dag dat het onverwachts begon te stortregenen die hobbel wel móést nemen en ik met hulp naar binnen gebracht moest worden. Het deed geen pijn. Harold was er niet meer. Ik had geen uitnodiging gekregen voor zijn begrafenis, ik had Jeroen Krabbé niet kunnen vragen om erbij te zijn.

De jongeman uit Latijns-Amerika die me aansprak met een accent als gekaramelliseerde kersen, had de vermetelheid om me te vertellen dat de kleren die ik droeg uit een tijdperk waren waar alleen uit de mode geraakte schrijvers het nog over hadden. Ik schoot in de lach omdat hij het werkelijk in die bewoordingen tegen me zei. 'Aarzelbroeken', zo noemde hij de 'kruitbroeken' die ik droeg – een hilarische verspreking. 'Er zit geen kruit in kuitbroeken,' lachte hij. 'Ze schieten de erotiek de lucht in, net als landmijnen.'

Ik wilde van hem weten hoe het kwam dat hij het Nederlands zo goed beheerste en hij gaf een antwoord dat even simpel als raadselachtig was.

'Ik ben een poëet, dat heb ik van mijn grootvaders meegekregen, ze willen dat ik beroemd word, en nu ik in een ander land woon zeggen ze me steeds de woorden voor zodat ik ze straks kan opschrijven. Maar daar ben ik nog niet aan toegekomen.'

Hij liet me beloven dat ik kniehoge laarzen met stilettohakken ging kopen. Ik protesteerde daartegen omdat ik geen jonge vrouw meer was en niet meer mooi kon zijn.

'Maar señora, in mijn land zijn alle vrouwen mooi en ze blijven jong zolang ze kunnen dansen. Mijn grootmoeder heeft de dood gevraagd om haar op de dansvloer op te komen halen, ze wilde hem niet in bed ontmoeten, ze is dansend met hem meegegaan. En wij hebben nog gedanst tot tien dagen na haar dood. Ik geloof dat we vergeten zijn haar te begraven. Misschien is ze wel dansend naar haar graf gegaan.'

Een moment keek hij bedenkelijk, toen zei hij: 'Ik bedoel, je kunt ook dansen zonder benen, u moet die mooie laarzen kopen en u mag nooit meer dat dekentje over de knieën leggen. Dat is voor mensen die hun ziel al hebben laten meenemen.'

Ik vroeg Coco, die altijd mijn acteurs kleedde, om laarzen voor me te zoeken. Ze bracht twintig gele rozen mee en twintig dozen met uitdagende laarzen. Ashley kwam ons helpen met uitzoeken. We vonden unaniem dat het paar van geelbeige suède met opgestikte bloemen van zacht leer en met naaldhakken het beste was. Of ze comfortabel waren was van geen belang, ik kon toch niet voelen of mijn grote teen en mijn hallux klem zaten, ik hoefde niet te proberen of ik erop kon lopen, ze waren voor de seks. Ik kreeg er een knalrood leren rokje bij en gouden kniekousen die net boven de rand van de laarzen uit kwamen. Het was een modestijl die me was ontgaan. Mijn man keek me broeiend aan en likte langs zijn lippen toen hij een whisky voor ons beiden inschonk en hij lachte.

Op een dag dat Kurt vroeg de deur uit ging om auditie te doen voor een regisseuse die nog maar half zo jong was als ik en ik de dooier van mijn bakeitje weer stukmaakte, brak ook mijn herwonnen zelfvertrouwen in stukken. De jaloezie spookte om me heen, ik kwam haar in alle hoeken van dit holle huis tegen en ze schaterlachte om mijn onrust. Ik belde Ashley om te vragen of hij met me wilde ontbijten in het Americain. Het was een dag met een verwassen zon, er hing een knisperende kou in de stad, de vorst was extreem vroeg en onverwachts ingevallen.

Ashley was extatisch, hij had nog nooit in een gelegenheid als het Americain ontbeten. Het voelde alsof hij miljonair was geworden, zei hij en hij vertelde over zijn kinderjaren in Centraal-Amerika. Het was geen desinteresse van me dat ik niet luisterde, de jongen vertelde prachtige verhalen en had een boeiende manier van vertellen, maar ik kon mijn aandacht er niet bij houden. Ik wilde naar het Vondelpark om alleen te zijn. Hij bracht me tot aan de poort, ik rolde in gedachten verder, in tweestrijd omdat ik Kurt gunde dat hij weer in een film zou kunnen spelen, kwaad en verongelijkt dat ik niet de regisseuse zou zijn. Joggers renden hijgend en puffend langs me met de meest merkwaardige manieren van lopen, de een bewoog zich alleen vanuit de heupen, de ander trok zijn benen op als een dressuurpaard. Ik probeerde er een bij te houden om te kunnen zien of je als invalide ook kunt joggen. De lange magere man met een duivels lelijke Adidas-sportbroek om zijn afwezige billen versnelde zijn pas toen hij zich gevolgd voelde. Waarvoor train je je lijf als je bang bent voor vrouwen? vroeg ik me af. Voor wie doe je die moeite? Of is het misschien een vorm van zelfkastijding, zoals de monniken dat deden of nog altijd doen?

Ik bleef luisteren naar de zelfgemaakte liedjes van de zwervers onder de brug. *'En van je hela hola, houd er de moed maar in.'*

Een meisje op skates stopte vlak voor me.

'Hè, ben je d'r weer? Wat een toffe laarzen. Kun je daar op lopen?'

'Mia, ik kan nooit meer lopen.'

'Dat is goed kut. Ik heet vandaag Ella Pacino,' zei ze. 'Mag ik geld van je voor een ijsje? Ik heb zo'n verschrikkelijke zin in ijs. Ik krijg geen zakgeld meer. Ze hebben Omi meegenomen naar het ziekenhuis.'

'Laten we dan naar het filmmuseum gaan,' zei ik.

'Bah nee, ik wil een Magnum van het karretje.'

Ella Pacino likte aan haar Magnum, ik beet in mijn Cornetto als een novice in een hostie.

'Je moet likken,' zei het meisje dat elke week haar naam veranderde, 'anders proef je niets. Je kunt niet met je tanden proeven.' Ze likte langs de chocoladekorst alsof ze een man aflikte.

'Hé kijk, het sneeuwt,' juichte ze.

Ik zag geen sneeuw, de zon begon terrein te winnen op het twijfelende wolkendek, het werd langzaam warmer.

'Dummy! De blaadjes, ze sneeuwen. Kijk dan.'

Ik keek naar de bomen. Door de abrupt ingezette vorst lieten de bomen in één dag al hun bladeren vallen, ze ruiselden naar beneden – als sneeuwvlokken. Ella Pacino begon te lachen toen ze zag dat ik het begreep.

Ze wilde me rondrijden door het hele park om de sneeuw te voelen. De blaadjes dwarrelden over ons heen. We stopten bij een grote eik die ook last had van de plotselinge rui.

'Dit is mijn boom, hij praat met me,' zei ze. 'Hij vertelt me verhalen.' Ze draaide haar armen om de boom en legde haar oor ertegenaan.

'Ben je boos dat je blaadjes vallen?' fluisterde ze en ze bleef luisteren. Lachend liet ze de boom weer los. 'Hij vindt het niet erg, volgend jaar krijgt hij weer nieuwe, het kriebelt alleen, zegt hij. Probeer jij ook eens te luisteren. Je moet hem een hand geven.'

Ze zette me strak tegen de oude eik aan en pakte mijn hand vast, ze legde hem tegen de stam aan.

'Doe je ogen dicht en luister.'

Het spreekt voor zich dat ik niets hoorde, bomen spreken alleen in sprookjes en tegen kinderen die nog in sprookjes geloven. Ik trok mijn hand terug en staarde naar het drabbige water in de vijver. Mia Pacino zat naast me op de grond te spelen met de neervallende blaadjes.

Plotseling vroeg ze: 'Waar ga je heen als je dood bent?'

'Waarom wil je dat weten?'

'Omi gaat misschien wel dood.'

'Komt je moeder je dan niet halen?'

166

'De politie heeft haar opgesloten, ze hebben haar het geld voor de villa afgepakt. Als je dood bent is dan alles beter? Mag je allemaal leuke dingen doen als je dood bent?'

'Ik weet het niet zeker maar ik geloof het wel.'

'Hoe ga je dood?'

'Je kunt onder een auto lopen. Een plastic zak over je hoofd trekken doet minder pijn. Waar woon je zolang je oma in het ziekenhuis is?'

'Bij Sjoes.'

'Sjoes?'

'De poes.'

We'll share the shelter of my single bed
We'll share the same room, for yah provide the bread

(UIT 'IS THIS LOVE' VAN BOB MARLEY)

Ashley en ik hebben het skaterkind dat geen vaste naam had en haar vermagerde kater meegenomen naar het huis aan de haven. We gaven Sjoes zalm te eten die over de datum was, maar de kater had smeriger dingen gegeten dan slecht ruikende vis en slokte de zalm naar binnen alsof het eendenpaté was. Daarna viel hij tevreden in slaap en droomde misschien wel van verse vis.

Ashley haalde ongevraagd een fles witte wijn voor me uit de koelkast en schonk een glas voor me in. Ik vroeg hem of hij mee wilde doen, in zijn ogen van amber kwamen sterren. Na het tweede glas vroeg hij hoe hij de ovenschotel moest maken waarover ik had zitten opscheppen. Hij wilde voor me koken en het kwam erop neer dat hij en het meisje met de wisselnamen alles opaten en ik vergenoegd en voor een ogenblik heel content met mijn leven een nieuwe fles wijn leegdronk en er vrede mee had dat Kurt zonder mij aan een film ging werken. Die plotselinge mildheid moet te danken zijn geweest aan de pinot.

Ik wilde Mia op de slaapbank laten slapen die in een hoek stond opgesteld voor de gasten die de nacht niet in hun eigen bed konden doorbrengen maar het meisje, dat al vijftien was en bij daglicht met een harde stem vol branie praatte en schold, kromp ineen toen het donker werd. Het hielp niet dat ik de lichten voor haar aanliet. Ze kwam naar mijn kamertje geslopen en kroop tegen me aan onder de quilt die door amish-vrouwen in Pennsylvania was gemaakt van lapjes van hun versleten schorten. Het aangepaste bed was gemaakt voor mij alleen maar wanneer twee personen één worden voldoet de breedte van zo'n smalle matras. De parkvondeling draaide zich als een aapje in me vast, ze was warm en rook naar aftershave omdat ze zich had gewassen met het doucheschuim van Kurt. Het was een geur waarvan ik hield. Ik trok het kind, dat te klein en te tenger was voor haar leeftijd, tegen me aan. De kat kroop tussen ons in en de slaap vond ons in vredigheid. We sliepen tot ver in de volgende dag en kregen toen een ontbijt van Kurt.

Die was ervan uitgegaan dat een van mijn vele nichtjes uit het Gooi zich had gemeld voor een nachtje bij de tante in de grote stad.

'Je moet de jeugdzorg bellen,' zei hij toen ik hem uitlegde dat er geen familiebanden met Mia waren. 'We krijgen problemen als we dat kind zonder toestemming hier houden.'

'Als ik elke dag naar school ga, zal niemand het merken,' zei het kind, dat ons afluisterde.

'We moeten ze in elk geval laten weten dat je bij ons bent.'

'Als Omi thuiskomt, gaan we terug, Sjoes en ik. Beloofd.'

In het land waar de ambtenaren zo veel wetten en regelingen hebben bedacht dat het onmogelijk lijkt om je nog ergens illegaal op te houden, blijkt het toch mogelijk te zijn dat er mensen kwijtraken. Ik belde niemand om te vertellen dat Mia bij ons logeerde, ik liet het aan de instanties over om haar te vinden en niemand deed daar moeite voor. Ik had plezier in het kind dat mijn leven weer een ritme gaf. Door haar moest ik elke morgen vroeg op voor het ontbijt. De eerste dagen vond ze het raar dat ik met haar aan tafel ging zitten, dat we brood op een bord legden alvorens het te beleggen en dat we samen theedronken. Daarna moest ik haar naar school jagen want ze kwam nooit klaar met haar verhalen. Soms treuzelde ze opzettelijk zodat ze de bus niet haalde en ik Ashley moest bellen om haar op tijd af te kunnen zetten. Hoe kon ik weten dat ze nooit naar school ging?

Kurt protesteerde niet lang tegen haar aanwezigheid. Mia amuseerde hem, ze keken samen televisie, ze maakten samen eten klaar en

Mia vertelde de meest bizarre verhalen. Ze verzon talloze verledens over zichzelf. De ene keer was haar oma een Russische gravin en haar opa een Chinese legercommandant. Haar moeder was een spion voor de Franse regering en haar vader een wereldzeiler. Een dag later vertelde ze nieuwe dingen.

Ze bleef veel langer dan ik had kunnen voorzien. Omi werd van het ziekenhuis naar een verpleegtehuis gebracht. We bezochten haar daar en we logen dat ik een tante was bij wie Mia was ondergebracht totdat haar moeder zou thuiskomen. Omi kon ons daarin niet verraden omdat een ouderdomskwaal haar alle geloofwaardige herinneringen had afgenomen. Ze herkende me als de dochter die naar China was vertrokken, ik kreeg natte zoenen van blijdschap omdat ik was teruggekomen om voor haar te zorgen. Ze vroeg me jenever voor haar te kopen. We namen bij ieder bezoek een zakflesje Bols voor haar mee – dat ze meestal al aan het eind van het bezoekuur leeg had zodat we het flesje konden meenemen en zij alleen nog een verdachte adem bij zich had, die we probeerden te verdoezelen door haar pepermuntjes te voeren.

Mia kroop met haar rumoer en rommeligheid in mijn hart en ze accepteerde me met mijn handicap alsof het een vanzelfsprekendheid was. Ze hielp me met eten maken, ze ruimde zonder commentaar de rotzooi op toen ik niet tijdig op de pot kon.

'Beetje troepig,' zei ze alleen.

Ze hielp me zover over mijn angsten heen dat we samen naar de supermarkt gingen om boodschappen te halen. Ze werd steeds brutaler, ze manipuleerde me, liet me dingen kopen die ze niet nodig had maar ik had er zo veel plezier in dat ik haar steeds verder liet gaan. Kurt was daarin anders, hij stelde regels. Aanvankelijk schreeuwde ze dat hij een ouderwetse trut was, dat ze weg zou gaan als hij zo achterlijk bleef doen.

Hij keek haar hard aan, ik had die blik leren kennen, hij was van Kurt Zolder, het was de blik van een man die niet met zich liet sollen. Hij zei dat hij de jeugdzorg zou bellen als ze zich niet zou aanpassen. Kurt dwong haar tot tafelmanieren en verbood haar te slur-

pen, te boeren en in het bijzijn van anderen aan haar kruis te krab-
ben.

Hij maakte een eind aan de wisselende namen die ze nog elke
week verzon.

'Je moet een vaste naam hebben. Zonder naam ben je niemand.
We kunnen hem anders spellen als je wilt, wat vind je van Mya?'

'Hier snap ik niets van,' lachte Mya. 'Zal ik voor je dansen?'

'Dan noemen we je Mya the Sundance Kid.'

Mya zorgde voor verandering in de gang der dingen. Ze liet alles
achter zich slingeren. De ruimte werd daardoor huiselijk maar Kurt
kon die rommeligheid niet verdragen. We besloten dat Mya in mijn
kamertje ging slapen en ze moest beloven dat ze haar rotzooi alleen
daar mocht laten slingeren.

Ik ging bij mijn man in bed slapen, de matras waarin het gebalk
van walvissen te horen was werd vervangen door een springbed waarop ik me kon omdraaien, waarin ik naar dat andere warme lijf kon
kruipen en waar vanaf ik mezelf in de rolstoel kon hijsen. Op deze
matras werd ik door hunkerende mannenarmen tegen een gloeiende
buik aan getrokken, dan gleden er begerige handen over me heen tot
op de delen waarin ik niets meer voelde. Ik werd 's morgens wakker
met het gevoel dat ik mooi gedroomd had. Dan bedacht ik dat Mya
een engel was die door Sophomore was gestuurd om me terug te
brengen naar het bed waar ik thuishoorde.

Kurt was begonnen aan de film met de jonge regisseuse. Hij stelde
met uiterste voorzichtigheid voor dat we een keer zouden meegaan
naar de opnames. Ik schudde het hoofd, hij bleef me aankijken tot ik
mijn hoofd afwendde en weg wilde rollen. Hij pakte mijn stoel vast
en fluisterde: 'Ik wil een antwoord zien, geen angst.'

Ik werd gered door mijn lichaam, ik kreeg zo'n heftige griepaan-
val dat ik in bed moest blijven de dag voordat we naar de opnames
zouden gaan. Mya ging wel mee en ik had vreemde koortsdromen.

Mya zong en danste en ze vertelde leugens, haar jeugd en afkomst moesten we bijeen zien te vegen uit al die verzinsels. Op een dag vertelde ze dat haar moeder in een huis woonde waar alle wanden met pluche waren behangen en iedereen in ondergoed rondliep. 'Maar wel mooi ondergoed,' zei ze langs haar lippen likkend. 'Rode kant, zwarte kousen en jarretels.'

Ik vroeg haar wat jarretels waren, ik vroeg me af hoe een modern kind kan weten wat kousenophouders van een eeuw geleden zijn.

'Dat is sekslingerie,' zei ze. Ze verdween in haar kamer en kwam terug in een vuurrood corseletje, met kanten kousen en stiletto's aan de voeten.

Het kleine meisje, dat nog geen rondingen had, stond voor me in de kleding van een saloondel. 'Dit,' zei ze met natte lippen, 'is het lego van grote jongens. Dat zegt Mama. Je moet ook zoiets kopen. Kurt en jij hebben te weinig seks.'

Haar ogen had ze zwart omlijnd als een oosterse courtisane, de lippen rood gemaakt als een verlangende vagina, ze maakte obscene bewegingen met haar heupen, stak haar vinger in de mond en streek ermee langs de binnenkant van haar dijbenen terwijl de golvende bewegingen van haar heupen aanhielden.

'Mya, hou daarmee op, je mag de komende weken geen films meer kijken.'

'Doe even normaal,' riep ze. 'Je dacht toch niet dat ik nog maagd was.'

Ik zag de voordeur opengaan en Kurt binnenkomen. Mya had het niet in de gaten, ze ging op in haar spel en speelde de hoer, ze kwam niet eens uit die rol toen ze Kurt gewaar werd. Ze ging naar hem toe en streelde zijn borst en zijn kruis, ze wilde zijn broekriem losmaken.

'Wat een lekker dier,' smakte ze en ze keek om naar mij. 'Kijk naar me, zo moet je dat doen, dan wordt hij heet.'

Ik keek sprakeloos naar wat er gebeurde. Ik rekende erop dat Kurt haar een pak slaag zou geven. Dat deed hij niet. Hij keek haar eerst heel lang aan, toen trok hij zijn hemd uit en smeet het aan de kant. Daarna knoopte hij zijn broek los en liet hem op zijn schoenen vallen, hij schopte de schoenen uit en stapte uit de broek. In zijn onderbroek stond hij voor het kindhoertje en zei: 'Laat dan maar eens zien wat je kunt. Geef mijn Joris eens een feestje.'

Hij maakte aanstalten om zijn onderbroek te laten zakken. Mya verstarde, keek mij vertwijfeld aan en rende naar haar kamer.

'Wat doe je? Wat een viezerik ben jij,' schreeuwde ik. 'Het is nog maar een kind.'

Kurt pakte kalm zijn kleren van de grond en trok ze weer aan.

'Hoe had je gewild dat ik zou reageren? Als ik haar een pak slaag had gegeven hadden we herrie in de tent gehad. Ze is bijna zestien, ze is geen kind meer, ze wil als grote meid gezien worden maar daarvoor moet ze nog leren waar de grenzen liggen. Die ga ik haar zo uitleggen.

Wil je dit script eens nakijken. Ik zou graag van je horen wat jij ervan vindt. Ik wil het verfilmen.'

Hij smeet een manuscript op de tafel en liep naar Mya's kamertje.

'Waarom heb jij dat soort ondergoed niet?' zei hij.

Mya was druk en vroeg al onze aandacht maar soms zat ze uren geluidloos in het kamertje dat we voor haar hadden ingericht. Ik ging ervan uit dat ze haar huiswerk maakte, ik kwam zo weinig mogelijk in het hok, het was haar domein, haar eiland, ik had ook het lef niet om naar haar schoolwerk te vragen. De enkele keren dat ik het had geprobeerd, kreeg ik een snauw. De schoonmaakster met een vol postuur en veel Amsterdams accent was de enige die in haar kamertje kwam om het beddengoed te verschonen en alle ongewassen kleren van de grond op te rapen.

Op een donderdagochtend waarop de regen weer aan de ramen krabde, assisteerde ik de poetshulp met het verschonen van Mya's bed terwijl we ons beklaagden over het akelige weer en de veranderingen van het klimaat dat in onze herinnering zo veel milder was toen we nog jong waren. We haalden herinneringen op aan heerlijke zomers en knisperende winters waarin we op zondagmiddag konden gaan schaatsen. En daarna schoten we in de lach. Het laken schoot los en toen we het opnieuw probeerden te spannen vond ik onder de matras een schetsblok. Ik pakte het op, bladerde er verbaasd doorheen, ik zag een serie wonderlijk mooie tekeningen, zeer gedetailleerd uitgewerkt, haast een stripverhaal van een jongetje op hoge gympen en een motormeisje in zwart leer. Ik zag de jongen met een leeuw van breiwol, de jongen met een dik vrouwtje dat kleren droeg van snoepjes, kinderen die als vogels verkleed waren, een steltloper en een dwerg met een gat in zijn buik. Er stonden namen bij en soms korte zinnen.

Bij het snoepjesvrouwtje stond: "Gaaarrrrijp errrreen en paaaarroef maar hoe zzzzoet thiiisss".

Bij de wollen leeuw stond geschreven: "Je moed niet alles gelofe wat je zied."

Diezelfde avond kwam Kurt thuis met Marcel M.

Marcel was opvallend vaak bij ons sinds zijn vrouw achter een Argentijnse tangodanser aan was gegaan en Mya en ik maakten een pastaschotel voor hem hoewel het niet goed was voor zijn uitdijende gestalte. Omdat het goed was voor zijn bloedsomloop deden we er extra veel knoflook in. Mya kneep de knoflooktenen kreunend uit boven de pan.

'Jij vies klein stinkend monstertje, we zullen jou eens lekker fefefefijnknijpen,' murmelde ze. 'En dan gaan we je opeten, dan blaas ik iedereen overhoop met mijn vieze adem. Lekker puh!'

En ze pakte nog een dikke knoflookteen.

'Niet overdrijven,' zei ik.

'Lelllelelekker stinken.'

Ik vroeg haar waar ze had leren tekenen.

Ze keek eerst heel schichtig en begon daarna als een straatkat te blazen. Ze schold dat ik haar controleerde, dat ze naar huis wilde, dat haar moeder nooit zoiets zou doen.

Kurt hoorde dit en zei: 'Dat is goed Mya, pak dan nu maar je koffertje en ik breng je vanavond nog naar je moeder. Je wordt hier niet gevangengehouden. Als je dat vindt moet je dat aan de politie melden. Weet je het nummer? Ik schrijf het voor je op.'

Ze keek hem argwanend aan, veranderde onmiddellijk van houding en fluisterde: 'Het verhaal is geheim. De dwergen hebben het me verteld.'

'De dwergen?' vroeg ik.

'Ja, ze zitten in mijn hoofd. Kus, Knuf en Knoebel. Ze vertellen me verhalen als ik me alleen voel en soms maken ze ruzie, ze vinden alle drie dat ze het beste verhaal hebben.'

'Heb je de dwergen getekend?'

'Nee, hun verhalen. Dat van de prins Jaskien is het mooiste. Als je belooft dat je het geheim zult houden, zal ik het je stiekem vertellen.'

Ze begon geheimzinnig fluisterend te vertellen maar gaandeweg werd ze te enthousiast. Het verhaal ging over een prins die verdoemd was en als kind moest leven omdat hij op het verkeerde moment ter wereld was gekomen. Volgens de oeroude voorspellingen werden koningskinderen in het rijk aan het turkoois blauwe water altijd geboren met de opkomende zon op de dag van de zonnewende. Maar deze prins liet zijn levensschreeuw al horen voordat de zon uit de blauwe zee tevoorschijn was gekomen. Het was een slecht teken, het betekende ongeluk voor het hele koninkrijk. Daarom gaf de koning bevel om zijn zoon in de zee te laten gooien zodat hij op een beter tijdstip opnieuw geboren kon worden. De prins werd gered door een fee die hem verstopte. Ze reisde met hem naar alle uithoeken van de wereld zodat niemand hem kon vinden. Honderden jaren lang. Maar op een goede dag moest hij terug naar de plek van zijn geboorte om de vloek op te heffen die ervoor zorgde dat hij niet ouder kon worden dan een kind. Een engel verkleed als motormeisje hielp hem de weg te vinden. Tijdens de zoektocht beleefde hij een hoop avonturen die alleen kinderen kunnen meemaken en aan het eind kwam hij thuis bij de tempel waar hij te vroeg geboren was en uiteindelijk kon hij een wijze koning worden omdat hij zo lang kind was geweest.

Mya's fantasie fladderde normaal alle kanten op, meestal liep ze vast in haar verzinsels, ik had haar nog nooit een verhaal horen vertellen waarin een volgorde zat. Ik vergat het eten, ik zag ook niet dat Marcel achter ons was komen staan.

'Dat is een geweldig verhaal,' zei hij.

Mya schrok toen ze zag dat Marcel meeluisterde. Ze rende naar haar kamer en wilde er niet meer uitkomen.

'Jullie zetten me voor schut,' schreeuwde ze.

Kurt ging het hok binnen en even later kwam hij breed lachend met haar naar de eettafel. Ze hadden het tekenblok bij zich en Mya begon opnieuw aan het verhaal. Ze liet zich opjutten door de aandacht en verzon steeds meer fascinerende details. Ze vergat haar belofte van geheimhouding aan de dwergen.

'Heb je het ook opgeschreven?' vroeg Marcel M.

Het was een verkeerde opmerking. Ze liep nukkig naar het keukenblok en kwam terug met een nieuwe fles wijn. 'Ik wil ook een glas.'

Het was de eerste keer dat ze om alcohol vroeg. Het was geen ongewone vraag, ze was bijna zestien, ze had leeftijdgenoten die al aan de drank waren, maar tot nu had ze nog nooit in ons bijzijn gedronken.

'Zou je het goed vinden als ík het opschrijf?' vroeg ik.

Ze klokte de wijn in één teug weg en schonk meteen een nieuw glas vol.

'Waarom zou je dat doen?' vroeg ze afwijzend.

'We kunnen er een film van maken,' zei Marcel M. 'Het is magie, fantasie, het past bij nu. *Harry Potter*, *Shrek*, *The Lord of the Rings*. Mensen willen in dingen geloven die niet bestaan. Het zijn schitterende tekeningen, in de computer kun je ze laten bewegen. Kurt, hier hebben we een geweldig project voor je bedrijf, tekenfilms met het verhaal van Mya.'

Ik zag de logica van Marcel M: tekenfilms worden tegenwoordig zo serieus genomen dat de beroemdste filmsterren er hun stem voor lenen. Mya nukte eerst, het was een houding om haar gretigheid niet meteen te tonen. Ze wilde nog dezelfde avond met me beginnen om haar verzinsels in de computer te zetten.

Mya tekende als een gek, ze begon meteen als ze uit de stad thuis-kwam, ze was vaak zo vroeg thuis dat ik begon te vermoeden dat ze spijbelde.

Het verhaal van de verdoemde prins was niet altijd logisch.

'Dat komt omdat Kus, Knuf en Knoebel door elkaar praten,' zei ze. Dan begon ze wauwelwoorden te verzinnen, we maakten er een competitie van wie de beste onzinwoorden kon bedenken totdat we dubbel lagen van het lachen en de tranen over de wangen stroomden en de buik pijn begon te doen. Haar kronkelige geest had een uit-werking op mij die me veranderde. Mijn bijtende humor werd mil-der, mijn lach luchthartiger.

Ergens waar de lotsgodinnen onze levensdraad zitten te twijnen moeten ze stroop op de draden hebben geknoeid. Ik zat ineens op-gescheept met een kind dat de ene dag naar chocola rook en de an-dere dag naar aftershave omdat ze zich bleef wassen met het bad-schuim van Kurt – van beide geuren hield ik.

Ongemerkt was ik weer aan het werk gegaan maar ik dacht er niet meer onophoudelijk aan, zoals ik vroeger nergens anders aan kon denken wanneer ik een project onder handen had. Er kwam een lichtvoetigheid uit me tevoorschijn die nog even te vergelijken was met de academiestudente die ik was geweest, toch was dit niet de-zelfde zorgeloosheid als uit de Easy Rider-dagen. Daar lag een doemdenken onder, de gedachte dat we toch niets te verliezen had-den. De wereld ging sowieso naar de knoppen, dat was onze stelling toen. Nu had ik zo veel te verliezen. Er was weer een bestemming en wat ik met Kurt had kreeg een nieuwe lading. Ons seksleven had een andere vorm, de roes zat in de stille aanrakingen die een hele dag konden doorgaan.

Marcel M had een bedrijf in Londen gevonden om een film te maken van Mya's verhaal en tekeningen. Kurt en Marcel kwamen opgeto-gen terug met een proef-dvd waarop de eerste bewegende beelden te zien waren. Mya was buiten zichzelf en wilde de fragmenten steeds opnieuw zien. Ze danste met Kurt een indianendans.

Vriendin kwam niet meer op bezoek sinds ze me haar verleden had onthuld. We belden nog regelmatig maar in alle eerlijkheid moet ik toegeven dat ik steeds degene was die het nummer draaide. Een afspraak in een restaurant of het Vondelpark wimpelde ze steeds af. Het deed pijn en ik had niet de gave om haar aan het praten te krijgen, dat was haar talent.

Daantje ging trouwen met Gregor. Ik rolde in een belachelijke jurk van ceriserode taft en met stelthakken aan de voeten naar het altaar om te getuigen van Daantjes belofte dat alleen de dood haar kon scheiden van de mooie Gregor. Mya strooide bloemetjes in de kerk en rijst naar de taxi die hen naar Schiphol bracht toen ze vertrokken naar Los Angeles. Gregor Fodorovski – een volkomen verzonnen naam – dacht dat hij daar een carrière kon beginnen omdat hij even een glansrol in een Nederlandse soap had gehad. Ze gingen in een duur appartement in Venice Beach wonen dat ze konden betalen met het geld dat Gregor in de loterij had gewonnen. De fout die Gregor maakte was die waar elke gokker meteen aan gaat lijden wanneer hij een geluksstreffer heeft. Hij trok hieruit de conclusie dat hij voor het geluk was geboren en hij verloor zich in het verraderlijke spel van de valse beloften. Iedere dag ging hij alle kiosken langs om loten te kopen en in de loop van de avond liep hij illegale speelholen binnen om te gokken met kaartspelen waar hij geen verstand van had. In plaats van nieuwe grandioze winsten op te strijken loste het toegevallen vermogen – waar ze maanden van hadden kunnen leven – zich al in enkele weken tijd helemaal op. Ze hadden niet eens meer geld om goedkope hamburgers te eten. Daantje kwam terug naar Nederland om met schnabbels geld te verdienen waarmee ze de filmdroom van haar man in stand kon houden. Ze sliep soms bij ons op de bedbank in de noordelijke hoek van het pakhuis en we hadden gesprekken alsof we vriendinnen waren, soms had ze een ontwapenende wijsheid.

Ze zei: 'Jullie moeten verhuizen. Deze gebouwen waren niet bedoeld om in te wonen. Het zijn opslagplaatsen, we zijn geen pakgoed. Mensen moeten een vuur hebben. Grotbewoners maakten eerst een vuurplek en dan hoorden ze daar thuis. Hier is geen vuur. Je kookt niet eens op vuur.'

'Wil je dat ik hier een barbecue neerzet?'

'Je begrijpt me niet. Ik geloof dat niemand me begrijpt. Waar heb ik dat aan te danken?'

'Daan, waarom ben je met Gregor getrouwd? Je had Kurt weer kunnen hebben na mijn ongeluk. Wilde je niet met hem oud worden?'

'Hè gat nee, ik denk niet aan oud worden. Dat is eng. Ik hou nog wel van hem. Maar hij is niet meer zoals hij was.'

'Vertel me wat het verschil is,' zei ik.

Ik wilde van haar horen wat er van Kurt was overgebleven zodat ik Ru kon vinden.

'Heb je nooit het gevoel gehad dat het Kurt niet meer is maar iemand anders?' vroeg ik.

'Ja, soms wel. Het is net alsof ik met een andere man praat. Vroeger was hij kien op kunst. Alles moest design zijn. Hij wilde altijd op vakantie naar plekken waar nog niemand heen ging. Niks aan. Je kwam geen mens tegen waar je lol mee kon hebben. Hij kocht auto's waarvoor niet eens nieuwe onderdelen werden gemaakt. Nu rijdt hij alleen maar in die Hummer. Hij heeft steeds dat versleten leren jack aan dat jij hem hebt gegeven. Als een gelukstotem. Hij wilde het op jullie trouwdag dragen. Kurt was nooit zo.'

Ik zweeg, ik staarde uit het raam naar een verlichte driemaster die de haven kwam binnenglijden.

'Daan, als je niet voor Kurt komt, waarom ben je dan zo vaak hier, waarom blijf je zo lang? Waarom ben je niet bij je man in LA? Gaat het wel goed tussen jou en Gregor?' vroeg ik. 'Wat is er?'

Ze keek me aan met haar reebruine ogen, haar lippen die ze al tweemaal had laten inspuiten met botox begonnen te trillen. Er drupte een traan uit haar linkeroog en vervolgens een uit haar rechter.

'Hij gaat vreemd,' zei ze pruilend.

'Omdat je te veel hier in Nederland zit.'

'Ik moet geld verdienen. Hij zit op z'n reet te wachten op de grote kans. Het enige wat hij doet is producers de kont likken. Hij neukt met zijn agente maar dat levert niets op. Hij kan toch wel wát doen om geld te verdienen? Al die lui die in de film willen, hebben kutbaantjes. Pizza's bezorgen of valetparking, en als hij toch vreemd wil gaan, waarom dan niet voor de poen? Hij kan als Chippendale gaan werken. Ik doe mee aan de stomste televisieshows om het geld. Dat is niet wat ik wil, ik ben actrice, ze denken dat ik het niet kan omdat mijn tieten te groot zijn. Die van Dolly Parton en Bette Midler zijn bigger.'

'Die kunnen zingen,' murmelde ik. 'Neem zangles.'

'Ik kan zingen, ik heb aan kindermusicals meegedaan. Toen had ik nog geen tieten. Ze zitten me in de weg.'

Haar telefoon begon te zoemen en aan haar reactie en de toon van haar stem kon ik horen dat ze met het overspelige lief sprak. Hij stond zonder aankondiging op Schiphol en wilde opgehaald worden.

'We gaan ons verzoenen. Mag ik je creditcard lenen? Ik moet tanken, kunnen we in jouw huis slapen?'

Ik zei dat een taxi goedkoper was dan een tank benzine voor een patserige auto, ze reed nog altijd in de Lamborghini van Kurt.

'Een taxi kun je niet met een creditcard betalen.'

Haar logica was ijzersterk en ik gaf haar de sleutels van mijn huisje omdat ik geleerd had van haar te houden alsof ze een jonger zusje van Kurt was. Ik moest Kurts liefde voor haar delen maar ik hoefde me niet meer bedreigd te voelen.

'Waar is Daan gebleven?' vroeg Kurt.

'Ik geloof dat ze in mijn huis zit. Om zich met Gregor te verzoenen, hij is vreemdgegaan.'

'Wat wil ze? Gregor is te mooi voor één vrouw.'

'Waarom heb je haar met hem laten trouwen? Je houdt toch van Daan?'

'Iedereen heeft recht op zijn eigen fouten. Aan het eind zit je met een rozenkrans aan vergissingen. En dan doe je de litanieën om vergeving te vragen.'

Ik verslikte me in een stukje mozzarella.

'Wat weet jij van de rozenkrans?'

'Oma Zolder was heel katholiek. Ze liet ons bidden tot ik moest overgeven. Iedere avond kwam dat kralending tevoorschijn en dan moesten we op de knieën en weesgegroetjes opdreunen.'

'Waarom was je bij je oma? Waar waren je ouders?'

'Ze moesten optreden. Pa was illusionist. Op een dag bracht Pa Gregor mee, ik heb jarenlang gedacht dat hij een vondeling was. Mama wou hem niet hebben. Oma heeft hem genomen. Pas heel veel later heb ik begrepen dat het een halfbroer van me is.'

'Misschien heeft je vader hem per ongeluk uit een doos getoverd en hem niet meer weg gekregen? Waarom vertel je dat nu pas?'

'Ik was het vergeten. Ik ben zo veel vergeten. Ik ga een hersenscan laten maken. Ik maak me ongerust.'

Vlak voor de kerst werd Mya zestien. Ze wenste zich een scooter, Kurt beloofde haar die. Op de dag vóór haar verjaardag kwam hij ermee thuis, hij was zelf als een kind en reed rondjes met haar door de buurt om haar de techniek uit te leggen. Hij had het geduld niet om de brommer in meters papier te wikkelen en linten eromheen te strikken – wat ik per se wilde omdat ik eraan gewend was om cadeaus protserig aan te bieden.

De waarschuwing 'wees voorzichtig' werd met de winterwind meegenomen. Mya schoot juichend met het ding weg over stoepen en andere voetpaden waar ze mussen opschrikte, katten de struiken in joeg en rollatordames scheldend en met gebalde vuist achterliet. Ze stopte abrupt voor onze voordeur en gilde: 'Dit is gaaf, dit is goddeloos gaaf, kijk naar me, kijk, ik heb de tranen in me ogen.' En ze spurtte weer weg om een uur later terug te komen zonder scooter.

'Hij is gestolen,' huilde ze.

Ze hing een lang verhaal op met onduidelijkheden die we van haar gewend waren. Dat ze niet zelf naar de politie durfde was begrijpelijk omdat ze bang was voor de kinderbescherming. Een gunstige bijkomstigheid was dat Kurt het brommertje op zijn naam had laten registreren en verzekeren. Hij belde daarom zelf met de politie om aangifte te doen en vertelde het verhaal zoals Mya het hem had verteld. De scooter was niet gestolen, hij was door de politie in beslag genomen.

Natuurlijk hadden we van tevoren kunnen bedenken dat ons leven door dit voorval weer een heel bizarre wending zou nemn, die alleen is weggelegd voor mensen op wie de persluizen altijd azen. Twee uur later stond de politie voor de deur om Mya op te halen. De zes blauw geklede beambten die met drie auto's met zwaailichten voor de deur stonden, bleven dralen tot er drie fotografen met grote telelenzen waren gearriveerd. Daarna werd Mya gesommeerd mee te gaan. Heel even had ik nog het idee dat Marcel M dit met zijn perverse brein in scène had gezet om de publiciteit in gang te zetten voor de nieuwe film maar het was een dame van de kinderbescherming die voor het hele theater had gezorgd en de kans had aangegrepen om in de kranten te komen. Ze wilde aandacht voor haar nieuwe project waarin probleemkinderen die onder toezicht stonden ondanks alles bij de biologische ouders moesten opgroeien. Haar opinie was dat kinderen niet in pleeggezinnen thuishoren. Ze vertelde de journalisten haar opzienbarende theorie en gaf hun het hartverscheurende verhaal van Mya's moeder, die in een opvangtehuis voor verslaafden zat en die alleen nog gered kon worden door haar enige dochter. Zonder haar kind had ze niets meer om voor te leven.

Mya werd krijsend en stampend meegenomen door de agenten, de foto's in de krant van de volgende dag waren aangrijpend, de verhalen schrijnend. De moeder van Mya was geïnterviewd en de journalisten met een ziekelijke roddelneiging lieten haar suggereren dat Kurt haar in huis had genomen voor zijn seksuele behoefte nu zijn eigen vrouw incapabel was geworden. Haar hart was gebroken toen ze was thuisgekomen van een juridisch akkefietje wegens vermeende drugssmokkel en haar dochter daar niet meer had aangetroffen.

———•◦•———

We hadden ons die problemen kunnen besparen. We wisten dat Mya onder toezicht stond en dat vroeg of laat de jeugdzorg of kinderbescherming naar haar zou gaan zoeken, het was de vraag geweest hoelang het zou duren tot ze haar zouden vinden. Ze had een hoop trucs om zich onzichtbaar te maken. Ze bleek een doos vol gestolen identiteitsbewijzen te hebben en ging nooit naar school omdat ze daar geen zin in had. Waar ze al die tijd dat ik haar naar de stad stuurde rondhing, heeft ze ons nooit duidelijk kunnen maken. Om te voorkomen dat haar afwezigheid op school bij de jeugdzorg gemeld zou worden had ze zich op diverse scholen laten inschrijven en vervolgens gemeld dat ze was verhuisd. Geen van de schoolhoofden had de moeite genomen om de zaken na te trekken.

Ons vindingrijke Sundance-meisje was zo blij geweest met haar scooter dat ze alle omzichtigheid was vergeten. Als ze niet iedereen de stuipen op het lijf had gejaagd met haar nieuwe speeltuig had de politie haar niet aangehouden en haar de scooter niet afgenomen. De aangifte van Kurt zette een alerte agente aan het denken. Er waren nog maar weinig telefoontjes nodig om erachter te komen dat de zaak niet klopte. De ijverige agente vond een nog plichtsbewustere beambte van de jeugdzorg die een mogelijkheid zag om in de publiciteit te komen toen ze te horen kreeg dat Mya bij bekende Nederlanders onderdak had gevonden zonder dat daar toestemming voor was gevraagd en gegeven. Mya werd een mooi voorbeeld om haar vernieuwende opvoedideeën te promoten.

De deuren naar de instanties werden voor ons gesloten gehouden. Niemand wilde ons te woord staan, we kregen niet te horen waar ze Mya hadden opgeborgen, we mochten haar niet meer zien. Ze was niet naar het opvanghuis gebracht waar haar moeder zat omdat iedereen wel aanvoelde dat ze daar meteen zou weglopen.

Kurt probeerde een regeling te treffen met de ambitieuze beambte, maar ze wilde hem niet zien. Kurt werd de vroegere Kurt die geen 'nee' kon verdragen, hij duwde de deur open waarachter de vrouw zich verschool. Ze gooide zich met heel haar gewicht tegen de deur en krijste dat de politie moest komen om haar te beschermen. De zaak werd weer naar de pers doorgespeeld. De roddelaars smulden.

Marcel M zat tandenknarsend bij ons aan tafel, de publiciteit kwam hem goed uit, het feit dat Mya's film niet kon worden afgemaakt vond hij ergerlijk. Ik kon de verhalen met mijn eigen fantasie wel afmaken maar we hadden nog een hoop tekeningen nodig.

Hij nodigde de jeugdzorgdame uit voor een chic diner in het Amstel Hotel en haalde haar op in de Lamborghini van Kurt om indruk te maken en hij dacht haar te kunnen beboteren met kaartjes voor de Nederlandse première van een nieuwe film met George Clooney.

Hij bereikte het tegendeel, ze liet hem weten dat ze niet gevoelig was voor dat soort patserigheid en snierde dat ze zich niet liet inpakken door rijke schooiers.

'Dan gaan we de valse manier proberen,' zei Marcel. Hij zette er een onderzoeksjournalist op die hem nog iets schuldig was. De havik vond zo veel vuiligheid dat het hele systeem van de kinderbescherming onder vuur had kunnen komen te staan.

Het is te banaal om het te noemen, maar de waarheid was dat de vrouwelijke jeugdzorgbeambte zelf de dochter was van een heroïnehoer en van pleeggezin naar tehuis was doorgeschoven en onophoudelijk was misbruikt door pleegvaders en hulpverleners.

Marcel M legde alles wat zijn speurhonden hadden opgesnuffeld bij de kinderrechter neer en stelde voor een eerlijke zitting te houden omtrent het voogdijschap van Mya, hij beloofde dat alle vuiligheid verzwegen zou worden. Het werd een gesloten zitting en de uitslag was dat Mya bij ons mocht komen wonen op voorwaarde dat ze eenmaal in de maand een weekend naar haar moeder in het opvanghuis zou gaan. Mya werd officieel ons pleegkind, we vierden het met een paar journalisten erbij en gaven hun de primeur van Mya's tekenfilmproject – Marcel M liet niets ongemoeid om publiciteit te krijgen.

———•◦•———

Met de terugkeer van Sundance Mya hadden we een gezin. Ik werd als mijn nichten in het Gooi en het hoorde erbij dat we buiten de stad gingen wonen. Zonder dat ik erover begon zei Kurt dat hij een huis had gevonden in Eemnes, een verbouwde boerderij waar alle vloeren gelijk waren, waar van de oude koeienstallen al een soort van studio was gemaakt, waar de tuin een terras had en betegelde paden waarop ik heen en weer kon rollen. Kurts zuster woonde aan dezelfde dijk, de opgroeiende drieling adopteerde Mya meteen als tante. Ik herkende een oude geur toen Mya me een van de kinderen op schoot drukte. Ik rook dat het goed was om terug te gaan naar het Gooi. Het was mijn nest, oude vogels moeten terug naar de plek waar ze zijn uitgebroed.

Maar hoe hadden we kunnen bedenken dat we eerst nog onder het karma van Kurt Zolder uit moesten. De accountant kwam met een bedenkelijk gezicht op bezoek toen we hem verteld hadden dat we een huis in het Gooi hadden gekocht. Hij vroeg ons zorgelijk waarvan we dat dachten te financieren en Kurt riep onbevangen dat zijn huis aan het IJ toch zeker genoeg moest opleveren en dat voor de aanbetaling voldoende fondsen moesten zijn, waar dan ook op welke rekening.

'Ik ben toch miljonair,' riep hij.

'Een man die miljoenen heeft, zorgt ervoor dat hij ze houdt, meneer Zolder, u heeft ze uitgegeven. De bank wil uw faillissement aanvragen. Probeer dat te voorkomen.'

Het huis aan de haven was tonnen waard maar voor de makelaar was het een moeilijk te verkopen object vanwege de ongewone inrichting.

Het toeval stond ons bij. Marcel M kwam het huis bekijken met een Amerikaanse galeriehouder die een dependance in Europa wilde beginnen. Hij was geïnteresseerd in het pand en stelde bovendien voor om de kunstcollectie van Kurt te veilen. Het leek een ideale deal maar de Amerikaan onderhandelde hard en vroeg onbeschaamd veel commissie voor de verkoop van de schilderijen en beelden. De makelaar wist echter mijn Jordaanhuisje voor een goede prijs te verkopen zodat we de boerderij konden aanbetalen.

Het huisje dat ik had kunnen kopen na mijn eerste bekroonde film werd het eigendom van een actrice die net een contract voor een heel jaar in Nederlands bekendste soap had afgesloten. Ze was extatisch over haar nieuwe domein en ze gedroeg zich veel minder strikt over de voorwaarden van overdracht dan de makelaar. Mijn religieuze beeldjes mocht ik bij haar achterlaten en ze beloofde me dat ze er goed voor zou zorgen. Desondanks waren er een hoop zaken die opgeruimd moesten worden. Ik moest beslissen welke papieren slingers ik opnieuw wilde ophangen in het huis in Eemnes.

Op een dag dat de lucht de kleur van lood had en het gezicht van donder, bracht Kurt me naar mijn plek waar ik afscheid moest nemen van alle herinneringen die onbruikbaar waren geworden. Hij maakte koffie voor me en haalde broodjes, daarna liet hij me over aan de spoken van ooit.

Het huis rook muf maar het was niet de geur van verwaarlozing en verlatenheid, het was mijn eigen lucht die ik hier had achtergelaten. Hij zat in het pleisterwerk, in de lawaaierige meubeltjes, in de prullaria op de kastjes en aan de wanden. Ik had hem in het hele huis vastgelijmd en ik had hem met luidruchtige kleuren gecamoufleerd. Ik had hem gecamoufleerd met schreeuwende relaties die altijd weer uitdoofden. In al die jaren is die stank me niet opgevallen, hij zat zo dicht op me dat ik hem nooit heb geroken, nu pas kon ik hem herkennen. Ik snoof aan mijn eigen eenzaamheid en ik stikte. Ik rolde door het huisje waar ik twintig jaar in had gewoond, waar ik me had schuilgehouden als in een mollenhol. Het was alsof ik zat te bladeren in een slordig geïllustreerd prentenboek, een meisjesdagboek waar prentjes en plaatjes in waren geplakt die nergens toe dienden. In de kast bij de televisie stonden de video's van mijn eigen producties en alle Valkenaar-films, de bioscoopfilms en de tv-series die ik allemaal had opgenomen. Een voor een haalde ik ze eruit en las de titels, van enkele was ik vergeten waarover ze gingen. De tijd steelt de dingen als je er niet onophoudelijk op blijft letten.

Mijn apparatuur was uit een voorbije tijd. Ik had nog een platenspeler en vinylplaten. Ik zette er een op. *Boulevard of Broken Dreams*. Weemoedige liederen over gemist geluk. Ik hoefde er niet meer mee te leven maar ik wilde de herinneringen vasthouden. Zelfs die die pijn hadden gedaan.

Mijn slaapkamer was deels ontmanteld om het kamertje in het pakhuis in te richten. De Madonna's hadden lichte plekken op het behang achtergelaten. Het beddengoed met Engelse theerozen lag er ordeloos bij omdat Daantje het nooit had rechtgetrokken na haar verzoeningsnachten met Gregor.

In de garderobe hing mijn zwarte trouwjurk die te bloot en te profaan was geweest voor een katholieke trouwceremonie. Ik had hem heel vaak gedragen in de dagen dat ik alle filmfestivals afliep. Het was mijn heilige voornemen om me in het nieuwe huis niet te begraven in herinneringen, maar er zijn foto's die niet weggegooid mogen worden. De strapless japon van inmiddels vervaalde taft en doordrenkt met een lucht van parfum die niet meer verkocht wordt, wilde ik bewaren. Ik zou in de Gooise studio een soort van *memory-lane* kunnen inrichten met alle galajurken waarin ik mijn prijzen had opgehaald. Ik kon de trofeeën die ik in de loop der tijd in ontvangst had genomen op een rij zetten, ik kon de affiches van mijn films aan de muur ophangen. Niet om eraan te blijven vasthouden, alleen om er af en toe naar te kijken.

Onder de kledingrekken stonden rijen schoenen met hoge hakken. Ik zou er nooit meer op kunnen lopen, ik verbaasde me dat het me ooit gelukt was. Even kwam ik in de verleiding om Ashley te bellen om me te helpen uitzoeken wat ik moest houden en wat weg kon, ik zocht naar mijn telefoon die in mijn tas zat, achter aan de rolstoel. Ik vond hem niet op de tast en moest de tas op mijn schoot trekken. In die beweging draaide mijn stoel en viel mijn oog op de collage met de foto's van Ru Valkenaar die ik had gemaakt in de dagen dat ik op zijn terugkeer in het lichamelijke moest wachten. Hij lag verstopt onder de kledingrekken, ik had hem nooit weggegooid. Ik pakte hem op en keek naar de vele foto's van de ster aan wie de roem was komen aanwaaien omdat hij zo'n innemende grijns had en zich met het grootste gemak kon verplaatsen in elke figuur die het script voorschreef. Wat een dweepster was ik geweest. Ik kon niet meteen besluiten of ik de collage moest bewaren, of ik ook de bladen moest bewaren waarin zijn wel en wee en scabreuze escapades waren beschreven. Ik herinnerde me ook de brieven die ik van hem had gekregen, ik wist niet meer waar ik ze had bewaard; toen ik ging zoeken kwam ik ze uiteindelijk tegen in de glazenkast.

Tien had ik er geschreven. Voordat ik ze kon herlezen, ging de bel. Ik stopte ze in mijn handtas die nog op mijn schoot lag en ging naar de voordeur – om er Vriendin aan te treffen, die ik in maanden niet had gezien en niet had gesproken.

My shadow's the only one that walks beside me
My shallow heart's the only that's beating

(UIT 'BOULEVARD OF BROKEN DREAMS' VAN GREEN DAY)

'Kurt heeft me gebeld. Hij vroeg of ik je kon helpen om je oude leven op te ruimen,' zei Vriendin schaapachtig en ongemakkelijk.

'Kom dan maar binnen want hier ligt ook een hoop dat jij nog op moet vegen. Wil je koffie?'

Ze trok een fles cava uit haar tas.

'Dit is toch geen moment om nuchter te blijven.'

Ik zette *Boulevard of Broken Dreams* nog eens op en we haalden zo veel tevoorschijn dat we bijna weer vriendinnen werden maar we waren voorzichtig met de zaken die we uit de dozen haalden. We spraken niet over onze liederlijke nachten en over de hilarische momenten, maar we hadden het alleen over de dingen die we samen hadden meegemaakt, het leven dat ze me heel even had laten zien lag op het kerkhof en ze legde er geen bloemen meer neer.

'Hoe is het met je?' vroeg ik uiteindelijk toch.

'Ik heb een vriend,' fluisterde ze.

'Waarom fluister je?'

'Als ik het hardop zeg kan iemand het horen en dan nemen ze het me weer af.'

'Vertel me over hem, ik zal er met niemand over praten,' lispelde ik.

'Hij is zeventig, hij heeft longemfyseem, misschien leeft hij niet zolang meer maar ik krijg alles van hem wat ik nooit heb gekregen. Soms is hij een vader voor me, soms een broer en meestal is hij verschrikkelijk lief.'

'En hebben jullie ook seks?'

'Mannen van zeventig denken nog vaker aan seks dan pubers.'

'Tussen denken en doen zit nog wat. Slikt hij viagra?'

'Kom op! Het is geen invalide.' Ze schrok toen ze het zei. 'Sorry, zo bedoelde ik het niet. Weet je, ik durf het haast niet te zeggen.' Ze murmelde zo zacht dat ik haar nauwelijks verstond: 'Ik ben gelukkig.'

Aan het eind van de middag was het huis een vuilnisbelt van nutteloze zaken.

Ik had papiertjes geplakt op de dingen die mee verhuisd moesten worden naar Eemnes. Vriendin bracht me terug naar de haven, ik vroeg haar mee naar binnen te gaan maar ze weigerde, ze was bang voor de schimmen die ze daar had achtergelaten. Ze wilde ze uit de weg gaan, ze beloofde me op te zoeken in Eemnes.

Ik liet het bad vollopen en moest wachten tot Kurt zou thuiskomen om me erin te zetten, en terwijl ik op hem wachtte pakte ik mijn tas uit waarin ik prullen had gestopt die te klein waren voor de verhuisdozen. Ik goot een flesje rozenolie in het hete badwater en snoof de geur op. Ik vond ook het bundeltje brieven die ik in naam van Ru aan mezelf had geschreven, de bekentenissen van een ziel die me had genegeerd toen ik mijn verwantschap allang had herkend. Er stond: *'Mijn leven bestond uit genieten, ik wilde alles wat me werd aangeboden, ik heb geleefd als een lui dier. Ik had Kootje om op me te letten, ze was mijn vangnet, mijn beschermengel, zij hield me aan de lijn. Dat was wat ze zich had voorgenomen. Kootje hield van me, ik had het niet zonder haar gekund. Het was een gouden wijf. Het was een zonde geweest als ik bij haar was weggegaan. Probeer dat te begrijpen. Op een goeie dag ga ik jou de liefde geven die ikzelf heb mogen meemaken. Dat moment ligt ergens in de toekomst. Ik weet niet wanneer dat zal zijn. Misschien is dat wel in een ander leven. Wacht op me.'*

De brief viel op de grond, het lukte me niet om hem op te pakken.

Kurt kwam thuis met een brede lach. 'Ze hebben me gevraagd voor een Duitse tv-serie.'

Ik was nieuwsgierig naar zijn nieuwe rol maar liet me eerst door hem in het water zetten dat naar rozen rook. Kurt ging in mijn rolstoel zitten om te vertellen over de rol die ze hem hadden aangeboden, hij pakte gedachteloos de Ru-brief op van de grond. Ik probeerde hem even achteloos over te nemen, hij trok ineens terug.

'Oude liefdesbrieven?'

'Geef hier.'

'Ik wil je geheimen weten.'

'In de liefde moet je niet alles willen weten, daarmee verpest je het.'

'Kom op, we hebben geen geheimen meer.'

'Die maken het spannend.'

'Waarom mag ik die brief niet lezen?'

Hij stond op en bekeek de brief, las hem nauwelijks, zijn blik bleef hangen op het onderschrift.

'Een brief van Ru? Ru Valkenaar? Maar dit is toch jouw handschrift?'

Mijn hersenen werkten koortsachtig, ik begon te zwammen: 'Ik had een film in gedachten van een dweepster die verliefd is op een filmster en hem brieven schrijft en zichzelf de brieven terugschrijft totdat ze hem uiteindelijk een keer tegenkomt als hij oud en grijs is geworden en er niets meer over is van de glamourboy op wie ze verliefd is geworden.'

'Jij en Mya passen goed bij elkaar, jullie hebben te veel fantasie,' zei hij. Hij frommelde de brief in elkaar en gooide hem in het water dat naar rozen rook.

Ik zette de jacuzzi aan, het blazende water trappelde tegen mijn huid die zo gevoelloos was, ik liet mijn hoofd leeglopen, en toen er niets meer was kwam hij binnen. Als een oude man, zijn charisma vager dan een schaduw, het kroezend haar uitgedund, kalend bij de kruin. Zijn ogen waren gedoofd. Hij deed de oude trucs met de ober van het filmmuseum – die hem niet herkende en niet reageerde. Hij had een cappuccino besteld, ik dronk al wijn. Na het tweede glas had ik genoeg moed om naar hem toe te gaan. Ik was er zeker van dat hij me zou herkennen – uit de tijd dat we allemaal door het leven fladderden.

Ik zei: 'Hai, weet je nog wie ik ben?'

'Kennen we elkaar?' vroeg hij.

Ik zei: 'Van toen, lang geleden, toen we een film deden met Joes en Wim en Janine en al die anderen?'

'Joes wie? Ik heb nooit met Joes gewerkt, u vergist zich.'

'Ik ben het nooit vergeten. Het was mijn eerste film, daarom zal ik het hebben onthouden.'

Ik pakte mijn glas om naar mijn eigen tafeltje terug te lopen.

'Waren die bloemen van jou die ik bij de première heb gekregen?'

In diezelfde week vertelden de roddelaars dat hij ging sterven aan de nare ziekte.

Mya en ik gingen in augustus naar Eemnes omdat Mya zo snel mogelijk weer naar school moest, ze had een onmogelijke achterstand en moest in een lagere klas beginnen, maar ze ging stoïcijns tussen jongere kinderen zitten omdat ze voornemens was naar de kunstacademie te gaan die in deze dagen hoge school der kunsten wordt genoemd. Ze kreeg een eigen computer met een tekenprogramma, maar tekende altijd alles eerst met een conventioneel potlood.

De wettelijke regeling van ons pleegouderschap betekende dat Mya een paspoort kreeg en dat ze mee mocht naar Londen om met de technici te werken aan onze film. Marcel M had een klein productiebedrijf gevonden van een roodharige Welshman die gezegend was met twee zonen van twee verschillende vrouwen die hun kind allebei Pete hadden genoemd en die allebei in hun puberjaren een fascinatie voor animatiefilms hadden ontdekt. Pete MacPhee – de vader – had Pete One op zestienjarige leeftijd verwekt aan het strand van Cornwall zonder erbij na te denken. Pete Two was al even gedachteloos in het leven gezet en dit gebeurde ongeveer zes jaar later in Londen toen de roodharige Pete MacPhee een meisje, met dezelfde zongevoelige genen, meenam naar zijn huurkamertje om het heimwee kwijt te raken waar hij aan leed sinds hij was vertrokken uit het kleine dorp aan de kust om fortuin te maken in de stad.

Toen het meisje zwanger bleek te zijn van dit samenzijn, trouwde hij met haar. Intens gelukkig omdat zijn eenzaamheid daarmee voorbij was. Met dit meisje bleef hij zijn leven lang getrouwd en uiteindelijk ging hij ook van haar houden. Op de tiende verjaardag van hun kind, dat zij Pete Junior noemden, stond opeens de eerdere Pete voor de deur met een armzalig bundeltje kleren en een venijnige brief van zijn moeder. Ze wilde niet meer voor het kind zorgen dat in haar buik was gekropen op die hitsige zomerdag, zo veel jaar geleden, schreef ze.

De vrouw van vader Pete nam de bastaard van haar man in huis, poetste hem schoon, waste zijn kleren en stuurde hem naar een *art school* omdat ze drie schetsboeken met tekeningen in zijn tas had gevonden en daaruit de conclusie trok dat ze een kunstenaar had geadopteerd.

Ik had hierover niet hoeven uitweiden als de twee broers, die allebei de naam van hun verwekker hadden gekregen, niet op een dag ook in ons leven waren gekomen. De beide zoons van Pete MacPhee waren kunstzinnig en kinderen van de nieuwe tijd. Ze tekenden met stiften waarin geen grafiet zat, ze lieten hun figuren dansen en springen op een scherm dat een onwerkelijke wereld werkelijkheid laat worden. De vader, die een bedrijf voor animatiefilms was begonnen, liet zijn zonen hun gang gaan en nu Pee-one zesentwintig was en Pee-two net negentien, hadden ze een zeer goed bekend staande productiemaatschappij voor tekenfilms.

Pee-one en Pee-two waren evenbeelden van hun vader. Ze hadden hetzelfde puffige postuur, hetzelfde rode haar, dezelfde fletse ogen en evenveel sproeten rond de neus. Het enige verschil was dat de zesentwintigjarige Pete homo was. Zo een van het type waarmee vrouwen kunnen dollen omdat ze gezegend zijn met een humor die stout is maar nooit vulgair.

Pee-two daarentegen was een verlegen manneke dat voortdurend rood kleurde – terwijl hij van nature al blozende wangen had en die nergens naartoe wilde omdat hij zich overal opgelaten voelde.

Mijn meiske, dat gevorderd was in de seksuele liefde, werd na de ontmoeting met de MacPhee broers overrompeld door gevoelens die uit het hart omhoogkwamen. Ze raakte van slag door emoties die haar onbekend waren. Ze was voor het eerst verliefd en wist niet wat haar overkwam. Ze raakte erdoor van slag en in haar onzekerheid begon ze voortdurend te huilen. Ik herkende de symptomen en was vertederd door haar gedrag maar schrok toen ik merkte dat ze was gevallen voor Pee-one. Ze zag niet dat zijn seksuele geaardheid niet was gericht op vrouwen, ze liet zich giechelig meenemen naar kleine winkeltjes om kleren te kopen die in het Gooi nog niet werden gedragen, om films te gaan bekijken die misschien wel nooit in Nederlandse bioscopen te zien zouden zijn en naar feestjes waar mannen rondliepen die zich hadden verkleed als Hollywooddiva's. Ik aarzelde of ik haar moest uitleggen dat ze op de verkeerde Pete verliefd was geworden. Ze liet me met Pete Two, die ook niet gelukkig was met de situatie, achter om aan de film te werken. Hij maakte ruzie met zijn broer over zaken die te onbenullig waren om er aandacht aan te besteden. Ik voelde me zeer ongelukkig met de situatie en besprak hem met Pete, de vader. Die riep: '*Oh my Lord, not again.*' En ik wist niet wat hij daarmee bedoelde.

Hoezeer ik me vergist had bleek toen Pete Two een vriendin mee naar de studio bracht om haar onze film te laten zien. Mya stampte woedend de studio uit. 'Wat denkt die lul wel, dat hij elke slet zomaar mijn film kan laten zien!' schreeuwde ze. Haar woede kwam onder haar vel vandaan en pas toen zag ik dat ze met de oudere broer uitging om de jongere broer uit te dagen. Maar helaas wist die verlegen lummel ook niets beters te verzinnen dan een jeugdvriendinnetje in te zetten om de jaloezie op te wekken.

De baltsdans is een ritueel dat in de dierenwereld altijd heel duidelijk is maar door het mensdier zo verwarrend wordt uitgevoerd dat het onophoudelijk tot misverstanden leidt. Mya weigerde nog langer mee te gaan naar Londen. Ze gaf me aanwijzingen voor de MacPhee-jongens en liet de regie aan mij over.

'Ik vertrouw je volledig,' zei ze theatraal en ze ging verongelijkt naar school. Ik betrapte haar erop dat ze in huiswerktijd met een cd zeer fanatiek Engels zat te leren.

Op een vroege lentedag werd de eerste productie van *Prancing Horse Films* gepresenteerd in Pathé in de Bijlmer. De zaal zat vol BN'ers, journalisten en Lieve Lita's van de Nederlandse glossy's die hun kinderen en hun vriendjes mee mochten nemen. Mya liep rillend tussen ons in het theater binnen in een jurk die ze samen met Pee-one had gekocht. Ze pakte Kurt bij de hand alsof ze bang was dat hij haar in de steek zou laten. Ze keek niemand aan, ze had niet een van haar vrienden of klasgenoten mee durven brengen maar Kurt had haar hele klas naar het theater laten komen.

'Ik ga voor schut staan,' mompelde Mya. 'Mag ik niet op je schoot zitten?'

'Ga maar naast hen zitten,' zei Kurt en hij drukte haar op een stoel tussen Pee-one en Pee-two. Toen keek ze nog ongelukkiger.

De herrie van de kinderen had het Pathé-paleis in elkaar kunnen laten vallen toen de titelrol kwam. De stem van de motorengel was van Daantje, Jaskien was ingesproken door Kurt en Mya had zelf haar stem aan het bonbonvrouwtje gegeven omdat niemand zo gaaa-roezzzzelig zzzoeterrrigg kon smakken.

Het applaus en gejoel van de kinderen was oorverdovend. Mya rende naar het toilet en kotste de spanning eruit. Daarna goot ze de champagne naar binnen als karnemelk en werd zo zat dat ze vader MacPhee verliefd om de hals viel omdat ze het verschil niet meer zag tussen de drie roodharige Pete's.

Het was ver na middernacht toen we naar het nieuwe huis in Eemnes reden. In de komende week zouden de spullen van Kurt bezorgd worden. Hij had lang gedraald, niet alleen omdat de onderhandelingen met de Amerikaanse galeriehouder zich uitrekten, hij had ook moeite om te beslissen wat hij met zijn spullen moest. Behalve wat kleren en zijn toiletspullen had hij nog altijd niets wat bij hem hoorde naar het boerderijhuis meegenomen. Om beslissingen uit de weg te gaan had hij het verhuisbedrijf alles laten inpakken. De dozen zouden voorlopig in de garage worden opgeslagen. We hadden voor het nieuwe huis nieuwe meubels gekocht en soms Mya het laatste woord gegeven.

Mya zat half in slaap tussen de vele bloemstukken verborgen op de achterbank.

'Wat ruikt het lekker,' snoof ze.

'Zo ruikt succes,' zei Kurt.

'Dan moeten alle dagen zo ruiken.'

'Raak er niet aan verslaafd,' merkte ik op. We reden naar huis in de opzichtige auto die nog maar zelden gebruikt werd en waar ik heel moeilijk uit kon komen. Kurt zette zijn gsm weer aan en kreeg meteen een melding dat hij een aantal voicemailberichten had.

'Luister jij die even af,' zei hij tegen mij en hij duwde me zijn mobiele telefoon in de hand. Ik luisterde naar verschillende verzoeken om een interview met Mya. Maar tussen deze boodschappen door kwam steeds het verzoek van de politie om met spoed naar het huis aan de haven te komen. Ik ging snel door de boodschappen heen maar niet een van de politieoproepen gaf enige aanwijzing wat de reden was.

'Ik denk dat er in je huis is ingebroken,' fluisterde ik. 'De politie vraagt of je wil komen kijken.'

Hij joeg naar de haven en al van ver zagen we het licht van de brand.

Kurt rende weg en vergat mij uit de auto te halen. Ik kwam met moeite uit dat kloteding en besloot om af te zien van een opzichtige auto wanneer ik weer zelf ging rijden.

'Ons huis verbrandt, kijk es wat een vuur,' zei Mya.

'We wonen nu in Eemnes, dit was het huis van Kurt.'

Het vuur vrat zich hongerig door de grote ruimte, de vlammen zwaaiden als zatlappen over de opgestapelde dozen heen en lieten ze als hoopjes rokend pulp achter. Ze likten met sloerige tongen langs de wanden, verslikten zich in grote en kleine kunstwerken en kotsten ze als fecaliën weer uit. Een voor een sprongen de ramen kapot, bij iedere explosie van het glas haalden de vlammen loeiend adem en vergrepen zich begerig aan nog meer brandbare zaken. Er was niets meer te redden. De grote lege ruimte die me zo veel voordeel had gegeven als rolstoelrijder was nu een nadeel, de vlammen konden ongehinderd verder jakkeren. De brandweerjongens hielden moedeloos hun spuit op het vuur gericht, ze wisten dat het geen zin had, dat ze alleen moesten zien te voorkomen dat het een uitslaande brand werd.

Mya vond het fascinerend en probeerde er zo dicht mogelijk bij te komen. Kurt keek naar het bezit dat hem door het vuur werd afgenomen. Hij kon niets meer zeggen, hij staarde alleen en pakte mijn hand vast.

Er kwam een man naast me staan. 'Dat hebben jullie mooi voor elkaar gekregen,' zei hij.

Suggereerde hij hiermee dat we het zelf hadden aangestoken? Ik keek giftig opzij en toen ik zag wie hij was dacht ik dat ik gek zou worden. Ik keek naar Kurt, die aan mijn andere zijde lamgeslagen naar het vuur stond te staren. Aan beide kanten stond dezelfde man, de ene in de kleren van een excentrieke bohemien, de andere in een versleten leren jack, maar ze waren even groot, hadden hetzelfde postuur en hetzelfde haar.

'Je hebt er een puinhoop van gemaakt,' zei de bohemien.

De andere Kurt keek opzij en aan zijn reactie kon ik zien dat hij hetzelfde fantoom zag.

'Als ik had kunnen vermoeden dat je zo met mijn spullen om zou gaan, had je ze niet gekregen.'

Kurt/Ru bleef naar zijn evenbeeld staren en toen naar mij. 'Zeg me dat je hetzelfde ziet als ik.'

Veel meer dan knikken kon ik niet. Ik werd heel bang, in een flits bedacht ik dat Kurt Zolder daar stond om zijn lichaam weer op te eisen, dat hij naar ons toe kwam omdat Ru/Kurt het Zolder-fortuin als zand door de vingers had laten glijden.

'We hadden wat afgesproken,' zei het fantoom. 'Ik heb Sophomore beloofd dat je mijn lijf mocht hebben en alle speeltjes die erbij hoorden. Autootjes, vrouwtje, centjes. *All yours.* Ik kon in dit leven niets meer bereiken. Alleen Parijs-Dakar had ik nog te goed, maar dat ging ik niet winnen, ik ging stranden, dat lag al vast, de verslaggevers zouden om me lachen, dat kon ik absoluut niet hebben. Ik vond Ru wel een goeie om mijn lijf voor achter te laten. Ik had verwacht dat hij er wat meer van zou maken.'

'Wanneer heb jij dan met Sophomore gesproken? Je was meteen dood, er was geen tijd om te overleggen.'

'De eeuwigheid bestaat uit secondes of nog minder. Sophomore heeft me laten zien wat me nog te wachten stond. Dat was niet vrolijk. Ik stond op het punt om te gaan verliezen. Hij vroeg me of hij mijn lichaam mocht hebben. Die kans heb ik genomen. De rol van loser ligt me niet.'

'De nieuwe Kurt Zolder is gelauwerd met filmprijzen,' zei ik vinnig.

'Die sukkel heeft mijn vermogen verspeeld aan filmprojecten die geen kans hadden.'

Hij keek minachtend naar Ru/Kurt. 'Godverdomme, je hebt alles naar de filistijnen geholpen. Mijn reputatie is naar de klote, mijn vermogen is weg.

Hier! Kijk, daar gaat mijn kunstcollectie, daar ligt pulp van meer dan een miljoen.'

'Waarom maakt iemand uit de andere wereld zich nog druk om materiële zaken,' zei ik kwaad. 'Is het niet zo dat aan gene zijde bezit niet telt? Dat aanzien niets betekent? Dat iedereen gelijk is?'

'Waar heb je het over? Gene zijde, zoals jij dat noemt, is niet meer dan een spiegel van wat er hier gebeurt. Daar kun je keizer worden of bedelaar als je dat wilt, je mag zijn wie je wilt, niemand die je tegenhoudt, niemand die het je afpakt. Niemand die erover oordeelt, dat is het grote verschil. Je doet er wat je wilt, je hebt een keuze, er wordt je niets opgedrongen, dat is de magie van gene zijde. Dat wat die klojo hier loopt te vernielen moet ik ginds weer terug zien te krijgen.'

Ru/Kurt keek me hulpeloos aan. 'Je doet alsof je het begrijpt. Waarom staat hier een kerel die er precies zo uitziet als ik? Waar heeft hij het over?'

'Het is de eigenaar van jouw lijf, je hebt het van hem gekregen, hij heeft je zijn koninkrijk erbij gegeven en hij komt je vertellen dat hij kwaad is dat je er niet goed mee omgaat.'

'Ik steek uit mezelf geen huis in brand.'

'Vuur reinigt,' zei een man die voor ons langs liep. Hij had een baard en was gekleed in een lang wit gewaad. Kurt de bohemien liep met hem mee.

'Je bent een prutser,' riep hij.

Een brandweerman kwam naar ons toe met een glaasje cognac.

'Het is beter om weg te gaan, er valt niets te redden. We hebben mensen met wie u zou kunnen praten.'

Kurt was niet in staat zelf naar huis te rijden, hij trilde over zijn hele lijf, ik belde Ashley uit zijn bed om ons naar Eemnes te brengen.

'Moet ik weten wat er vanavond gebeurde?' vroeg Kurt toen we thuis aan de keukenbar zaten.

'Je huis is afgebrand, je spullen zijn verast.'

'Je zegt het alsof ik ben gestorven.'

'Misschien is dat zo, misschien is dat deel nu wel dood.'

'Wie was die man?'

'Je gelooft me niet als ik het je vertel.'

'Probeer het.'

'Dat was Kurt Zolder, of zijn geest als je dat beter verstaat. Jij bent iemand anders, je hebt zijn lichaam gekregen toen hij die hartstilstand kreeg, je ziel wilde terug omdat je hier nog wat te doen had maar toen je in zijn lichaam zat en in zijn huis moest wonen en zijn bedrijf op je nek kreeg, heb je zijn karma over je heen gekregen. Dat heeft hij ontlopen door op tijd de planeet te verlaten en jij hebt het opgepakt.'

'En wie ben ik dan?' Hij hield zijn hoofd scheef, dreigend, hij wilde dat ik het zou zeggen maar hij wilde het niet horen, zeker niet van mij.

'Je bent een *walk-in*,' zei ik aarzelend. 'Een medium heeft het me verteld, je wilde terugkomen om de liefde van je leven. Misschien kan ik je helpen om die te vinden.'

'Ik snap er geen reet van.'

'Je bent teruggekomen met een bepaalde bedoeling maar Kurt Zolder is je in de weg gaan zitten, daarom hebben wij zo veel problemen.'

'Was ik dan al daar? Je weet wel?' Het woord was onuitspreekbaar.

'In de andere wereld, zo te zeggen?'

Ik knikte.

'Schat, dat zou ik me toch moeten herinneren. Ik hou verschrikkelijk, ontzettend, onmogelijk veel van je. Ook als je onzin uitkraamt.
Nu wil ik weer als normale mensen praten. Hou dit soort verhalen
voortaan voor jezelf, blijf alsjeblieft van me houden zoals ik ben,
zonder fortuin, zeg me dat je onnoemelijk veel van me houdt.'
    'In alle eeuwigheid, amen.'
    Hij zoende me heel lang en lawaaierig in mijn nek.

Op de brand volgden processen. De verzekering weigerde de schade
te vergoeden tot bewezen was dat de zaak niet was aangestoken. De
galeriehouder die het pand had gekocht begon een rechtszaak omdat
het huis nog niet officieel was overgedragen en eiste de aankoopsom
terug. We verloren alle rechtszaken.

Het huis in het havengebied was al zijn glorie kwijt, het stonk, het
mocht niet schoongemaakt worden totdat de rapporten van de politie gereed waren en de verzekering zich had uitgesproken. Tussen
de poststukken, die de postbode nog altijd bezorgde in de geblakerde voordeur alsof het de gewoonste zaak was om post af te geven in
een onbewoonbaar pand, zaten deprimerende brieven met dreige-
menten en aanmaningen. In een van die enveloppen vonden we een
bedrukkende brief die in Zuid-Afrika op de post was gedaan. Hij
kwam van een makelaarsbedrijf dat erop aandrong dat er dringend
geld gestort diende te worden voor het onderhoud van een huis in
Kaapstad.
    'Ik heb geen huis in Zuid-Afrika. Ik herinner me dat niet.'
    Ru/Kurt herinnerde zich te veel niet, hij was depressief, ik miste
zijn bulderende gelach als hij een mop vertelde, hij was zijn grappen
vergeten. Ik snakte naar zijn vileine oogopslag, ik wilde hem dronken zien maar hij bleef onrustbarend nuchter. Ik belde Daan in LA –
waar Gregor eindelijk een commercial had gekregen.
    'Kaapstad?' vroeg Daan. 'Ja, Kurt heeft daar een verstopplekje,
schitterend ding, zwembad op het dakterras, uitzicht op de Tafelberg.

Ik ben er maar één keer geweest. De mensen zijn er heel zwart, ze maken me bang. Kurt ging er soms alleen heen voor een lang weekend. Hij vond het daar wel leuk.'

Die brief met het dringende verzoek om geld voor het onderhoud te sturen, zorgde voor nieuwe ontwikkelingen. De makelaarster had al lang een koper voor het appartement en was blij dat er eindelijk een reactie kwam.

Kurt vloog naar Kaapstad om uit te zoeken wat hij daar nog aan eigendommen had. Hij belde me op toen hij was aangekomen in het huis dat haast hetzelfde was ingericht als het huis aan de haven. Hij verbaasde zich over de mooie vrouwen die bij het zwembad lagen en hem als een oude vriend behandelden. Ze hadden allemaal een sleutel van het huis.

'Ik snap er niets van,' zei hij. 'Ik ken die lui niet. Ik ga als eerste de sloten vervangen. Wie weet wie er nog allemaal opduikt.'

Daarna hadden we geen contact meer. Het was niet gewoon dat hij me niet belde maar ik weet het aan het telefoonnet in Afrika. Pas na vijf dagen begon ik me ongerust te maken en wilde overleggen met Daan. Ook haar kreeg ik niet aan de telefoon alsof het mobiele telefoonnet ineens aan mankementen leed die uit de beginperiode van de telefonie waren. Ik probeerde alle nummers die ik had, op alle tijden van de dag zonder op tijdsverschillen te letten. Na drie dagen kreeg ik Gregor te spreken, die in Nevada bezig was aan de opname van een reclamespot voor Hummer en me vertelde dat Daan in Zuid-Afrika was. Waarom wist hij niet, ze had het hem niet verteld.

'Dat is heel erg kut,' zei Mya. 'Kurt vrijt weer met Daan en dat komt omdat jij geen sexy lingerie draagt.'

Ik gaf haar een klap, recht in haar gezicht, ze veegde over haar wang zonder kwaad op me te worden. 'Zo veel pijn doet het dus,' zei ze alleen.

We maakten pannenkoeken voor het avondeten en aten ze zwijgend op. De waarheid is dat we ze lieten staan, dat we er honing, jam en poedersuiker overheen deden, dat we er met de vork in hakten maar niets opaten.

'Je moet gaan kijken,' fluisterde Mya. 'Kurt is van ons.'

En dus vlogen we samen naar Kaapstad. Er was niemand thuis op het adres dat ik had. Een extreem blonde buurvrouw met ongewoon lange benen bracht me naar de makelaar, die een sleutel had.

'Uw man is een paar dagen op safari,' zei de makelaarster. 'Ik verwacht hem zondag pas terug. De verkoop is bijna rond, het duurt hier even. Zuid-Afrika heeft moeilijke wetten, maar het gaat wel lukken omdat een Duits echtpaar de flat gaat kopen. Dat betekent dat de transactie deels in Europa geregeld kan worden.'

Er waren twee slaapkamers, slechts een van die kamers was in gebruik. Ik zag dat het brede bed, dat gedekt was met zwart satijnen lakens, beslapen was aan beide zijden en om me ervan te overtuigen dat hier een man en een vrouw sliepen drukte ik beide kussens in mijn gezicht en rook dat mijn man vreemdging met zijn oude lief. Mya, die het dakterras verkende, kwam terug in een badpak dat maar net haar naadje, navel en tepels bedekte.

'Gevonden bij het zwembad,' zei ze met een duistere blik. 'Hier gebeuren dingen die jij niet wilt weten.'

Ik huilde niet, dat had ik te vaak gedaan. Een moment bedacht ik dat we beter naar een hotel konden gaan om de volgende dag het vliegtuig terug te nemen naar Amsterdam. Mya zag me die mogelijkheid overwegen, ze schudde met haar hoofd.

'Nee,' zei ze. 'We hebben niet voor niets zo veel uren in dat pokkenvliegtuig gezeten. We gaan morgen winkelen, ik wil ook zo'n badpak en jij moet er ook zo een.'

Ze probeerde eten te maken met de weinige zaken die in de koelkast lagen maar haar fantasie was niet toereikend.

'Godverdomme, wat een lul,' schreeuwde ze ineens en ze smeet de sla die ze aan het maken was door de kamer. Ze viel me om de hals en fluisterde: 'Je mag janken. Ik doe wel met je mee, dat lucht lekker op.'

'Grote meisjes janken niet omdat jongens niet te vertrouwen zijn. Grote meisjes weten dat jongens altijd pijn doen, ze beschermen zich.'

'Waarmee dan?' schreeuwde ze. 'Waarmee moet je dit beschermen?' Ze ramde op haar borstbeen. 'Als het hier eenmaal pijn doet, gaat het niet meer over. Op deze plek zit Pete en hij wil niet meer weg.'

Ze begon te huilen en ik jankte met haar mee. We vielen jankend in slaap tussen de zwart satijnen lakens, in elkaar gestrengeld als zwerfkatten.

In datzelfde bed werden we vier dagen later om tien uur in de avond overvallen door Kurt en Daan toen we naar een film lagen te kijken waar we niets van konden verstaan. Ze keken naar ons alsof het huis door spoken was bezet.

'Ik maakte me zorgen,' zei ik. 'Ik begrijp dat daar geen reden voor was. Hebben jullie het goed gehad? Heeft je Joris nog eens de tango kunnen doen? Dan kun je nu weer met mij mee naar huis. We hebben je nodig.'

Het was voor het eerst dat ik Kurt sprakeloos zag. Hij liep de kamer uit en aan zijn houding kon ik zien dat hij stikte van het lachen.

'En jij hoort in de logeerkamer thuis,' zei ik tegen Daan. 'Slaap lekker.'

———•◦•———

Kurt bleef langer in Kaapstad om de verkoop af te handelen. We besloten dat hij alles van het interieur zou verkopen, dat daarmee het hele Zolder-verleden kon worden afgesloten.

Terug thuis, terwijl ik mijn koffertje uitpakte, hoorde ik een indianengil uit de kamer van Mya. Ik rolde haastig naar haar toe.

'Dit geloof je niet, dit geloof je niet.'

Ze zat voor de computer.

'Pete vraagt of ik tekeningen wil maken voor een reclamespot. Hij komt hierheen om het te bespreken. Mag hij bij ons blijven slapen?'

'Over welke Pete heb je het?'
'Er is toch maar één Pete.'

What a wicked game to play
To make me feel this way
To make me dream of you

(UIT 'WICKED GAME' VAN CHRIS ISAAK)

Het geel van mijn ochtendei was feloranje van kleur, het was een perfecte dooier. Ik doopte met uiterste zorgzaamheid het reepje geroosterd brood erin en het oranjegeel meanderde langzaam over het eiwit tot op het bord. De zoutkorrels die ik erover sprenkelde veranderden in kristallen. Met al mijn aandacht doopte ik het brood in het intens gekleurde geel van het ei dat de kippetjes van Mya hadden gelegd en ik was gelukkig met mijn oude ochtendritueel.

Kurt zat achter zijn krant en pakte gedachteloos zijn koffiebeker van tafel, nam een slok en zette de beker weer terug zonder dat hij zag waar hij hem neerzette.

'Is het zo spannend?' vroeg ik.

'Hè?' mompelde hij.

'Of je iets spannends aan het lezen bent?'

'Nou nee.' Hij legde de krant opzij en pakte een broodje dat hij bedachtzaam opensneed en met boter besmeerde. Naar de tafel starend kon hij niet besluiten wat voor beleg hij wilde.

'Mis je iets?'

'Wat?' Hij keek naar me zonder mijn blik op te vangen.

'Waar zit je? Ben je nog niet wakker? Heb je slecht geslapen?'

'Nee. Ik heb zo raar gedroomd, het was zo veel en zo duidelijk en het gekke is dat ik het nog helemaal precies weet. Het is net een verhaal.'

'Schrijf het op.'

'Nee, nee, ik zal het je vertellen. We waren ergens een film aan het opnemen, ik had een rol maar ik bemoeide me ook met andere zaken. Het waren allemaal geschifte lui die meededen, niemand deugde en alle aanwezigen vreeën met elkaar, iedereen probeerde de ander zijn vriendin af te pikken. Er was een meisje, een jong ding, ze was onhandig, ze deed een hoop verkeerd en iedereen liep op haar te schelden, ze kreeg overal de schuld van, ze vroeg mij steeds wat ze moest doen, we werden maatjes en ten slotte gingen we ook met elkaar naar bed.'

'Deed je dat in die droom?'

'Nee, niet letterlijk, maar ik wist dat ik het met haar deed. Het volgende was dat we op een parkeerplaats waren en iedereen wegreed, ik vertrok zonder haar gedag te zeggen. Ze bleef alleen achter op dat grote verlaten parkeerterrein.'

Mijn ei dat zo perfect was, had geen belang meer, het ritueel dat de stemming van mijn weekendochtenden bepaalde, werd onzinnig, ik voelde dat ik ging huilen.

'Weet je wie het was? Herkende je haar? Hoe zag ze eruit?'

'Laat me nou vertellen. Ik was niet mezelf en toch weer wel. Ik kwam in verschillende situaties terecht, heel veel plekken waar ik nooit geweest ben, op een vissersschuit met ruige zeelui, en dan stond zij op de kade te kijken en dan was ik weer taxichauffeur en verderop zat ik in de kroeg met mijn maten en zij kwam me bloemen brengen.'

'Gebeurde dat allemaal in dezelfde droom?'

'Hou toch eens je mond en luister. Ja, alles gebeurde in die ene droom, er gebeurde heel veel tegelijk, maar er waren ook dingen die ik gewoon wist. Ik zag haar ineens weer, ze was geen spat veranderd. Ze zei dat ze verliefd op me was. Ik kreeg het ook te pakken, ik werd op slag stapelgek op haar, zomaar op dat ene moment, alsof de bliksem insloeg maar voordat ik iets kon doen was ze weer verdwenen. Ik liep haar overal te zoeken, ik vroeg aan verschillende mensen waar ze was. Ze zeiden: "Je hebt een lichaam nodig om haar terug te zien, we moeten een lichaam voor je zoeken." En ineens werd ik weggezogen, daarna deed alles pijn.'

'En verder?'

'Niets verder. Ik ben wakker geworden in mijn eigen bed. Toen ben ik opgestaan en in de spiegel gaan kijken. Het was alsof ik in de spiegel een vreemde man zag. Ik zag mezelf niet meer.'

Hij zweeg en schudde langzaam het hoofd.

'Weet je wat ik geloof? Dat je gelijk had toen je zei dat ik Kurt Zolder niet ben, ik heb zijn mentaliteit niet, ik heb niks met zakendoen, ik laat *Prancing Horse* over aan Marcel. Ik ga meer acteerwerk doen.'

Tegenover me zat de man aan wie ik me gewend had maar die er in mijn fantasie altijd anders uitzag. De tranen liepen langs mijn kin.

Hij zei: 'Dat meisje in die droom, ik denk dat jij dat was.'

Ik knikte enkel.

'Maar ik dan, wie ben ik?'

'Jij bent de man die ik onvoorwaardelijk liefheb.'

St 19,95 Ln 10966
0408